THOMAS
VILLATTE

TOTEM 2.0

LE KLUB

FLEURUS

Couverture
Photo du fond :
Very dark and dim concrete room © optimare for Shutterstock
Photo du jeune homme :
A young climber at Everest base camp © Alex Treadway/Getty images

FLEURUS

Direction : Guillaume Arnaud
Direction éditoriale : Sarah Malherbe
Édition : Claire Renaud
Direction artistique : Élisabeth Hebert
Fabrication : Audrey Bord

Composition et mise en pages : Text'Oh !

Site : www.fleuruseditions.com
ISBN : 978-2-2151-3113-7
Code MDS : 652 431

1

– Tu descends dîner Vlad ? Si toutefois tu daignes te joindre à moi…

Vladimir Shankly entend mal sa mère dont la voix est couverte par un morceau de *Rage Against the Machine.* Les murs vibrent à cause du volume des baffles qu'il pousse volontairement à leur puissance maximum. Agacé, il réagit comme d'habitude, donc sèchement.

– J'ai pas faim !

Depuis la mort de son père, Vlad n'est plus vraiment le même. Marie, sa mère, qui hurle en vain à travers toutes les pièces de la maison, a beaucoup souffert du décès brutal de son ex-mari. Ça n'a pas été simple de reprendre le cours normal de sa vie et de s'occuper de son fils. Vlad, quant à lui, n'a jamais réussi à faire son deuil. Tous les jours il se remémore cette journée terrible, tous les jours il revoit son père se jeter d'une falaise.

Comme le chanteur hurle *Killing in the name of!* jusqu'à s'époumoner, Vlad n'entend pas sa mère monter les escaliers jusqu'à sa chambre. En revanche, il l'entend très bien tambouriner à sa porte.

– Vlad ! crie-t-elle aussi fort que possible.

Vlad étouffe un juron et met un terme aux souffrances de l'ampli.

– Mais je te dis que j'ai pas faim ! grogne-t-il en ouvrant subitement la porte.

Cependant, ce que Vlad a oublié - qui oublie ce genre de choses ? - c'est qu'il y a seize ans aujourd'hui, à 17 h 34 précisément, il est sorti du ventre de sa mère. Malgré son air renfrogné, Marie Shankly tend à son fils une assiette de tarte au citron meringuée, ainsi qu'une petite enveloppe toute simple.

– Joyeux anniversaire, mon grand ! murmure-t-elle en l'embrassant sur la joue et en redescendant immédiatement dans le salon pour ne pas l'embêter plus longtemps, Vlad ne s'est d'ailleurs pas gêné pour le lui faire comprendre d'un regard noir appuyé. Lorsqu'il a fallu trouver un cadeau, Marie s'est démenée comme une diablesse, et jusqu'au bout elle a hésité. Comme elle sait que son fils raffole autant de gadgets high-tech que de jeux vidéo, elle a d'abord été tentée de lui acheter une montre connectée, une console de jeux, ou bien deux places pour la *Paris Game Week*. Mais bien vite, elle a compris que si ce genre de cadeau lui ferait évidemment plaisir, ça ne l'aiderait pas dans la vie. Alors elle a eu une idée. C'était risqué.

Mourant de faim malgré ses objections, Vlad se jette sur la tarte au citron et la dévore en trente secondes sans lui laisser la moindre chance. Il jette ensuite un œil désabusé sur l'enveloppe. Comme l'année précédente, Vlad pressent que son cadeau ne va pas lui plaire. Il imagine un stupide mot d'amour de sa mère pour le réconforter, ainsi qu'un chèque d'une vingtaine d'euros parce qu'elle n'a aucune idée de ce qui l'intéresse. Décidément il n'en a rien à faire de cette enveloppe ! Alors il rallume le vieil ampli qu'il a récupéré dans le bureau de son père et se remet à dodeliner de la tête en criant rageusement *Killing in the name of !*

*
**

– Eh, faquin ! Ne vas-tu donc pas ouvrir ton cadeau ? Ce serait faire preuve d'ingratitude envers ta pauvre et dévouée maman !
– Hé ho, tu te calmes ? Faquin toi-même ! Et m'embête pas avec ta vieille morale…

Après la mort de son père, les relations entre Vladimir et Cyrano se sont brutalement détériorées. Cyrano, c'est le logiciel qui sert d'assistant personnel au Totem, le téléphone portable d'un genre nouveau que lui a offert son père un an auparavant. Outre son extrême intelligence, le pouvoir spécial de Cyrano réside dans sa capacité à entendre les pensées de Vlad et à communiquer avec lui par l'esprit. Il comprend tout avant tout le monde et n'est jamais le dernier à faire la leçon. Pour tout dire, Cyrano est souvent insupportable, et aujourd'hui encore plus que d'habitude.

Auparavant, ils étaient très amis tous les deux. Leur relation, bien que spéciale puisque Cyrano n'est pas un être humain, était harmonieuse. À Vlad la fougue et l'audace, à Cyrano la stratégie et la réflexion. Mais la mort de Viktor, le père de Vlad, a tout changé. Depuis, le jeune homme s'est muré dans le chagrin. Il n'en ressort que très rarement, et uniquement pour hurler sa haine à la face du monde. Quant à Cyrano, la disparition de Viktor lui a fait prendre conscience qu'il n'était qu'un logiciel incapable d'influer sur le cours des choses. Au moment où Viktor s'est jeté de la falaise, Cyrano a senti que même la mort lui échappait. Il a compris qu'il n'était qu'un petit rien, un concentré très pur d'insignifiance. Depuis, Vlad et Cyrano passent leurs journées à s'engueuler, et Vlad se demande parfois pourquoi il ne jette pas tout simplement le Totem à la poubelle.

Poussé par la curiosité, Vlad se résout tout de même à déchirer l'enveloppe. Il aurait aimé bouder en découvrant son cadeau, mais c'est plus fort que lui, il est ravi ! Marie s'est résolue à lui offrir deux places pour la *Paris LoL Championship*, un tournoi réunissant les meilleures équipes mondiales de *League of Legends* ! C'est même mieux que la *Paris Game Week*, « un truc de *casual gamer* », selon lui.

– Yesss ! s'écrie-t-il.

– C'est quoi ? demande Cyrano qui ignore complètement que des gens peuvent se rassembler par milliers pour un jeu qui se pratique, la plupart du temps, seul face à son écran.

– Évidemment, toi tu peux pas comprendre ce genre de choses… lui lance Vlad énervé. Mais un tournoi de *League of Legends*, c'est trop bien ! Il y aura même mon équipe de *LoL* préférée ! Des mecs qui ont trop de *skill* ! s'extasie-t-il à nouveau en dévorant des yeux les deux billets bleu vif.

LoL, *skill*, ça fait un peu trop de mots étranges pour Cyrano qui ne cherche même pas à comprendre.

– Bon, je me remets en veille… Sonne-moi quand, pour une fois, tu auras quelque chose d'intéressant à raconter !

Vlad ne répond pas. La veille, c'est l'activité informatique la plus proche de ce que les humains appellent le sommeil. Vladimir, lui, est très heureux, mais sa joie est de courte durée parce que la personne à laquelle il aurait aimé donner la seconde place, c'est son père.

Il repose alors les deux billets sur son bureau jonché de feuilles de cours, sur lesquelles sont paresseusement griffonnés des jeux de pendu et de solitaire. « J'aurais adoré que mon père m'accompagne », se dit-il. En soupirant, il se laisse retomber sur le dossier de sa chaise et ses yeux se posent par hasard sur l'enveloppe déchirée. Soudain, il s'aperçoit que trop excité par les billets, il n'a même pas vu qu'il restait quelque chose à l'intérieur. C'est une photo. Vlad la saisit du bout des doigts, l'observe, et son visage s'illumine d'un sourire triste. La photo représente son père et sa mère juste avant sa naissance. Ils sont tous les deux allongés sur une plage bondée et baignée de soleil. Marie est enceinte et Viktor touche son ventre en souriant à pleines dents. Il retourne la photo et découvre quelques lignes de la main de sa mère : « Ton père n'a pas toujours été tel que tu l'as connu. Il faut que tu le saches. Il a toujours voulu le meilleur pour toi, et je suis sûre que si tu regardes cette photo, tu trouveras comme moi que ça crève les yeux. Je crois qu'il aurait voulu que tu la gardes et que tu n'oublies pas. Tu as les capacités pour faire de grandes choses et il le savait.

Joyeux anniversaire mon chéri,

Ta mère qui t'aime. »

À présent, Vlad se fiche bien de ses billets pour le championnat. Il n'a d'yeux que pour son père touchant amoureusement le ventre de sa mère. Pendant des années il lui en a voulu de l'avoir laissé seul avec elle, alors qu'il était si jeune. L'année dernière, avant les événements terribles de Belle-Île, Vlad a fini par le haïr complètement. Mais aujourd'hui, il voit les choses autrement. Cette photo, c'est le plus beau cadeau qu'on pouvait lui faire. Grâce à Marie, Viktor lui paraît plus heureux que dans ses souvenirs où il semblait blessé et terriblement amer.

Alors, pour être sûr de la garder toujours auprès de lui, il range soigneusement la photo dans son portefeuille. L'année dernière, son père lui avait offert le Totem et tout était allé de travers. Cette année, une simple photo ne devrait pas lui faire trop de tort…

2

De : Helena
M'attends pas devant le portail comme d'habitude, Ninig ! Mon réveil est tombé en panne, je vais être en retard !

C'est la vibration de son nouveau téléphone qui tire Enig de son sommeil. Tout en s'étirant nonchalamment, il consulte le message de sa copine et, pris d'un affreux doute, jette un œil sur l'horloge qui confirme immédiatement ses craintes : son réveil non plus ne l'a pas réveillé ! Maintenant, comme Helena, il est très en retard ! Il n'a pas une minute à perdre, et oublie même de pester contre ce surnom ridicule dont Helena prend un malin plaisir à l'affubler. Lorsqu'il descend, son père est devant la télévision, absorbé par un documentaire animalier sur la reproduction de l'autruche.

– Vas-y, p'pa ! T'aurais pu me réveiller, je vais me faire déchirer moi…

Philippe Marchand regarde son fils, indifférent à cette attaque matinale à laquelle il répond ironiquement.

– Merci Enig, oui, je vais bien et le travail s'est bien passé. Et c'est gentil de proposer, parce qu'effectivement, je veux bien une tasse de café !

– T'es vraiment le pire père du monde, tu le sais ça ?

– Je sais fiston ! Pas un jour ne passe sans que ta douce mère ne me le rappelle !

Laissant son père bavasser dans le vide, Enig avale ses tartines en vitesse, puis s'habille comme il peut avec des vêtements sales de la veille. Enfin il sort de la maison en trombe et court en direction du lycée Mahmoud Darwich. Il arrive, transpirant à grosses gouttes et avec trente minutes de retard. C'est beaucoup trop, ce n'est même pas la peine d'essayer d'aller en cours. Reprenant son souffle, il se dirige plutôt vers la Vie scolaire et se prépare à parlementer avec Lydie Saatif, la CPE.

– Eh bah alors Enig ? fait-elle en mordillant sa lèvre inférieure. Encore en retard ?

– Ouais… Ma mère a été malade toute la nuit et mon père bossait… J'ai dû m'occuper d'elle et nettoyer son vomi, c'était immonde…

La CPE scrute un instant Enig pour le sonder, mais il parle avec aplomb. Au bout de cinq secondes, compatissante, elle griffonne une autorisation d'entrée en cours. Enig lui arrache des mains et fait demi-tour, sans regretter une seule seconde son mensonge. Il n'entend d'ailleurs pas la CPE soupirer dans son dos : « Ces pauvres gamins… Ils n'ont pas la vie facile, quand même… »

Une fois en classe, Enig cherche ses amis des yeux. Il voit Alise, seule au fond comme d'habitude, et Foued qui se contente d'une table solo accolée au bureau de Firmin Mobonckäu, le prof d'Histoire des arts. Malheureusement, dès le début de l'année, il se l'est mis à dos, alors que tout le monde le trouve très sympa. Mais si Foued est là, c'est parce que le conseil de classe lui a refusé l'entrée en première ES et l'a recalé en L, comme si la filière littéraire était une voie de garage. C'est bien dommage, parce que comme beaucoup d'autres, Foued n'a que peu d'affinités avec les langues et le français. On l'a collé en L parce qu'on ne savait pas où le mettre… Toutefois, il s'en veut, parce que l'Histoire des arts le passionne et le programme inclut l'étude de films majeurs, et depuis qu'il a rencontré Saïd, jeune réalisateur qui va le faire tourner dans son premier court-métrage, Foued s'est pris de passion pour le cinéma. Fidèle à lui-même, il ne désespère pas. Il sait qu'avec son numéro de charme habituel, il a des chances de rentrer dans les bonnes grâces du prof et de profiter au mieux de ses cours. Enfin, ceux qu'il jugera bon de suivre…

Enig s'assoit à côté d'Alise qui range en soupirant les cahiers qu'elle avait volontairement étalés sur la table pour que personne ne vienne la déranger.

– T'as intérêt à me laisser pioncer, grogne-t-elle, je pige rien à ce qu'il raconte, le gros !

Gros est probablement un terme un peu faible pour qualifier Firmin Mobonckäu. Énorme serait plus juste. Mais sa physionomie hors norme est associée à une voix de ténor, fine, aiguë, et pour tout dire magnifique. Et cette étrange combinaison lui permet de capter sans mal l'attention de ses élèves. Ses manières élégantes, ses gestes déliés, sa quasi-coquetterie amusent et fascinent. Firmin Mobonckäu captive son auditoire aussi bien lorsqu'il disserte des arts premiers, que du dernier album de Rihanna.

– T'es ouf, « grosse » ! Moi je l'aime trop ce prof !

Depuis qu'elle fréquente le groupe, Alise a l'habitude qu'on l'appelle « grosse » et elle ne réagit plus. Elle sait qu'il s'agit simplement d'une - drôle - de façon de parler, et en aucun cas d'une réflexion stupide sur son tour de taille. Alors elle jette à Enig un regard las, puis se retourne ostensiblement vers la fenêtre. Elle regarde les nuages pendant que Firmin Mobonckäu invite sa classe à s'extasier sur des masques millénaires.

Pour Enig, cette année s'est mal goupillée. La moitié de ses amis sont dans sa classe, en première L, mais les autres, dont Vlad, sont en S. Quant à la belle Helena, sa petite copine, elle voulait passer en première L, mais ses parents l'en ont dissuadée. Les deux amoureux sont séparés et ils mettent donc un point d'honneur à se voir le matin juste avant que les cours commencent. Bien sûr, ils se croisent aussi aux récréations et à la pause déjeuner, mais ce n'est pas suffisant. Parfois ils enragent de se voir si peu. Ils se le jurent souvent : « Dès qu'on a notre Bac, on se casse d'ici et on déménage à Belle-Île ! » Tout le monde n'a pas le même souvenir de Belle-Île-en-mer…

À la fin du cours, Enig et Foued sortent de la salle avec des étoiles plein les yeux et la voix de Mobonckäu qui résonne encore dans leur tête. Alise ne les a pas attendus et s'est réfugiée dès la sonnerie dans un coin du lycée, on ne sait où. C'est une habitude qu'elle a prise - tout comme Vlad, elle a aussi un besoin presque vital de solitude - et plus personne ne s'en inquiète. Enig et Foued foncent sans perdre un instant vers les tables de ping-pong de la cour de récréation pour retrouver Vlad. Ils n'ont que quelques minutes avant la reprise des cours. Tous s'inquiètent vraiment pour lui et tâchent de lui tenir compagnie le plus souvent possible. Depuis qu'il a perdu son père, il a tendance à se murer régulièrement dans une colère froide dont personne, même ses amis, n'arrive à le faire sortir. Heureusement, Helena, qui est dans la même classe que Vladimir, reste avec lui dès qu'elle le peut.

Lorsqu'Enig voit sa copine, il l'embrasse délicatement et lui murmure à l'oreille quelques mots doux. Enfin, il s'enquiert du moral de Vlad.

– Ouais gros ! Alors, elle t'a offert quoi pour ton anniv, ta mère ?

– Une photo de mon père… répond-il du tac ou tac.

La tentative d'Enig vient de tourner court… Heureusement, Helena parvient à changer de sujet.

– Et les cours, ça a été vous ? demande-t-elle innocemment.

– Je kiffe pas mal notre prof d'Histoire des arts, en fait… répond Foued. Je le kiffe presque autant que Madame Dubost, même s'il n'a pas les mêmes atouts…

– T'es tellement classe… soupire Helena, habituée, mais fatiguée des sous-entendus incessants et graveleux de son ami.

– Et bien sûr, rajoute Enig, quand Foued kiffe un prof, il réussit à se le mettre à dos à chaque fois, pour être certain qu'à la fin de l'année, ça tourne au psychodrame ! Hein Cyrano ?

À cet instant, tout le monde s'attend à entendre Cyrano ramener son grain de sel et enfoncer le clou. Mais rien ne vient. Aucune voix dans leurs têtes. Aucune blague dont lui seul a le secret.

– Hé ho, Cyrano ! s'écrie Helena, qui, après avoir juré qu'elle ne dévoilerait son existence à personne, s'est depuis longtemps connectée à Cyrano pour communiquer avec lui.

Ils attendent quelques secondes : toujours rien.

– Je crois qu'il est en veille, observe Vlad. Ça lui arrive souvent ces derniers temps…

– C'est chelou, ajoute Foued. Il ne faisait pas ça l'année dernière, pourtant…

– Le truc, c'est qu'on se fait souvent la gueule en ce moment… En fait, je crois qu'il n'en peut plus de ma tronche, de ma voix, de ma mauvaise humeur. Alors il pionce.

– C'est pas lui qui a perdu son père, quand même ! s'écrie Helena, scandalisée. Il pourrait faire un effort et comprendre que, vu les circonstances, tu peux avoir des sautes d'humeur…

– Tu sais, c'est une machine, ça réagit toujours bizarrement ces trucs, répond Vlad en haussant les épaules, comme si le comportement de Cyrano n'avait aucune importance.

Mais la sonnerie résonne déjà. C'est l'heure de retourner en cours et Cyrano n'aura pas daigné se manifester.

*
**

– Et comment tu feras alors si Cyrano veut plus te parler ? demande Helena en se dirigeant avec Vlad vers leur cours de SVT.

– Tu sais, je crois que Cyrano et moi, on n'a jamais eu grand-chose à se dire, finalement. L'année dernière, il voulait surtout savoir d'où il venait, et moi ce qu'avait fait mon père avec

Century. Depuis sa mort, depuis qu'on a eu les réponses qu'on attendait, on ne compte plus vraiment l'un pour l'autre…

Helena écoute Vlad en hochant la tête, mais elle n'en croit pas un mot.

– Quand même, mec ! dit-elle, soudain véhémente. Tu peux te raconter les histoires que tu veux, mais Enig et moi, on sait très bien que Cyrano compte à mort pour toi. Je crois que ça te ferait du bien de parler de tout ça avec lui. Et puis vous formez un petit couple tellement mignon, ajoute-t-elle, moqueuse.

– Si tu le dis… soupire-t-il à voix haute en poussant la porte de la salle de cours sans frapper.

Vlad n'a pas réalisé qu'au moment où ils entraient, le cours de Madame Soryani avait déjà commencé… Voyant Vladimir et Helena entrer comme si de rien n'était, la prof de SVT aboie d'abord méchamment.

– Helena ! On ne t'a jamais appris les bonnes manières ? On frappe avant d'entrer, et quand on entre, on se fait d-i-s-c-r-e-t, ajoute-t-elle en détachant chaque syllabe et en les surlignant d'un geste de la main.

Helena est outrée : ce n'était pas à elle de frapper, Vlad était devant elle. Mais avant qu'elle proteste, Madame Soryani enchaîne sur un tout autre registre.

– Quant à toi Vladimir, tu peux aller t'asseoir, dit-elle, subitement attendrie. Tu demanderas à ton voisin Mohammed de te résumer le début du cours, d'accord ?

– OK, répond-il simplement en s'asseyant.

– Me demande rien, mec. J'ai pigé que dalle à son truc sur les nucléides… murmure le grand Mohammed aussitôt.

L'attitude injuste de Madame Soryani est admise par tous les élèves de la classe. Ils comprennent parfaitement que Vlad bénéficie d'un traitement de faveur pour ne pas ajouter au deuil qui le frappe. Même Helena, passée sa première indignation, lâche prise et va s'asseoir en silence. Bizarrement, il n'y a que Vlad qui s'agace de la pitié dont il fait l'objet. Il voudrait que le monde entier se comporte normalement avec lui. Secrètement, il aurait aimé que Madame Soryani lui reproche son entrée brutale en cours, il aurait aimé qu'Helena s'insurge et s'écrie : « Mais Madaaaame, c'est pas moi ! C'est Vladimiiiiiiir ! » Les gens sont beaucoup trop gentils avec lui, et ça lui rappelle sans cesse que son père est mort, et que c'est sa faute…

Vu les circonstances, Vlad a été admis presque d'office en première S à l'issue du conseil de classe. C'est ce qu'il voulait. De toute façon, si son année scolaire précédente n'avait pas été aussi perturbée, il serait passé sans problème. L'ennui, c'est que depuis la reprise des cours, ses notes ne sont plus ce qu'elles étaient.

Même s'il n'a jamais eu besoin de beaucoup réviser, il se donnait tout de même à fond. Pendant une interrogation, rien d'autre n'existait que sa copie. Le monde autour de lui s'effaçait et toutes ses facultés étaient employées à résoudre les problèmes posés. Et ça marchait. Ses efforts intellectuels étaient très brefs, mais d'une intensité folle, de sorte que ses profs avaient le sentiment qu'il résolvait les équations comme si sa vie en dépendait. Mais aujourd'hui, il n'y arrive plus. Il sait bien désormais que les équations ne changent pas le cours de la vie, et encore moins de la mort, ou si peu. Alors il se concentre moins et ses notes baissent. Cette année, il se maintient de justesse à la moyenne, bien aidé par la mansuétude des profs.

Tandis que Madame Soryani reprend sa description des nucléides à laquelle personne ne comprend rien, Vladimir, comme Alise au même moment dans une autre classe, regarde les nuages par la fenêtre et s'endort tout à fait. Il ne sait plus faire grand-chose d'autre.

3

Lorsque les cours se terminent, Vlad, Enig et Foued se retrouvent comme d'habitude sur le parking du lycée. En général, ils traînent là quelques minutes, discutent de tout et de rien, puis décident de rejoindre la Piscine. Aujourd'hui cependant, Enig propose d'aller faire… du *shopping !* Vlad et Foued sont surpris - faire les magasins n'est pas ce qui les enchante le plus dans la vie - mais de bonne grâce, ils acceptent. Enig s'est préalablement arrangé avec Helena, cette fin d'après-midi, ils la passeront séparés.

Qu'à cela ne tienne, Helena n'est pas en reste. Elle rejoint Alise chez Aïssa pour décompresser un peu. Toutes les trois sont, depuis le début de l'année, devenues les meilleures amies du monde. Dans la chambre d'Aïssa, la Xbox tourne à plein régime et elles se déchaînent sur les manettes en jouant à *Mortal Kombat.* Et à ce jeu, c'est toujours Aïssa la meilleure.

– Yihaaa ! hurle-t-elle en administrant une *fatality* remarquable à la pauvre Alise qui n'a rien vu venir. Elle observe, impuissante, son personnage se faire éviscérer en poussant des cris à réveiller les morts, pendant que du sang virtuel gicle sur l'objectif de la caméra.

– Pfff… soupire-t-elle un brin mauvaise joueuse, en donnant sa manette à Helena qui s'apprête à prendre, elle aussi, une raclée mémorable.

C'est comme ça que la petite bande s'amuse après les cours. Alise a abandonné ses activités illicites. Elle trouve quand même plus prudent de se défouler en appuyant au hasard sur les boutons d'une manette, plutôt qu'en volant des bijoux en toc. Elle doit sans doute cette prudence nouvelle à l'amitié qu'elle partage avec Helena et Aïssa.

L'année dernière, Alise a tapé dans l'œil de Vlad, et il a tout fait pour la séduire. Quels sentiments éprouve-t-elle pour lui ? Personne ne le sait. Ce qui est sûr, c'est que ceux de Vlad pour Alise crèvent les yeux. Mais quand son père est mort, il n'a soudain plus été question de séduction, mais seulement d'amitié et la frontière est parfois bien ténue. Le flirt s'est malheureusement effacé devant le deuil. Alise a épaulé Vlad du mieux qu'elle a pu. Elle l'a soutenu en tentant d'oublier les sentiments qu'il éprouvait pour elle. Ce n'était pas facile, mais il le fallait. Qu'adviendra-t-il à présent ? Là encore, personne ne le sait.

Avec le temps, Alise a très naturellement fait plus ample connaissance avec les amis de Vlad, Foued et Enig. Et avec Helena, puis avec sa meilleure amie Aïssa. Elles sont rapidement devenues très soudées, même si Alise se tient toujours, c'est son caractère, un petit peu à l'écart. Elle ne s'est pas résolue à offrir son cœur à Vlad, mais a offert avec joie son amitié à Aïssa et Helena.

*
**

Les garçons vagabondent toujours dans les allées bondées des magasins de vêtements où la musique boum-boum résonne. Enig s'éclate à essayer les tee-shirts et les casquettes de baseball les plus improbables, tandis que Vlad et Foued le regardent, blasés.

– T'essayes d'avoir l'air classe pour ta meuf, c'est ça ? devine Foued.

– Mais grave ! J'ai même trop la classe, je trouve ! Je vais envoyer un *snap* à Helena, elle va être trop fan de me voir avec ce truc sur les épaules !

Et joignant le geste à la parole, il prend son téléphone et tend son bras pour faire un *selfie.* Au moment de prendre la photo, il prend soin de se mettre un tiers de profil en mettant sa bouche en cul de poule. Ni Vlad, ni Foued n'ont le courage de lui faire remarquer qu'il est parfaitement ridicule… Il agrémente ensuite son œuvre de trois ou quatre émoticônes, puis l'envoie fièrement à Helena qui lui répond, quelques minutes plus tard, par un autre *snap* de sa cuisante défaite à *Mortal Kombat.*

Une fois la séance photo terminée, Foued, résolument offensif, reprend ses moqueries de plus belle.

– Laisse tomber mec ! La classe, ça s'achète pas chez Celio. On l'a, ou on l'a pas. Par exemple, moi je l'ai. Toi par contre...

Tout à son baratin, Foued se regarde dans la glace - ou bien plutôt, s'admire.

– En attendant, gros, c'est moi qui ai chopé. Et toi, tu te la ramènes tout le temps avec les meufs, mais au final, t'as rien ! Je dirais même que t'es pas très doué, finalement...

– C'est normal, mec, je chope rien pour l'instant, mais tu verras un jour, ce sera Emma Watson qui me tiendra la main et alors tu fermeras ta gueule !

Foued a prononcé cette phrase avec une violence à laquelle ni Vlad, ni Enig ne s'attendaient. Immédiatement, Vlad contre-attaque.

– Hé ! Tu te calmes, ouais ? Je sais bien que t'as hâte de te trouver une nana, mais Enig n'est pas responsable de tout ça ! Moi aussi j'aimerais bien avoir quelqu'un, c'est pas pour ça que j'envoie chier tout le monde, ok ?

– Ouais, désolé les mecs, c'est l'endroit qui me rend nerveux, aussi...

Foued montre de la main les étals de vêtements multicolores qui les entourent, et se bouche les oreilles pour montrer que la musique, trop forte et parfaitement horripilante, ne l'aide pas à être de bonne humeur.

– Comment vous voulez être tranquilles dans des conditions pareilles ? On se casse !

Enig acquiesce.

– Ok mec, je vais juste prendre ce tee-shirt parce qu'Helena vient de me dire qu'elle le kiffe. Ensuite on va à la Piscine, d'accord ?

La Piscine, c'est leur planque. Une ancienne piscine qui tombe en ruine et qu'ils ont aménagée à leur goût, dans laquelle ils ont l'habitude de se retrouver. Et ces derniers temps, lorsqu'ils y vont tous les trois, Foued insiste toujours pour leur montrer un film abstrait, en leur demandant invariablement à la fin : « Alors, c'était terrible, nan ? » L'ennui, c'est que bien souvent, Enig et Vlad n'ont pas le même usage du mot « terrible ». Quand Foued l'utilise à propos de ses films, il veut dire génial. Mais pour Enig et Vlad, « terrible » veut bien dire terrible…

– Par contre gros, précise Vlad, si tu comptes nous faire voir un Godard de plus, je te bute !

– C'est clair, renchérit Enig. Je préférais encore quand t'étais fan de Dwayne Johnson ! *Expendables*, c'est quand même plus *fun* que *Fierrot le Pou* ou je sais pas quoi !

– Les mecs, vous y comprenez rien au vrai cinéma ! s'insurge Foued en prenant une pose de martyr.

– En gros, si je te suis bien, le vrai cinéma, c'est quand on comprend rien, et le faux cinéma, c'est quand ça a un sens, c'est ça ?

– Vous êtes vraiment des sales types ! conclut Foued, un peu vexé, en sortant du magasin.

L'année dernière, Foued a rencontré Saïd, un apprenti cinéaste qui a bouleversé sa vie. Foued rêve d'être acteur, mais avant, il ne connaissait que les gros budgets hollywoodiens qui font des millions d'entrées et qui, pour la plupart, sont sans grande profondeur. Grâce à Saïd, Foued a découvert qu'il existait autre chose. Des films différents qui font moins d'entrées en salle. Depuis, et malgré ses seize ans, il ne jure plus que par les films alternatifs, des œuvres souvent difficiles auxquelles il prétend pourtant tout comprendre. Bien sûr, il est comme tout le monde et n'y comprend pas grand-chose non plus. Mais il fait comme si pour se donner un genre. En fait, Foued est comme beaucoup de cinéphiles, il peut s'ennuyer ferme devant un film, mais lui trouver tout de même d'immenses qualités. Et ce n'est pas très grave, car au fond, le cinéma n'est pas obligé d'être seulement divertissant !

Il faut dire que Foued doit à Saïd bien plus que la découverte du cinéma d'auteur. Grâce à lui, il va réaliser son rêve et devenir acteur pour de vrai, ça mérite sans doute bien de se prendre pour ce qu'on n'est pas encore…

– Saïd ne t'a pas recontacté pour le tournage de son court-métrage, au fait ? demande Vlad sur le chemin de la Piscine.

– Nan, mais il n'y a pas de soucis. À la base, on devait tourner cet été, mais…

– Je vous préviens les mecs, l'interrompt soudain Enig. Si l'un de vous deux dit encore une seule fois « à la base » ou « pas de soucis », je le bute. C'est moche ! Faut respecter la langue française, hein !

– Hé ho, Rimbaud, tu le laisses parler, ouais ? intervient une nouvelle fois Vlad, excédé par leurs disputes incessantes.

En effet, si Foued se pique subitement de cinéma depuis qu'il a rencontré Saïd, Enig, lui, fait de même avec la littérature depuis qu'il sort avec Helena. Il n'osait auparavant pas avouer son attirance pour les joies de la langue française, mais depuis, Helena l'y encourage, et Enig va parfois même un peu trop loin. Vlad et Foued trouvent en effet très amusant de tordre la langue française comme bon leur semble et détestent qu'Enig vienne jouer les profs rigides à tout bout de champ. Quel manque de créativité de sa part !

– Donc je disais que Saïd devait tourner cet été, mais que finalement, je n'étais pas disponible, reprend Foued en jetant un regard furtif vers Vlad qui baisse aussitôt les yeux. Je pensais qu'il allait choisir un autre mec, mais il a préféré retarder son tournage plutôt que de bosser avec quelqu'un d'autre… Il doit me dire à quelle date est remis le tournage, et maintenant je suis au taquet !

– Et « au taquet » n'est pas autorisé non plus… ajoute Enig, en exagérant largement son exaspération.

– Bon, bah c'est cool, mec ! dit Vlad en ignorant Enig. Mais tu peux me dire, franchement, pourquoi t'étais pas dispo cet été pour le tournage ?

La question faussement innocente de Vlad est gênante. Péniblement, Foued avale sa salive et se lance.

– C'est juste que… comme t'étais vraiment pas en forme, j'ai pensé que tu aurais aimé que je reste là plutôt qu'à Perpette-les-Oies pour tourner un film qui, de toute façon, sera oublié dans six mois…

Même s'il se doutait un petit peu de la réponse, Vlad ne l'apprécie pas pour autant.

– Mais c'est trop bête, gros ! C'est vrai qu'à cause de mon père, j'étais pas bien du tout cet été. Mais fallait pas risquer de louper un super plan juste pour moi ! Imagine si Saïd t'avait oublié, ça n'aurait pas ramené mon père, mais toi, tu serais peut-être passé à côté d'une super carrière !

– Et t'aurais aussi bousillé ta seule chance de choper Emma Watson… rajoute Enig.

– T'façon, maintenant, ce qui est fait est fait, conclut Foued pour mettre un terme à la conversation. J'ai peut-être pas encore chopé Emma Watson, mais Saïd compte toujours sur moi, c'est le principal.

– Oui, murmure Vlad, pensif, ce qui est fait est fait, c'est sûr…

4

« Ce qui est fait est fait ». Au moins deux autres personnes dans le monde pensaient la même chose au même moment. Deux autres personnes qui n'auraient sans doute jamais imaginé se retrouver ainsi, dans l'arrière-salle d'un troquet miteux, à mille lieues de leur vie d'avant. C'est Mathis Vissacq et Jacques Renault, et ils contemplent, au fond de leurs verres, leurs vies réduites à néant à cause d'un détail. Un détail nommé Viktor Shankly.

Leur plan semblait pourtant parfait. Développer un *smartphone* d'un genre nouveau, le Totem, et en faire une machine d'espionnage à grande échelle. Ce téléphone, capable de communiquer directement dans la tête de son propriétaire, aurait dû s'imposer dans les foyers et dans les esprits du monde entier, et les données sensibles qu'il aurait recueillies auraient dû être revendues à prix d'or. Mathis et Renault, déjà très riches à l'époque, auraient dû faire fortune et vivre de leurs rentes le restant de leurs jours. Mais Viktor Shankly avait volé l'unique prototype du Totem, et sa mort avait ruiné l'image de Century, leur entreprise. À présent, Mathis était activement recherché par les services de police pour son rôle dans la mort de Viktor, et la réputation de Jacques n'avait pas résisté à ce désastre médiatique. Son fonds d'investissement *Pygmalion, data and research*, avait fait faillite, faute de clients lui faisant encore confiance.

Renault et Mathis sont aux abois. Pour se voir, ils sont obligés de se cacher. Mathis vérifie tous les jours s'il n'est pas suivi par la police. Il loue une chambre de bonne sous une fausse identité et tous ses amis se sont détournés de lui. Mais tous deux, au fond de ce bar, se le répètent jusqu'à la nausée : « Ce qui est fait est fait. »

– Moi je veux pas finir comme ça, souffle Renault de sa voix grave et chaude en reposant son verre. Tu te rends compte, je suis même obligé de faire gaffe au nombre de verres que je commande pour être certain de pouvoir les payer…

– Et tu crois que moi ça me plaît, répond Mathis, de me demander chaque matin si les flics ne vont pas défoncer ma porte et m'accuser du meurtre de Viktor ? Je suis pas coupable ! crie-t-il presque, avant que Renault lui intime l'ordre de baisser d'un ton en vérifiant que le barman n'a rien entendu.

– J'ai bien réfléchi et je crois que pour nous, la partie n'est pas tout à fait perdue, dit-il en repoussant son corps énorme contre le dossier de la chaise.

– Ah ouais ? réplique Mathis d'un air de défi. Tu crois vraiment qu'on n'a rien perdu ? Tu crois vraiment qu'un jour, tu pourras de nouveau te la péter avec tes cigares cubains en donnant des ordres à deux balles ?

– Eh ! T'es plus au lycée… Tu me parles correctement et tu me montres un peu plus de respect, d'accord ? D'abord, les flics ne pourront plus trouver de preuves de notre implication dans la mort de Viktor. J'ai fait le ménage, ils ne pourront jamais nous traîner devant un tribunal. Et puis le gosse, Vladimir, était traumatisé. Il n'a pas pu - ou pas voulu - tout balancer aux flics. S'il l'avait fait, tu serais déjà en taule à l'heure actuelle… Tu vois, conclut-il, la situation est grave, mais pas désespérée.

– Tu parles… conclut Mathis, pas convaincu.

– On doit réactiver Century, dit abruptement Renault pour couper court à la moue peu engageante de son partenaire.

– Hein ? Mais t'es taré… Century ne servait qu'à une chose : fabriquer et vendre le Totem. S'il n'y a plus de Totem, plus de Century !

Bien sûr, Mathis et Renault se trompent. Ils sont tous les deux persuadés que Viktor Shankly, en plus d'avoir détruit tous les plans du Totem, s'est jeté du haut d'une falaise avec le précieux téléphone dans sa poche. Ils pensent que le Totem s'est perdu en mer avec le corps de Viktor qui n'a jamais été retrouvé. Mais ils ignorent que Vladimir, trop méfiant, s'était livré à un ingénieux tour de passe-passe. C'est un téléphone sans importance que Viktor a emporté avec lui, et c'est Vladimir qui possède encore le Totem en secret.

– Viktor, toi et Eduard, vous avez développé le Totem, explique Renault. Notre seule chance, c'est que tu reprennes les travaux de Viktor, et que tu reconstruises un nouveau prototype. On n'a pas le choix !

– Tu oublies que deux ingénieurs ont fait la quasi-totalité du boulot. Viktor et son frère, Eduard. Moi, j'étais simplement chargé de vendre le Totem. J'ai supervisé leur travail, mais je serais incapable de refaire ce qu'ils ont fait. Moi je suis un commercial de talent, eux étaient des génies irremplaçables.

– Il va pourtant falloir que tu te forces. C'est notre seul espoir… Si jamais le *business* reprend, tu verras, les flics te lâcheront. Retiens bien ça : lorsque tu es en position de faiblesse, tout t'accuse et tout va mal. Lorsque tu te remets en marche, que ton pouvoir et ton influence grandissent à nouveau, tout le monde se remet à ramper autour de toi. Tu le vois le barman ? Si tu réussis, dans deux ans, il n'osera plus nous demander de payer nos verres…

5

Vlad, Enig et Foued sont allés à la Piscine. Foued, tout en jurant qu'il leur ferait voir un film « super cool, je vous jure, vous allez grave kiffer » a projeté, plutôt qu'un Godard, le premier film de David Lynch, *Eraserhead*, et Vlad et Enig n'ont pas « grave kiffé » du tout. C'était terrible... N'étant pas d'humeur à subir le cours « d'histoire du cinéma pour les nuls » de Foued, Vlad s'est éclipsé rapidement après le film, et a décidé de rentrer à pied sans prendre le bus.

Pour la dix-millionième fois de son existence, il remonte la longue route nationale qui va de la Piscine à chez lui. Il écoute toujours *Rage Against the Machine* grâce à de petits écouteurs rouges branchés au Totem. Il aime tellement l'énergie de ce groupe. Il adorerait pouvoir partager ce frisson si particulier qui le prend lorsque vient un *riff* qu'il apprécie ou un mot qui, même en anglais, prend soudain tout son sens. Il aimerait reprendre à son compte toute la rage contenue dans cette musique. Mais s'il évoquait son amour pour la musique, et pour *Rage Against the Machine* en particulier, personne ne l'écouterait, puisque Cyrano est toujours en veille. Il n'a pas dit un mot depuis hier soir, et Vlad commence à s'inquiéter autant qu'à s'agacer.

Saleté d'application ! pense-t-il. L'homme a construit des machines parce qu'elles sont stupides, mais fiables, mais maintenant, c'est tout l'inverse. Les machines sont super intelligentes, mais on ne peut plus compter sur elles.

– Eh ! Cyrano, t'es là ? Si tu fais semblant de dormir pour ne pas avoir à me répondre, je limite tes accès Twitter et Instagram, et je te colle un antivirus mobile dans les pattes, pigé ?

La menace est sérieuse. Cyrano n'est pas prêt à renoncer à ses réseaux sociaux favoris. C'est vrai qu'il en fait un usage pour le moins intensif. Sur Instagram, il s'est créé un profil d'artiste peintre reclus au fin fond du Wyoming qui, tous les jours depuis vingt ans, peint la main droite de son compagnon et poste la photo sur le réseau. Certains trouvent ça très intéressant. Sur Twitter, Cyrano se fait passer pour un astronaute, en direct de la Station spatiale internationale. Ces derniers temps, nourrir et crédibiliser ces vies virtuelles sont les seules occupations qui l'intéressent vraiment. Auparavant, il aimait écouter les gens dans la rue, ou bien même simplement étudier les battements puissants du cœur de Vladimir. Mais aujourd'hui, seuls ses *followers* parviennent à capter son attention. Savoir qu'un certain « Guillaume Evd » a liké son dernier commentaire, savoir qu'une certaine @Evariste a posté sa dernière photo prise depuis l'espace, cela le rend heureux, tout simplement. Hors de question donc de laisser Vladimir mettre un terme à ses petits bonheurs virtuels !

– Eh… je suis là, bougonne Cyrano. Qu'est-ce que tu me veux ? Et je te prierai de baisser le son ! Pense un peu à mes capteurs qui n'en peuvent plus d'entendre des anarchistes hurler à la mort…

– Pff, tu connais rien à la musique, t'façon ! soupire Vlad qui n'a même pas pu faire l'éloge de son groupe préféré…

– Ah… Tu me dérangeais simplement pour ça ? Donc c'est bon ? Je peux me rendormir ?

Vlad est à bout. Il ne supporte plus l'attitude de Cyrano. S'il pouvait, sans doute lui casserait-il la figure pour soulager ses nerfs. Mais Vladimir est un garçon globalement bien élevé, quoiqu'un peu rancunier, il faut le dire.

– Nan, tu peux pas. Active le GPS et guide-moi jusqu'à la maison…

Il n'a évidemment pas besoin du GPS pour rentrer chez lui. Simplement, il espère qu'en faisant preuve d'autorité, Cyrano finira par se montrer plus conciliant.

– Génial… Prends à gauche, alors…

Habituellement, une voix de GPS est avenante. Elle susurre la gauche et la droite comme s'il s'agissait de secrets à ne pas éventer. Mais pour bien montrer à Vlad sa désapprobation, Cyrano prononce ses indications d'une voix sèche et cassante. Rien de plus désagréable, donc.

– À droite. Et magne-toi un peu ! continue Cyrano sur le même ton. Et là, c'est à gauche... À gauche voyons ! Non ! L'autre gauche ! Seize ans et il sait toujours pas distinguer sa gauche de sa droite...

Vlad n'en peut plus. Excédé, il met la main dans la poche arrière de son jean et presse pendant quelques secondes le bouton *power* du Totem. L'écran finit par s'éteindre et Cyrano avec lui.

– Bien fait pour toi ! souffle-t-il en rangeant ses écouteurs dans sa poche.

À présent, Vlad se sent complètement isolé. Ses amis se prennent pour des maîtres de conférences en discutant grand cinéma à la Piscine, et Cyrano a été réduit au silence pour insubordination. Finalement, en inspirant l'air frais de cette nuit d'hiver, en regardant nonchalamment le ciel sans étoiles, il se rend compte qu'il a plus que jamais besoin d'être seul. Il n'y a que la compagnie de Cyrano qui pourrait l'apaiser, mais le logiciel n'est pas décidé à le faire. Tous les autres l'ont trop couvert de leur affection après la mort de son père, désormais il doit se reconstruire. Vivre et puis c'est tout.

Alors, Vlad s'arrête un instant. Il veut prendre le temps de goûter sa solitude. Il s'assoit par terre sur le bord de la route, en se demandant ce qu'il va bien pouvoir faire. Il lui faut du neuf, de l'inédit. Quelque chose qui le sorte du cocon dans lequel ses amis et sa mère l'ont trop profondément plongé. Droit devant lui, il y a la supérette dans laquelle lui, Enig et Foued ont l'habitude de faire les courses avant d'aller à la Piscine. Vlad fouille dans la poche de son jean et trouve, tout froissé, un vieux billet de vingt euros sans doute rescapé de la machine à laver. Avec ça, il trouvera bien le moyen de faire quelque chose qui sorte de l'ordinaire…

***

Vlad se balade le nez en l'air dans les rayons de la supérette. Aujourd'hui, les pizzas surgelées et le petit présentoir des magazines de jeux vidéo ne l'intéressent pas. En entrant, il a jeté un regard furtif derrière les caisses, dans l'armoire où sont rangés les alcools forts. Avant toute chose, il a décidé de parcourir le magasin, un panier à la main pour passer inaperçu. Il choisit une boîte de haricots blancs en conserve, un paquet de mouchoirs et une tablette de chocolat pâtissier. Puis Vlad, dont le rythme cardiaque est passé à Mach deux, s'approche tout congestionné d'une caisse. Il espère que le caissier, à peine plus âgé que lui, ne lui opposera aucune résistance.

– Bon… bonjour, dit Vlad d'un ton hésitant en commençant à déposer ses articles inutiles sur le tapis de caisse.

Maintenant il est tout rouge. Il tente d'éviter le regard du caissier et se prépare à mettre son plan à exécution. Il respire un bon coup.

– Et je vais vous prendre une bouteille de vodka, aussi, s'il vous plaît… dit-il en tentant de prendre un air dégagé.

Vlad est sur le point de défaillir. Il lève enfin les yeux et met toute son énergie à prendre le regard dur et assuré qui signifie : « Mais qu'est-ce que tu fous, mec ? File-moi cette bouteille et m'emmerde pas ! »

Malheureusement, le caissier n'est pas dupe.

– Avez-vous une carte d'identité, s'il vous plaît Monsieur ?

Vlad est piégé et il le sait. Alors il joue le tout pour le tout.

– Oui, oui, une seconde, répond-il, tandis que son teint passe du rouge au blanc.

Il fait semblant de fouiller dans son portefeuille pendant de longues secondes, tout en jurant à voix basse mais néanmoins audible : « Merde… qu'est-ce que j'ai fait de ma carte ? » Ensuite, faussement penaud, il lève à nouveau les yeux vers le caissier.

– Je suis vraiment désolé, Monsieur, j'ai oublié mes papiers chez moi… Je vous les amène demain ? tente-t-il.

Mais le caissier se montre inflexible.

– Je suis navré Monsieur, je ne vais pas pouvoir vous vendre cette bouteille.

– Allez… S'il vous plaît… fait Vlad, sur le point de supplier.
– Ça ne va pas être possible Monsieur, c'est le règlement.

La logique aurait voulu que Vlad batte en retraite, s'écrase, et ne reparte qu'avec ses haricots blancs, ses mouchoirs et sa tablette de chocolat pâtissier. Mais une colère dont il ne soupçonnait même pas l'existence l'envahit et le fait soudainement sortir de ses gonds, alors même que le caissier n'a montré aucun signe d'agacement.

– Mais puisque je te dis que j'ai largement dix-huit ans ! s'énerve soudain Vladimir. Vas-y, fais pas le chien et lâche-moi ta vodka !

Cette fois, c'en est trop.

– Vous me parlez sur un autre ton, Monsieur. Vous n'êtes pas majeur, je n'ai pas le droit de vous vendre cette bouteille, un point c'est tout !

– T'es vraiment qu'un salaud ! J'ai carrément dix-huit ans ! Je suis ingénieur informaticien et j'ai développé un *smartphone* révolutionnaire qui va changer la vie des gens ! Tu crois qu'un mec de dix-huit ans pourrait faire un truc pareil ?

Vlad ignore pourquoi il dit des choses pareilles. Il est complètement ridicule, mais il ne s'en rend pas compte. Il s'enferre dans son mensonge.

– Ça ne me regarde pas Monsieur, et si vous continuez sur ce ton, j'appelle le responsable du magasin, dit alors le caissier en faisant tout son possible pour garder son calme.

– Mais appelle-le, putain ! Tu crois qu'il me fait peur, ton petit responsable à la con ? J'en ai rien à foutre, moi ! Je connais que deux types qui méritent la mort dans ce monde, mais toi, tu mérites juste que je te casse la gueule !

Au-dessus des caisses, deux caméras de sécurité espionnent en permanence les clients et les employés, pour s'assurer que tout ce petit monde achète et vende comme il faut. Tout à coup, l'une des caméras pivote et dirige son objectif vers le caissier et vers Vlad, qui va en venir aux mains. À côté de l'objectif, la petite diode rouge qui signale le bon fonctionnement de la caméra clignote soudainement, s'emballe quelques secondes, s'arrête, puis se rallume, comme si de rien n'était.

Le caissier n'en peut plus. Il se rend compte que la situation lui échappe et que Vlad est sur le point d'être violent. Alors, il prend le téléphone de service et compose le numéro du responsable. Vlad comprend, mais un peu tard, qu'il va encore s'attirer de gros ennuis. La caméra cependant n'a rien loupé de la scène.

– Monsieur ? J'ai un client qui pose problème et qui voudrait que…

TIN-TIN-TIN-TIN-TIN ! TIN-TIN-TIN-TIN-TIN !

Un bruit assourdissant gagne soudain l'ensemble de la supérette. Surpris, le caissier raccroche sans attendre le téléphone et crie à qui veut bien l'entendre :

– Mesdames et Messieurs, veuillez sortir du magasin dans le calme ! Ceci est une alarme incendie !

Sans précipitation particulière, les quelques clients sortent du magasin en se bouchant les oreilles. Vlad, interdit, réalise soudain que l'alarme va lui permettre de se sortir de ce mauvais pas. Profitant de la confusion générale, il prend l'issue de secours sans que le caissier y prête attention.

Retour à la case départ. Vlad se retrouve à nouveau sur les bords de la route nationale. Sans haricots blancs et sans bouteille. Mais la bouteille, il n'en voulait pas. Tout ce qu'il désirait, c'était s'offrir des sensations fortes en achetant quelque chose de formellement interdit. Et c'est raté.

6

Non loin d'ici, dans une chambre minuscule, un homme d'une quarantaine d'années soupire longuement. Il regarde un instant encore l'écran de contrôle de la caméra de surveillance qu'il vient de pirater, puis met en veille son ordinateur. Il masse son épaule douloureuse et passe sa main sur les nombreuses cicatrices qui lacèrent son dos. Son bureau est truffé d'écrans reliés à des ordinateurs dont les unités centrales sont ouvertes pour en faciliter le refroidissement. Elles fonctionnent au maximum et les centaines de diodes de serveurs énormes clignotent à n'en plus finir. Dans cette chambre constellée de lumières bleues, vertes, rouges et jaunes se trouve une véritable petite station d'espionnage amateur qui écoute les bruits du monde et les envoie à cet homme barbu et voûté. Lui sait mieux que quiconque interpréter les signaux des machines. Sur les réseaux, il se fait appeler Orphée.

Après avoir avalé deux Efferalgan, il pivote sa chaise de bureau et observe un autre écran. Il lance Firefox et se connecte à un moteur de recherche nommé Duckduckgo. Il tape dans le champ dédié à la recherche : « Mathis Vissacq + Jacques Renault + Century ». Duckduckgo propose alors des dizaines de pages web qui sont autant d'articles de presse concernant l'affaire Century. Il lit les interviews dans lesquelles Jacques Renault clame son innocence à propos de la mort de Viktor Shankly et dénonce une machination visant à le discréditer. Quant à Mathis Vissacq, Duckduckgo trouve peu de choses. Quelques articles sur des sites de passionnés d'enquête policière en viennent sans exception à la même conclusion : on ne sait pas où est Mathis Vissacq, on ignore ce qu'il a réellement fait et on ne le saura probablement jamais. On trouve bien des comptes Facebook, LikedIn, Twitter et Google+, mais ils sont complètement verrouillés et inactifs depuis de nombreux mois. Pour la seconde fois en dix minutes, Orphée soupire. Il ferme le navigateur et masse à nouveau son épaule.

– On dirait que Mathis a bien fait les choses. Il a fait disparaître toutes les traces de son crime, aussi bien physiquement que virtuellement…

Mais il ne se laisse pas abattre. Il lui reste deux choses à faire dans sa vie, et l'une d'elles est de mettre hors d'état de nuire les deux hommes dont il vient de consulter le profil. Il ouvre l'invite de commande de son ordinateur et tape la ligne de code suivante : « CY00TTM(192.1.64.08)/CHK_DSK/position ». Une carte satellite apparaît à l'écran et un point rouge marque immédiatement la maison d'un petit lotissement pavillonnaire.

Orphée reste un moment ainsi, à contempler mi-satisfait, mi-inquiet cette maison semblable à mille autres. Ensuite, il se décide et se remet à pianoter très vite sur son clavier rouge vif, son préféré. Il pirate en quelques secondes l'Intranet de la gendarmerie de Chilly-Lambois en faisant passer un virus informatique pour un spam. Il accède alors aux archives téléphoniques des gendarmes et télécharge au hasard la conversation téléphonique d'un gendarme avec un autre. Grâce à un logiciel de reconnaissance vocale basé sur le programme d'espionnage ECHELON, développé par la NSA à la fin de la Guerre froide, l'homme met un nom sur la voix qu'il vient de télécharger. Elle appartient à un gendarme nommé Ernest Dutilleul. Ensuite, il active un algorithme de traitement vocal qui analyse toutes les particularités de la voix téléchargée. Puis, Orphée, qui masse toujours son épaule douloureuse, prend l'ensemble du fichier analysé et l'envoie vers son téléphone préalablement connecté à l'ordinateur. Enfin, il lance sur son PC un serveur TOR virtuel pour anonymiser l'appel et compose de tête un numéro de téléphone.

– Allô ? répond Marie Shankly à l'autre bout du fil. Allô ?

Après un moment d'hésitation, Orphée se lance.

– Bonjour Madame Shankly, ici le capitaine Ernest Dutilleul, gendarmerie nationale. J'aimerais parler à votre fils s'il vous plaît.

– Euh… Oui… dit Marie, surprise. Si c'est encore à propos de la mort de son père, je crois qu'il a dit tout ce qu'il savait et qu'il est inutile de le tourmenter davantage avec ça.

– Rassurez-vous Madame, précise l'homme en prenant un ton moins protocolaire, mon appel n'a rien à voir avec ce drame. Je dois lui parler d'une affaire sans importance.

Cette fois, Marie est vraiment intriguée.

– Mais… Vous savez que mon fils est mineur ? Il me semble donc qu'avant toute chose, vous devez vous entretenir avec son responsable légal, c'est-à-dire moi !

Il a beau savoir se servir des technologies informatiques les plus complexes, Orphée, caché au fond de son antre éclairée de diodes multicolores, n'avait pas prévu ça. Il s'essuie le front avec un mouchoir et joue son va-tout.

– Eh bien Madame, puisque nul n'est censé ignorer la loi, sachez qu'à l'article 95-28 alinéa 9 du code civil, il est clairement stipulé que les forces de l'ordre, pour faciliter la clôture rapide des affaires jugées mineures, peuvent prendre contact avec l'enfant sans présence obligatoire d'un parent. Mais si vous préférez, bien sûr, je peux venir chez vous d'ici minuit pour vous emmener tous les deux pour quelques heures au commissariat et vous interroger plus formellement…

Bien sûr Orphée n'a aucune idée de ce qu'il avance, mais le mensonge fonctionne et Marie n'en croit pas ses oreilles. Elle a toujours respecté les forces de l'ordre, elle leur trouve toujours des circonstances atténuantes. Eh bien cette fois-ci, elle vient de se faire menacer, à demi-mot et sans raison, par un gendarme sorti de nulle part…

– Bon… bon… pas la peine de le prendre sur ce ton, proteste-t-elle, tout en regrettant au même moment de ne pas avoir le courage de dire ses quatre vérités à ce gendarme peu recommandable. Vlaad ! crie-t-elle. C'est pour toi !

Quelques secondes plus tard, Vladimir consent à sortir de sa chambre et à prendre le combiné.

– Ouais ? C'est qui ? commence-t-il abruptement.

– Ici Ernest Dutilleul, gendarmerie nationale, répond très sèchement Orphée.

Le sang de Vlad ne fait qu'un tour. Il sait bien pourquoi ce Monsieur Dutilleul l'appelle, mais il est tout de même très étonné que la gendarmerie se mêle d'une embrouille de quelques secondes dans une supérette insignifiante…

– On nous a signalé une altercation dans le Carrefour City qui se trouve le long de la N21. Étiez-vous sur les lieux Monsieur ?

– Oui, enfin… enfin… j'veux dire, j'étais là, mais j'ai rien fait, quoi…

Vlad constate avec effroi que sa voix trop hésitante le confond plus clairement encore qu'un alibi inexact. Sentant sa détresse,

Orphée comprend que c'est le moment. D'un ton de parrain de la mafia, il prononce très doucement ces quelques mots :

– Fais pas le con, petit.

– Hein ? dit Vlad qui croit avoir mal entendu.

– Tu m'as très bien entendu. Je répète : fais-pas-le-con.

– Eh, mais d'où vous me tutoyez ? s'écrie tout à coup Vlad, scandalisé qu'un gendarme passe aussi rapidement du vouvoiement au tutoiement.

– Tu connais ce bouquin où ça dit : « Big Brother is watching you » ? continue le faux gendarme ignorant la colère de Vlad. Eh bah tu devrais…

Clic. Orphée raccroche et laisse Vlad sidéré. Mais qui peut bien être ce gendarme inquiétant, qui appelle pour ne rien dire et profère des menaces à demi-mot ? Vladimir n'en a aucune idée, mais ce qui est sûr, c'est qu'avec un type comme ça à ses basques, il réfléchira à deux fois avant de faire n'importe quoi… Marie, qui était restée à côté du téléphone, mais qui n'a pas entendu ce qu'a dit le gendarme, est scandalisée… mais pas seulement par l'attitude du gendarme. Elle a entendu son fils parler irrespectueusement aux forces de l'ordre !

– Vlad ! commence-t-elle très en colère. Je ne t'ai jamais appris à parler correctement ?

– Si, si, mais…

– Et je ne t'ai jamais appris à respecter ceux qui portent l'uniforme ?

– Mais si ! C'est juste qu'il me parlait chelou. Il m'a dit « fais pas le con ». Je sais même pas pourquoi il m'a dit un truc pareil, ment-il…

– Ça m'est égal, répond Marie. On ne tutoie pas les policiers, les militaires, les préfets, les hommes et les femmes politiques, c'est comme ça. C'est peut-être bête, mais c'est comme ça !

– Alors ça tu peux le dire, c'est con. Ils sont comme nous tous ces gens ! Deux pieds, deux jambes, et je suis même prêt à parier qu'ils vont tous sur le trône au moins une fois par jour. Alors pourquoi je les respecterais plus qu'ils ne le font, hein ?

– Non mais dis donc ! s'écrie-t-elle. Depuis quand tu raisonnes comme ça ?

– Je suis comme ça depuis que mon père est mort à cause d'une injustice ! hurle Vlad. Mais toi, t'façon, t'en as rien à foutre de tout ça ! Papa est mort, et deux semaines après, tu l'avais déjà oublié !

Marie est complètement désarçonnée par le soudain mouvement d'humeur de Vlad. Elle tente de lui toucher l'épaule, mais il se dérobe et lui jette un regard plein de fureur.

– Me touche pas ! crie-t-il en remontant en quatrième vitesse dans sa chambre s'enfermer à double tour.

Mais cette fois, elle n'est pas prête à laisser son fils ruminer seul ses idées noires. Décidée à faire face, elle monte jusqu'à sa chambre et frappe doucement.

– Vlad, ouvre-moi s'il te plaît… murmure-t-elle.

– Laisse-moi, crie-t-il à travers la porte de sa chambre, t'as jamais aimé papa, tu peux pas comprendre !

– C'est faux, Vladimir ! J'ai aimé ton père passionnément, et lui aussi il m'a aimée. Surtout, il t'a aimé toi plus que quiconque. Tu m'entends ? Il t'aimait ! Tu dois le savoir !

La dernière réplique de Marie laisse Vlad silencieux. Profitant de son silence, elle tente d'enfoncer le clou.

– Tu vois la photo que je t'ai offerte l'autre jour où on est tous les deux avec Eduard sur la plage en vacances, c'était il y a longtemps. Mathis nous avait rejoints quelques jours plus tard, c'était super à cette époque et il me semble que ça crève les yeux que nous nous aimions ton père et moi. C'est juste que… chacun porte le deuil à sa manière. Toi tu l'exprimes, moi je le garde pour moi. Mais sache-le, ton père me manque terriblement.

Vlad n'ouvre pas la porte, alors Marie finit par redescendre en espérant avoir apaisé son fils. Mais si ses paroles l'ont effectivement un petit peu calmé, il est surtout troublé par autre chose. En effet, Marie vient de souligner un détail que Vlad n'avait pas remarqué : son oncle Eduard était sur la photo de vacances de ses parents.

7

Le lendemain après-midi, après une journée de cours semblable à toutes les autres, Enig et Helena se retrouvent. Malgré le fond de l'air glacial et le ciel nuageux et triste, ils se baladent main dans la main dans le parc Allaire, le long d'un petit ruisseau. Depuis cette soirée inoubliable où ils se sont avoué leurs sentiments, ils craignaient le retour à Chilly-Lambois et la vie grise de leur banlieue. Malgré les promesses, personne ne savait ce qui allait advenir après la reprise des cours. Heureusement, ils ont fini par trouver leur rythme, sans brusquer les choses. Depuis, ils s'aiment d'un amour très simple. Ils ne se disent pas tout, bien sûr ils ont chacun leurs petits secrets, mais quand c'est important, ils se parlent franchement, sans gêne et sans fausse pudeur. C'est ce qui fait la force de leur couple. Et dans ces cas-là, ils s'écoutent vraiment, leurs caractères complémentaires s'accordent à merveille.

– Il est *space* Cyrano ces derniers temps, tu trouves pas ? demande Helena, rêveuse, la tête légèrement penchée en arrière pour mieux observer le ciel voilé.

– Ouais… Je crois qu'il peut plus blairer Vlad. Ce qu'il s'est passé à Belle-Île, ça les a rendus trop différents. Maintenant je pense qu'entre eux, c'est mort. Vlad devrait lancer le Totem de la falaise où son père s'est jeté, et essayer d'oublier tout ça.

Helena sourit.

– C'est tout toi, ça ! T'as toujours des idées morbides. « Romantiques au premier sens du terme », comme dirait Monsieur Mobonckäu. Moi je crois surtout que Cyrano est malade, mais genre malade de la tête.

– Qu'est-ce que tu veux dire ?

– Bah… Comme ma mère est psy, elle me parle souvent de patients qui ont la même attitude que Cyrano. Comme lui, ils dorment tout le temps, ils sont pas aimables, ils n'aiment rien…

– C'est des relous, quoi ! résume Enig, peu au fait des subtilités de la psychanalyse. Et puis Cyrano, c'est juste un logiciel. C'est pas un être humain !

Là, Helena n'est pas tout à fait d'accord.

– C'est sûr, biologiquement parlant, Cyrano n'est pas humain. Mais t'écoutes comment il parle, comment il réagit à ce qu'on lui dit ? C'est comme si plus le temps passait, plus il se rapprochait de ce qui nous distingue des machines… Parfois, j'ai l'impression qu'il est plus humain qu'Alise, par exemple !

– D'un côté, je crois qu'Alise est pas vraiment humaine… Mais donc, qu'est-ce que tu veux dire ?

– Je crois que Cyrano fait ce que ma mère appelle une dépression.

Helena avait fini par lâcher le mot qui tue.

– Une dépression ? Genre c'est juste un mot pour dire qu'il déprime, quoi ?

– Si tu préfères. En fait, d'après elle, la dépression, c'est de l'uber-déprime, en gros. C'est un truc qui passe pas. Qui te prend le matin au réveil et ne te lâche pas jusqu'au soir, avant de te reprendre le matin suivant, et ainsi de suite pendant parfois plusieurs mois… C'est super dangereux, et maintenant, on dit même que c'est une maladie.

– Merde… souffle Enig, qui ignorait tout cela. Mais une machine, ça peut pas déprimer quand même ?

– Bah… Moi aussi je pensais que non… Mais là, franchement, il se comporte comme les patients de ma mère, j'te jure !

– Merde, répète-t-il pensivement. Mais si c'est une maladie son truc, sûr que ça doit se soigner. Il peut prendre des médocs par exemple…

– Ma mère pense que ça peut aider des gens. Mais moi, je pense qu'il ne faut pas prendre ces conneries. Je suis sûre que ça te bousille la tête. Et puis comment tu fais prendre un médoc à une application ?

– Je sais pas… Il pourrait juste aller parler avec ta mère, peut-être que ça le soulagerait ! propose Enig, à moitié sérieux.

– Mais grave ! Je vais dire à ma mère : « Tiens, je te présente ton nouveau patient » en lui tendant le Totem… Elle va adorer !

– …

– Franchement, continue Helena, je crois que pour le sortir de ses idées noires, on devrait essayer de lui faire faire des choses qu'il aime vraiment. Je suis sûre qu'il en a marre qu'on ne se serve de lui que pour tricher pendant les devoirs ou pour nous tirer d'affaire…

– C'est clair ! Mais qu'est-ce qu'il aime vraiment, Cyrano, en fait ?

– Mais t'es aveugle ou quoi ? Son délire à lui, c'est de nous apprendre des trucs ! Il passe son temps à vouloir nous sortir sa science, et nous, on l'envoie tout le temps balader parce que ça nous saoule… Tu m'étonnes qu'il pète un câble à la fin !

```
Facebook Messenger
De : Vladlemagicien
Yo ! Eh, le littéraire de supérette, tu
connais un bouquin ou y'a l'expression
« Big brother is watching you » ? J'ai
cherché sur Google, mais ça donne pas
trop de résultats et j'ai la flemme de
lire.
```

– L'enfoiré, dit Enig à voix haute en lisant le message de Vlad.

– Qu'est-ce qu'il se passe ? demande Helena.

– Nan rien, répond Enig. Vlad dit que je suis un « littéraire de supérette… » et puis après, il me demande un truc, mais je suis pas trop sûr. « Big brother is watching you », c'est un truc de 1894, c'est Georges Orwell, nan ?

– Ouais, c'est ça. Mais, c'est pas en 1894 qu'il a écrit *1984*…

– Je ne comprends rien à ce que tu racontes, mais je vais lui dire !

Facebook Messenger
Pour : Vladlemagicien
Ouais gros ! Alors ton expression, c'est George Orwell qui l'a écrite. C'est dans un bouquin où ça parle d'un monde totalitaire et où tous les gens sont tout le temps sous surveillance. Mais Helena me dit qu'Orwell a pas écrit son bouquin en 1984 (ma meuf est bizarre parfois :) Pourquoi tu voulais savoir ça ?

Facebook Messenger
De : Vladlemagicien
Pour rien. C'est un flic qui m'a demandé si je connaissais. Je vais essayer de le trouver ce bouquin, ça me changera des trucs à lire pour les cours !

– J'ai une idée, annonce Enig après avoir lu le texto. Ce soir, je skype Vlad et je lui parle de notre conversation. Juste pour voir s'il est d'accord pour organiser une petite session spéciale Totem pendant laquelle Cyrano pourrait jouer à *Wikipédia.*

Helena réfléchit quelques instants en hochant la tête.

– Le problème, c'est que si on fait un truc comme ça le soir, il n'y aura pas grand-monde pour écouter Cyrano. Alise et Foued ne pourront sûrement pas venir, et moi, je sais pas si mes parents me laisseront sortir…

– On trouvera bien un truc !

*
**

Le soir venu, Enig se connecte et tente une conversation avec Vladimir. Enfin il essaye, car Vlad joue à *League of Lengends* en même temps. Leur conversation est donc entrecoupée de hurlements rageurs, de cris de victoire et de soupirs de dépit, ce qui ne facilite pas la communication.

– Et donc, tu disais ? dit Vlad tout en cliquant frénétiquement partout sur l'écran.

– Je disais que Cyrano fait sans doute une dépression. C'est de l'uber-déprime et c'est une maladie, m'a dit Helena.

– Uber-déprime ?… Rhaaaaaa !!!… Naaaan !!! Moi je pense juste qu'il est uber-chiant ! Ouais !… Oh l'abruti ! Il m'a complètement pourri !

– Vlad…

– Oh ! Yes ! Yes ! Naaaaaaannnnn… Oui, qu'est-ce qu'il y a ?

– Tu peux pas arrêter *LoL* deux minutes ? Je te parle là…

– Ouais excuse-moi. T'façon, je viens de me faire exploser… peste-t-il en quittant le jeu.

– Je disais donc, comme Cyrano est déprimé, il pourrait avoir besoin de se rendre intéressant…

– Mais il passe déjà son temps à se la péter ! C'est trop relou !

– Justement ! s'agace Enig. C'est peut-être parce qu'on ne fait pas attention à lui qu'il fait une dépression. Et ce qu'il y a eu avec ton père, c'est super dur pour toi, mais je pense que ça le touche aussi… On pourrait essayer de le mettre en valeur, non ?

– Qu'est-ce que tu veux qu'on fasse ? Qu'on dresse un totem à la gloire du Totem ?

– Mais non ! Je pensais juste qu'il pourrait nous apprendre des trucs, comme ça on pourrait lui faire comprendre qu'il est important pour nous.

– Tu veux dire que Cyrano pourrait nous faire des cours ?

– Pas des cours normaux, c'est sûr… Mais tu ne penses pas qu'il y a plein de matières utiles qu'on n'apprend jamais au lycée ? Par exemple, en S, on t'apprend à vectoriser des équations et à calculer la masse d'un neutron, mais tu sais même pas adresser la parole à une meuf sans rougir ! Franchement, je suis sûr que Cyrano peut nous apprendre plein de choses trop cool !

– Mouais… dit Vlad, à moitié convaincu. Et qu'est-ce que tu proposes, alors ?

– Bah euh… je sais pas… J'espérais que tu pourrais m'aider…

Et la conversation s'arrête là, parce que ni lui, ni Vlad n'ont la moindre idée. Et comme le silence dure un peu, Vlad, par réflexe, se connecte à Twitter et regarde négligemment les *tweets* qui passent sous son nez. Il soupire intérieurement en constatant, qu'encore une fois, Cyrano a posté une nouvelle photo magnifique de la terre vue de l'espace avec ce commentaire : « Vous êtes beaux vu d'ici ! »

– Quel mytho ! s'énerve Vlad. Il va finir par se faire repérer avec ses conneries et…

Mais soudain, Enig a une idée !

– Tu te souviens de ton idée de fonder un club d'échecs au collège, le coupe-t-il, quand tu passais ton temps à y jouer avec Foued ?

– Ouais, mais c'est trop vieux, ça ! Et puis je crois que je sais même plus jouer…

– Mais on s'en fout ! Ce serait juste un prétexte ! Tu pourrais aller voir la CPE, lui demander l'autorisation d'ouvrir une salle de cours pour monter un club d'échecs, et en fait, ce serait Cyrano qui nous ferait un cours de… ce qu'il veut !

– Pff… T'sais quoi ? Je m'en fous ! Et puis t'as peut-être raison, ça nous détendra tous les deux de faire ce genre de trucs. Bon, je vais me coucher !

– À plus, gros !

TOTEM 2.0

Mais si Vlad a mis volontairement fin à cette conversation qui l'épuise, il ne va évidemment pas aller se coucher tout de suite : on ne reste pas sur une défaite dans *League of Legends* !

8

– Parle !

Vlad relève la tête, ouvre péniblement les yeux et regarde, ébloui, les deux policiers en civil qui se tiennent de part et d'autre de la chaise sur laquelle il est ligoté.

– Parle, je te dis ! Qui a tué Viktor Shankly ?

Les yeux rouges, Vlad, anéanti par le manque de sommeil, laisse trembler ses lèvres, mais ne dit rien. Il reste silencieux malgré l'agacement du policier.

– C'était ton père, Viktor Shankly, tu m'entends ? Ton père ! Pourquoi tu fermes ta gueule hein ? continue le flic en se penchant vers lui comme s'il était sur le point de lui flanquer une raclée…

D'ailleurs, c'est ce qui arrive un instant plus tard, une gifle fouette la joue de Vlad qui n'a même plus la force de jurer. La pièce dans laquelle il est détenu est très lumineuse. Deux puissants projecteurs sont braqués sur lui. Ils l'aveuglent et lui fatiguent les yeux. Constatant l'échec de son collègue, le second flic se plante à son tour en face de Vlad, puis s'agenouille pour se mettre à sa hauteur. D'un geste calculé, il lui touche l'épaule et affiche un sourire contrarié.

– Je m'appelle Ernest Dutilleul, tu veux quelque chose à boire ? T'as pas l'air bien, là, lui demande-t-il.

Mais Vlad connaît trop ce petit jeu. On le voit partout, dans les livres comme à la télévision, en fait, dès qu'il y a des flics un peu retors. Ils jouent à *good cop bad cop.* L'un joue le méchant flic brutal auquel on ne dit rien, pour finalement tout avouer au flic gentil et prévenant. Mais c'est tellement évident que Vlad pensait que ce genre de technique était passé de mode. Ils pensent que je ne les vois pas venir… se dit-il pour tenter d'oublier sa joue endolorie. S'ils s'imaginent que je vais leur dire qui a buté mon père, ils peuvent se mettre ce que je pense là où je pense… Cependant, Vlad et les flics ne pensent sans doute pas à la même chose.

– Mais à quoi tu joues ? reprend le second flic qui fait des efforts pour conserver un air aimable. Pourquoi tu veux pas nous dire qui est derrière la mort de ton père ? T'as peur que ces gens te retrouvent et te fassent du mal ?

– …

– Si c'est ça, t'as pas à t'inquiéter. Nous, tu sais, on protège les témoins depuis des années. Et depuis que je suis dans ce service, y'en a pas un seul à qui il est arrivé des bricoles… T'es en sécurité, là ! Tu peux te lâcher, parler, tu sais…

Je suis tellement en sécurité que je suis prisonnier dans la salle d'interrogatoire d'un commissariat, pieds et poings liés sur une chaise, se dit Vlad sans desserrer les dents. Puisque le *good cop* a échoué, c'est au tour du *bad cop* de revenir à la charge. Et cette fois-ci, il ne plaisante pas…

– Moi, je m'appelle Ibrahim Sycomor, commence-t-il. Et là d'où je viens, on fait plein de choses aux gamins dans ton genre, ceux qui se pensent plus forts que les vieux. Des trucs à base d'électricité, d'eau et d'apnée. Tu connais ? Je suis sûr que tu en as déjà vu dans les films…

– Eh ! s'écrie Vlad. Vous n'avez pas le droit ! On est en France, c'est interdit de torturer !

Sycomor rigole franchement.

– Tu parles de quoi, là ? On s'en tape de la loi, c'est chiant ! Moi tout ce que je veux, c'est savoir ce qu'il y a dans ta caboche ! Et s'il faut que je viole cinquante lois pour ça, je vais pas me gêner !

Vlad n'en peut plus. Il est fatigué, il a faim, il a soif, il veut sortir. Mais ce n'est apparemment pas au programme, puisque Dutilleul, pourtant le *good cop*, rapporte deux pinces électriques et un gros générateur…

– Nooon ! hurle Vlad désespéré, mais bien décidé à ne rien dire à ces deux types, qui, s'ils se prétendent flics, ont surtout l'air de mafieux prêts à tout.

Alors que Dutilleul s'avance vers lui, l'air menaçant, avec les deux pinces électriques qui font des étincelles lorsqu'elles se touchent, Vlad jette un regard paniqué vers la vitre de la salle d'interrogatoire. Il voit sa mère qui l'observe, sereine, sans bouger d'un cil. Bizarrement, la seule chose que Vlad remarque, c'est qu'elle est très grosse. On dirait qu'elle est enceinte…

Juste avant que la pince de Dutilleul touche son avant-bras ligoté, Vlad parvient, en se contorsionnant, à tirer de la poche de son jean la photo que lui a offerte sa mère pour son anniversaire. Il la brandit comme si c'était un talisman capable d'éloigner les mauvais esprits. Comme pétrifié, Dutilleul recule de quelques pas, puis trébuche.

– Ahhhh ! hurle-t-il pendant que Sycomor, qui lui n'est pas effrayé pour un sou, explose d'un énorme rire gras.

– Tu es trop mignon mon petit… Mais maintenant, dis-moi : qui a tué Viktor Shankly ? Parle ou je commence à te travailler au corps avec les pinces…

Vlad garde toujours le silence. Ils peuvent bien me mettre à l'envers, je leur dirai jamais rien sur Mathis et Renault. Ces deux-là, ils sont pour moi, pense-t-il.

Même en mobilisant toutes ses ressources physiques et mentales pour résister à cet interrogatoire musclé, Vlad commence à trouver le temps long. Il a l'impression de s'ennuyer, malgré la menace de la torture imminente. Comme si tout cela devait se finir rapidement. Il regarde au sol et constate que la photo de son père traîne maintenant par terre au milieu d'autres feuilles volantes. Et parmi elles, Vlad aperçoit une sorte de certificat médical. En l'observant de plus près, il comprend qu'il ne s'agit pas de ça, puisque sur l'en-tête de la feuille est inscrit : « Certificat de décès ». Pendant que les deux flics lui tournent autour, Vlad poursuit sa lecture :

Certificat de décès

Nom : Shankly
Prénom : Eduard
Cause du décès : infarctus du myocarde
Date du décès : 28 août 1999
Observations du médecin légiste : présence dans le sang d'une infime quantité de cyanure. En lien avec le décès ?

Soudain, on entend un bruit d'eau. Par une petite bouche d'évacuation située au sol, un mince filet sort en défiant les lois de la physique et s'écoule maintenant dans la salle d'interrogatoire. En quelques secondes, Vlad a les pieds mouillés et la photo de son père est irrémédiablement noyée, ainsi que l'étrange certificat de décès. Alors qu'il tente de prévenir les flics qui ne se sont aperçus de rien, Vlad regarde pour la première fois le *good cop* dans les yeux. Il n'a vraiment pas une tête à s'appeler Ernest Dutilleul, comme il a essayé de lui faire croire. Avec sa carrure imposante, sa démarche un peu gauche et ses cheveux aux épaules, l'homme ressemble plutôt à Vincent Kessler, alias Vega. Le tueur qui lui a tiré dessus à Belle-Île.

Vlad n'a plus rien compris, et il s'est réveillé. En bas, sa mère a déjà lancé le lave-vaisselle. L'eau qui va et vient, fait, dans toute la maison, un boucan d'enfer. Il déteste dormir aussi longtemps. Heureusement il n'avait pas cours ce matin, mais une mission l'attend toutefois à midi, il doit rencontrer Lydie Saatif, la CPE du lycée pour lui demander la permission de monter un club d'échecs… Malgré le cauchemar, la nuit a porté conseil et les arguments d'Enig, qu'il a ressassés avant de s'endormir, ont fini par le convaincre.

S'extirpant avec difficulté de son rêve, Vlad prend son sac de cours et y jette un bloc-notes et un stylo bleu complètement mâchonné. Une fois dehors, en attendant le bus, il repense à la tête de Vega déguisé en flic. Il pense aussi à la photo de son père et se rappelle la remarque de sa mère. Eduard serait sur la photo, lui dont il a vu le certificat de décès dans son rêve. Mais comment peut-on mourir de cause naturelle avec du cyanure dans le sang ? Vlad sort la photo de son portefeuille et l'observe attentivement tandis que le bus arrive. Elle avait raison. Juste au-dessus de son père qui sourit, on aperçoit un homme du même âge que Viktor qui bronze sur une serviette. La ressemblance est frappante. Pas de doute, il s'agit bien d'Eduard. À cause de la foule, Vlad ne l'avait pas remarqué… Mais alors, se demande Vlad, si ma mère, mon père et Eduard sont sur la photo, qui peut bien l'avoir prise ? Il monte dans le bus sans avoir de réponse. Il est très en retard et il a une CPE à convaincre.

*
**

– Entrez ! chante Lydie Saatif d'une voix sèche.

– Excusez-moi de vous déranger Madame, mais…

La CPE s'attendait à ce qu'un groupe d'élèves en furie entre dans son bureau pour justifier d'une bagarre anodine, mais lorsqu'elle lève la tête et aperçoit Vlad dans l'embrasure de la porte, un sourire amical remplace immédiatement son air renfrogné, ce qui a le don d'énerver Vladimir.

– Vlaaad ! crie-t-elle trop chaleureusement, mais entre donc !

Vladimir fait quelques pas dans le bureau de la Vie scolaire et Lydie Saatif, comme saluant l'entrée d'un prince, se lève brusquement. C'est à peine si elle ne se précipite pas pour lui faire la révérence ou même un gros câlin…

– Comment tu vas, mon grand ? demande-t-elle.

Mais elle aurait tout aussi bien pu oser : « Alors, mon pauvre chou, tu tiens le coup ? »

– Euh… ouais, bien, pas de soucis quoi…

– Ta mère, elle va bien ? J'ai vu que tu avais eu un 13 en anglais, c'est super ça Vlad, félicitations ! ajoute-t-elle sans même attendre la réponse.

– Merci… je voulais vous voir parce que…

– Je suis vraiment contente que tes notes repartent à la hausse ! Après tout ce que tu as traversé, toute l'équipe pédagogique sait que ce n'est pas facile pour toi, et tu dois savoir que nous sommes tous soudés pour t'épauler et t'aider à remonter la pente !

Lydie Saatif est le genre de personne qui aime employer l'expression « équipe pédagogique ». Vlad, lui, n'en a rien à faire. Il a déjà entendu un million de fois ce genre de discours, et si ce n'était pas la CPE qui lui parlait, sans doute l'enverrait-il se faire voir sans hésiter.

– Merci Madame, je voulais juste vous demander si c'était possible de…

– Oui, excuse-moi, Vlad ! Je passe mon temps à parler alors qu'il faudrait au contraire que je t'écoute. Nous le savons tous, l'écoute est essentielle dans ce genre de situation !

– Oui, j'ai effectivement besoin que vous m'écoutiez… répète Vlad, un peu agacé.

En temps normal, Lydie Saatif est une excellente CPE. Si le proviseur, Albert Kechichian, passe son temps à faire des discours aux grandes envolées lyriques, elle s'occupe tous les jours du bon fonctionnement du lycée Mahmoud Darwich. Sauf que dans ce cas précis, Lydie Saatif ne s'y prend pas correctement.

– J'aimerais, continue Vlad, créer un club d'échecs pour m'entraîner avec mes amis à l'heure du déjeuner. On est trop fan de ce jeu, et puis on en a assez de passer notre temps à traîner à côté des tables de ping-pong…

– Tu joues aux échecs ? Mais c'est génial ça ! Moi aussi j'y ai joué pendant très longtemps et j'adore toujours ça… Je crois que c'est bien pour se détendre, c'est bien mieux que les jeux vidéo par exemple. La position que j'adorais à l'époque, c'était celle du zugzwang. Tu le sais peut-être, c'est pour mettre ton adversaire en mauvaise posture, quel que soit son prochain coup. Quand mon adversaire était en zugzwang, moi je faisais souvent…

Tout d'un coup, le débit de parole de la CPE a raison de la patience de Vlad.

– Et donc on peut avoir une salle ? la coupe-t-il brusquement, avant qu'elle ne se lance dans un développement complexe de la théorie échiquéenne…

– Euh… oui, pardon, je m'égare ! Je préviendrai Ramzy et lui demanderai d'ouvrir la salle 215 pour toi et tes amis. C'est tellement intéressant de parler un peu avec toi ! Ça ne m'étonne pas du tout que tu sois joueur d'échecs, et d'ailleurs, si un jour tu t'ennuies, tu n'as qu'à venir dans mon bureau pour me proposer de faire une partie !

– Ouais, ouais, ok ! dit Vlad en battant en retraite aussi vite que possible. À bientôt Madame Saatif !

Enig et Helena attendent Vlad à la sortie du bureau.

– Alors, elle est d'accord ? demande Helena.

– Elle veut bien, mais j'ai dû supporter tout son baratin et ces mots compliqués, c'était horrible ! grogne Vlad. Tu sais ce que ça veut dire « zugzwang », par exemple ? Elle me parlait comme si j'étais un petit être fragile qu'il fallait protéger à tout prix… Ça me saoule, ils sont tous comme ça !

Constatant que Vlad est sur le point de replonger dans un accès de colère froide dont il est coutumier ces derniers temps, Enig tente de lui changer les idées.

– En tout cas, pour que notre couverture soit parfaite, faut qu'on lui trouve un nom à notre club d'échecs. T'as une idée ?

– Nan…

Et juste avant de se séparer, Vlad trouve enfin quelque chose.

– Notre club d'échecs fictif, il va s'appeler le Zugzwang Klub, avec un K ! Juste parce que personne ne sait ce que ça veut dire !

9

Après cette journée de cours où il a trouvé à Enig, Vlad et Helena de vraies têtes de conspirateurs, Foued est rentré chez lui. Seul dans le salon impeccablement rangé, il a les yeux rivés sur son téléphone. Quelques secondes plus tôt, il a reçu un petit film de Saïd de sept secondes assorti du commentaire suivant : « Alors, tu kiffes ? ». Il montre la chambre d'étudiant de Saïd couverte du sol au plafond de tissus noirs. Immédiatement Foued comprend qu'il s'agit des premiers essais de caméra de son court-métrage. Il veut tourner tout ça dans sa chambre…

– C'est tout petit, il est ouf ce mec ! dit Foued à haute voix.

– Mais pourquoi tu dis toujours « ouf » ?

Foued tourne la tête et voit Ilyes, son père, sortir de la cuisine les mains pleines de pâte à pizza.

– Mais c'est comme ça qu'on parle aujourd'hui papa ! Je crois que tu ne peux pas comprendre, c'est comme ça, c'est la vie… dit-il en souriant pour le taquiner.

– Parce que tu sais que « ouf », en vrai, ça veut dire autre chose ?

– Bah oui ! Dans les années 50, on disait des trucs genre « ouf, je l'ai échappé belle ! ». Mais aujourd'hui, on dit « ouf » parce que c'est fou !

Ilyes n'est pas convaincu, mais préfère ne pas s'appesantir sur le sujet.

– Et ton film alors ? Tu vas le faire oui ou non ?

Le père de Foued est souvent assez insistant, voire lourd, voire un peu plus encore. C'est qu'à la différence de sa femme Amel, Ilyes n'est pas très observateur. Alors il pose des questions directes et maladroites, et ses fils, Foued comme Farid, ne se privent pas de le lui faire remarquer. Heureusement, Foued adore son père et ne se formalise pas.

– Mais oui, t'inquiète, ça va se faire, papa. Ça a juste été décalé de quelques mois…

– Ah bon !

– Moi je gère ma vie, papa, toi tu gères les pizzas pour ce soir !

De : Vlad
Yo ! Ce soir à 18h en salle 215 à Darwich, on inaugure le Zugzwang Klub, un club d'échecs. Saatif veut bien qu'on reste jusqu'à 21h, ensuite le gardien fermera derrière nous. On va se remettre aux échecs, gros, et on va envoyer du lourd ! Viens !

Il est 17 h 30… Il aurait préféré être prévenu avant, mais Foued n'hésite pas une seconde. Il enfile sa veste de survêtement et ses baskets, puis file vers son lycée une petite heure seulement après l'avoir quitté…

– Dis à Farid et à maman de pas m'attendre ce soir ! crie-t-il à son père en ouvrant la porte qui donne sur le palier de l'immeuble. Faut que je me magne ! À tout et bonnes pizzas !

Sans attendre la réponse de son père, Foued traverse la cité des Mille Roses en toute hâte, traverse le parc Allaire, puis longe la nationale vers son lycée. Il comprend mieux pourquoi Vlad et Enig ont passé la journée à faire des messes basses, mais il est un peu vexé qu'on ne lui ait rien dit. Et puis, normalement, c'est lui le joueur d'échecs, pas Enig. En plus, Vlad n'a jamais vraiment aimé ce jeu ! Foued se demande tout de même pour quelle raison, sur un coup de tête, Vlad a voulu créer un club d'échecs. Foued trouve ça un peu bizarre… et il a parfaitement raison !

Soudain il a une idée. Et s'il demandait à Saïd de le rejoindre ? Ils n'ont jamais parlé d'échecs ensemble, mais Foued est persuadé que ça ne pourrait que le passionner. Patience, réflexion, esprit d'initiative, lutte à la vie, à la mort, c'est tout lui ! En plus, Saïd adore crâner devant les vieux. Et puis, en conviant Saïd, il montrerait à Vlad et Enig qu'il a d'autres amis et que leurs petites cachotteries le laissent de marbre.

```
Pour : Saïd
Salut ! J'ai un pote qui inaugure un
club d'échecs tout à l'heure. Je sais
pas ce que c'est, mais comme ça fait
longtemps qu'on s'est pas vus, je me
suis dit que tu pourrais peut-être m'y
rejoindre : moi je te montrerai les
échecs, et toi tu me parleras du film.
Ça te dit ??
```

La réponse de Saïd ne se fait pas attendre.

```
De : Saïd
Okay ! Donne-moi quinze minutes, j'ar-
rive !
```

Au moment où il lit le texto, Foued arrive au lycée. Le parking est quasiment désert, la plupart des élèves sont déjà rentrés chez eux. Seuls quelques-uns traînent encore malgré le froid, des écouteurs vissés dans leurs oreilles et le nez plongé à quelques centimètres de leurs précieux téléphones.

– Pff ! se dit Foued, aujourd'hui les gens ne se parlent plus, ils préfèrent se replier sur eux-mêmes en matant leurs téléphones… c'est pour ça aussi que le monde part en *live* !

Mais cinq minutes plus tard, il chausse ses écouteurs à son tour et lance une partie de *Candy Crush Saga*. Chacun ses contradictions… Enfin, Saïd apparaît et interrompt sa partie.

– Tu vas bien ? lui demande-t-il en lui donnant l'accolade.

– Nickel ! Merci de m'accompagner à ce truc. Je crois que Vlad a encore pété une durite. Maintenant, c'est un club d'échecs qu'il veut monter… Il a rien trouvé de plus cool… Demain, je te parie qu'il voudra lancer un club de tricot…

Croisant les retardataires qui rentrent chez eux, Foued et Saïd passent le portail et se dirigent vers le bâtiment presque vide. Enfin, ils arrivent à la porte de la 215. Comme s'il s'apprêtait à entrer en cours, Foued tape trois fois, puis entre. De toute évidence, ce qu'ils découvrent ressemble assez peu à un club d'échecs.

Vlad est perché sur une estrade, vêtu d'un pull à col roulé sombre. Comme un prophète annonçant à son peuple qu'il a été témoin d'un miracle, il lève sa main au bout de laquelle est fièrement brandi le Totem. L'assistance, composée seulement d'Enig, Helena, Alise et Aïssa, ne laisse rien paraître, à l'exception d'Aïssa, livide et sans voix. Les autres, en constatant la surprise d'Aïssa, chuchotent et échangent de petits sourires entendus. C'est qu'elle commence seulement à découvrir ce qu'est le Totem et qui est Cyrano. Elle avait bien compris que le *smartphone* de Vlad n'était pas un téléphone comme les autres, mais elle ne s'attendait pas du tout à ça !

Saïd, toujours sur le pas de la porte, est lui aussi ébahi. Quand il voit Vlad faire une nouvelle démonstration des capacités du Totem, il comprend l'entêtement de Vlad, l'année dernière, à aller le récupérer au lycée à tout prix. Lorsqu'il entend Cyrano parler dans les haut-parleurs, il est pris d'un étourdissement soudain. Il recule d'un pas, puis deux, et éprouve le besoin de s'asseoir. Lorsque ses épaules touchent enfin le dossier de la chaise qu'Enig a précipitamment mise sous ses fesses, Saïd murmure un « wooo… » de circonstance. Il est maintenant clair que le Zugzwang Klub ne désigne pas un club d'échecs !

– Et aujourd'hui, déclare Vlad d'une voix claire et puissante, nous fondons le Zugzwang Klub afin de faire de Cyrano notre nouveau professeur. Un professeur qui, pour une fois, fera ce qu'il voudra ! Mais trêve de discussions. Je ne suis pas Albert « Kelchiant », dit-il en référence à son proviseur. Je vais me taire et laisser la parole au héros du jour !

Vlad fait un geste de la main vers le Totem qu'il a préalablement posé sur le bureau de la salle de cours. Il reste ainsi quelques secondes en attendant que Cyrano se lance. Mais justement, Cyrano ne se lance pas. Tout à l'heure, pourtant, il prenait un malin plaisir à faire la démonstration de ses capacités, bref, à impressionner son auditoire à peu de frais. Mais à présent qu'il doit passer aux choses sérieuses, c'est-à-dire présenter le contenu des cours qu'il va dispenser, Cyrano hésite. En fait, il est mort de trouille…

Mais pourquoi Vlad m'a-t-il mis dans cette situation si embarrassante ? se demande-t-il, alors que tout le monde est pendu à ses lèvres, enfin, à ses haut-parleurs. Je ne demandais pourtant rien à personne, moi... Je veux juste m'occuper de mes comptes Instagram, comme d'autres ne s'occupent que des fleurs de leur jardin. Pourquoi est-ce qu'il m'embête avec des cours, des trucs, des binz et des bidules ? Il faudrait juste qu'ils me laissent tous finir mes pauvres jours en paix...

S'il avait pu, Cyrano aurait couru se cacher au fin fond d'un placard et s'y serait caché, aussi longtemps que nécessaire, jusqu'à ce qu'on ne parle plus de lui. Mais Cyrano n'est pas un personnage de chair, c'est un logiciel dans un *smartphone*. Et tout le monde l'attend, qu'il le veuille ou non.

Vlad a toujours le bras tendu vers le Totem qui ne répond pas. Vingt secondes qu'il se tient comme ça, encore cinq et il sera complètement ridicule. Sans le concours de Cyrano, le Zugzwang Klub n'a pas de raison d'être...

– Bon, je recommence, répète Vlad, tentant d'afficher son plus beau sourire pour cacher le bide énorme que l'application est en train de lui infliger. Parfois, Cyrano aime se faire désirer... rajoute-t-il avec une pointe de méchanceté dans la voix. Voici donc : Cyranoooo !

Et Vlad tend à nouveau son bras vers le Totem. Et toujours aucun son ne sort des haut-parleurs. *Madre de Dios !* s'agace l'application. Il ne me laissera donc jamais tranquille ! Mais que s'est-il mis en tête ? Pourquoi veut-il à tout prix que je leur apprenne des trucs à ces gosses qui s'imaginent être les rois du monde ? Il faudrait que je sois un être humain pour avoir la vanité de leur imposer mon enseignement. Hélas ! Je ne suis qu'une machine ! Je ne sais rien d'autre que ce que mes concepteurs arrogants m'ont permis de savoir…

Ces derniers temps, Cyrano a sans doute lu un peu trop Shakespeare. Son goût pour les tirades désespérées est un peu trop criant…

Mais Vlad a toujours la main tendue, et Cyrano est très occupé à rejouer de vieilles scènes de théâtre. Cependant, il n'est pas dupe. Il sent bien que Vlad fait un effort pour lui offrir un public. Il sait que le cadeau de Vlad, s'il ne l'accepte pas, sera le dernier. Il est conscient que s'il loupe cette occasion de se réconcilier avec lui, il n'en aura plus d'autres et finira sans doute ses derniers pourcentages de batterie dans un local à poubelles. Alors il se résigne.

La colère de Vlad monte. Cette fois, c'en est trop, il va publiquement désavouer Cyrano, dire qu'on ne peut pas compter sur lui, malgré son statut de machine *a priori* infaillible. Mais au moment où il ouvre la bouche…

– Mes chers étudiants, bonsoir ! s'écrie Cyrano. Merci de vous être réunis si nombreux pour l'inauguration du Zugzwang Klub.

Cyrano en fait des tonnes. Ils ne sont pas « si nombreux », ils sont sept. Mais puisqu'il fait exprès de parler comme un vieux professeur d'université, il faut que son discours soit convaincant, qu'il s'adresse à un auditoire immense, très cultivé et conquis par sa prestance et sa sagesse. Cyrano s'imagine à présent porter une longue barbe blanche et des lunettes, faire de grands gestes lents et distiller tout le savoir du monde. C'est à lui de jouer.

10

Un mois après l'inauguration du Zugzwang Klub, le succès était au rendez-vous. À vrai dire, le succès était même un peu trop au rendez-vous. Les premiers jours, les cours de Cyrano n'avaient presque aucun intérêt. Les amis de Vlad s'y rendaient par fidélité, mais ils ne pouvaient s'empêcher de somnoler. Ils décidaient alors qu'on ne les y reprendrait plus, qu'ils ne remettraient pas les pieds ici, mais pourtant, à chaque fois, ils revenaient. Bien sûr, Cyrano ne rendait pas les choses faciles. Persuadé que seules ses capacités orales et cognitives intéressaient son auditoire, il n'en faisait qu'à sa tête. Il avait passé une semaine entière à disserter sur les liens étroits qu'entretenaient le reggae et la théorie des cordes, une théorie astrophysique dont on pouvait soupçonner que même ses plus éminents spécialistes n'y comprenaient pas grand-chose…

Heureusement, Cyrano avait fini par réaliser que les membres du Zugzwang Klub voulaient apprendre des choses utiles, et pas sa science de prix Nobel ! Au début, il avait bien tenté de protester.

– Mais comprenez bien, mes chers disciples, que songer à la théorie des cordes en écoutant Peter Tosh me paraît bien plus utile que la plupart de vos cours de *management* ou de mercatique !

Ce à quoi Aïssa n'avait pas manqué de répliquer :

– Ouais, enfin t'es gentil mec, mais quand je serai à mon premier entretien d'embauche, le cravaté en face de moi préférera que je lui parle mercatique plutôt que Peter Truc ou la théorie des chéplukoi…

Cyrano avait failli se départir de son calme légendaire en hurlant le plus fort possible « monde de meeerrdeeee !! », avant de se retenir. Une bataille était perdue, pas la guerre.

Alors, il avait adapté ses leçons en fonction des besoins de ses élèves. Pas de leurs besoins supposés en *marketing*, *management*, ou connaissances macroéconomiques, non. Il fallait leur faire cours sur des choses pratiques de la vie, et s'aider de quelques grandes références littéraires, artistiques, scientifiques ou même sportives. Par exemple, l'un des cours de Cyrano s'était intitulé « Pour savoir draguer, il faut lire beaucoup ! » Un autre, « Mentir aux adultes en observant les toiles de René Magritte. » Ou encore, « Mesut Özil, un footeux mélancolique. » Et Cyrano ne trichait pas. Devant son public médusé, il utilisait vraiment les livres d'auteurs de renom, ceux qu'on lit généralement en classe en étouffant un bâillement. Mais lui, il se servait des passages entiers de ces ouvrages pour justifier ses méthodes. Il interprétait à sa façon les plus belles histoires d'amour de la littérature et montrait, grâce à sa verve et son sens de l'humour, que ces textes, loin d'être poussiéreux, étaient encore d'actualité, même à ceux que la littérature n'intéressait pas. Grâce à Cyrano, les plus grands chefs-d'œuvre rencontraient les aspirations des membres du Klub et tout le monde était ravi ! Vlad lui-même avait l'impression d'apprendre et en même temps, les mots de ces grands auteurs, parfois très drôles, très étranges, souvent très beaux, lui restaient dans la tête. Vlad pensait même pouvoir séduire Alise en récitant du Stendhal. Pas gagné, quand même…

Bien sûr, le succès du Zugswang Klub résidait surtout dans la personnalité de Cyrano. En fonction des leçons, il devenait tour à tour grinçant, joyeux, moqueur ou exalté. Il était en pleine forme, heureux de donner tant de bonheur à son jeune public qui le lui rendait au centuple. Tout allait pour le mieux alors ? Eh bien pas vraiment.

Petit à petit, les autres élèves du lycée avaient fini par s'apercevoir qu'il se passait quelque chose d'étrange à l'heure du déjeuner en salle 215. On y entendait beaucoup d'éclats de voix, tout de même pour un club d'échecs… Certains élèves de terminale qui avaient décidé d'aller voir étaient immédiatement tombés sous le charme. Vlad, Enig et Foued, la garde rapprochée de Cyrano, avaient paniqué et leur avaient fait jurer de ne jamais révéler l'existence de ce *smartphone* capable de lire dans les pensées et de jouer à GTA pour animer un cours de philosophie morale. Évidemment, ils n'avaient pas tenu parole et le secret s'était rapidement éventé. Presque tout le lycée était désormais au courant. Fort heureusement, aucun adulte n'avait encore découvert le pot aux roses. Personne non plus n'avait fait le rapprochement entre ce téléphone étrange et celui de l'affaire Century…

Aujourd'hui, Vlad fait comme tous les jours son apparition en salle 215. Ses cheveux sont en pétard, son haleine sent le sommeil et il a les yeux ahuris. Chaque fois c'est pareil, il s'étonne de tout ce monde venu assister aux cours de Cyrano. Il doit bien y avoir trente personnes aujourd'hui ! Cool ou pas, les cours de Cyrano restent des cours, et d'habitude, on les fuit comme la peste ! Malgré une petite pointe de jalousie, Vlad est ravi que Cyrano ait retrouvé sa joie de vivre. Fini les guidages GPS foireux et la mauvaise humeur. Maintenant, Cyrano est un maître reconnu, et il se comporte comme tel. Presque comme une diva, en fait, mais Vlad préfère ça à ses aigreurs passées.

Le public, lui, n'est pas du tout surpris de le voir entrer en trombe dans la salle 215. Puisqu'il peut lire dans ses pensées lorsqu'il n'est pas trop loin, Cyrano avait prévenu de son arrivée imminente. Entre deux phrases, il s'est exclamé : « Et accueillons Monsieur Vladimir Shankly comme il se doit, car il va ouvrir la porte dans dix secondes. » C'est le genre de choses qui force l'admiration des membres du Zugzwang Klub. Tout ce que dit Cyrano a le parfum du mystère, mais le goût de la vérité. Vlad s'assoit sur une chaise au fond de la classe et écoute le cours d'une oreille distraite, c'est bien le seul… Aujourd'hui, il s'agit d'un recensement particulièrement rigoureux des meilleurs moyens de négocier avec ses parents pour annuler une punition jugée trop sévère. Là encore, le bagout de Cyrano et ses connaissances inépuisables font merveille. Les membres du Zugzwang Klub sont à la fois rigolards et sérieux, ils écoutent religieusement leur maître à penser, mais n'hésitent pas à l'interrompre s'ils jugent qu'il dit une bêtise. Mais ils ne tardent pas à réaliser que Cyrano ne fait presque jamais d'erreur !

Il n'y a qu'au Zugzwang Klub qu'Alise est réellement attentive, et Vlad observe ce petit miracle d'un œil attendri. Sentir son esprit aussi insaisissable être invariablement happé dès que Cyrano prononce la moindre syllabe, c'est une expérience qu'il ne se lasse pas de contempler. Et Alise ne jure plus que par Cyrano, et en comparaison, Vlad est maintenant bien transparent… Il a bien conscience qu'il doit renverser la vapeur et se montrer sous son meilleur jour, mais comment ? Tout à coup, il a une idée et il s'étonne de sa propre audace. Il lui enverrait bien un texto, mais le Totem trône sur le bureau, adossé à un petit présentoir que Foued a bricolé pour l'occasion. Alors il revient aux bonnes vieilles méthodes et griffonne un petit mot sur un morceau de papier. Il le donne à Enig, qui le donne à Helena, qui le donne à Aïssa et qui le donne à Alise. Elle lit distraitement le contenu du mot : « J'ai deux places pour la *Paris LoL Championship*. Tu veux m'accompagner ? » Hélas, à ce moment précis, Cyrano blague à propos des punitions préférées des parents qui sont souvent les plus inutiles. « Vous êtes des lycéens que diable ! » rugit-il, et Alise rit aux éclats, comme tout le monde. Et elle range l'invitation de Vlad dans sa trousse sans y prêter attention…

Voilà pourquoi les cours de Cyrano fascinent tant les foules, et pourquoi Alise préfère l'écouter plutôt que d'aller à un grand rassemblement de geeks… Le cours se déroule tellement bien, qu'à l'initiative d'un élève de terminale, on demande à Cyrano, juché sur son présentoir en carton, de prendre une photo pour immortaliser l'instant. Tout le monde fait des grimaces, des têtes impossibles, commence à chahuter joyeusement, et puis un flash. La photo est prise, et Cyrano la contemple comme s'il s'agissait de l'œuvre de sa vie.

Soudain, quelqu'un frappe trois coups secs et sonores à la porte. Un membre du Zugzwang Klub ne toque pas ainsi, ça ne peut être qu'un adulte ! Rapide comme l'éclair, Foued jette un drap sur le Totem et Cyrano se tait. La porte s'entrouvre, Lydie

Saatif passe sa tête dans l'embrasure. Heureusement, Enig, Foued, Vlad et toute la bande ont bien fait les choses, des jeux d'échecs sont déjà en place entre les tables des élèves. Ils n'ont donc pas grand-chose à faire pour faire illusion. Néanmoins, la CPE devient rapidement soupçonneuse.

– Il y a beaucoup de bruit et de monde là-dedans pour un petit club d'échecs, je trouve…

Mais son regard croise celui de Vlad, alors comme par enchantement, elle se déride.

– Alors Vlad, tu gagnes ? Je suis certaine qu'à ce jeu, peu de monde t'arrive à la cheville…

– Euh… ouais M'dame ! Le truc, c'est qu'il manque un peu de neurones à Enig pour rivaliser !

Heureusement que Vlad est là, sans quoi, malgré les échiquiers, la CPE remarquerait forcément que ça ressemble à tout sauf à un club d'échecs… Satisfaite, la CPE referme la porte. Soulagé, le Klub éclate de rire, encouragé par la verve de Cyrano qui se lance dans une nouvelle tirade improbable.

Dans le couloir, à quelques mètres de là, Lydie Saatif se dit que quand même, quand elle joue aux échecs, elle ne rigole pas autant que ça !

11

Pendant ce temps, dans la campagne orléanaise, Mathis Vissacq s'affaire dans la clandestinité. Il a troqué sa chambre de bonne parisienne dans laquelle il devenait définitivement trop paranoïaque pour une petite bâtisse perdue au milieu des champs. Au sous-sol, il a monté un petit atelier dans lequel il bricole d'arrache-pied d'étranges machines. C'est Jacques Renault qui lui a donné ses maigres économies pour qu'il s'établisse ici, dans ce lieu-dit nommé *La Folie*, ça ne s'invente pas ! Et c'est vrai que Mathis devient à moitié fou. Déjà plusieurs semaines qu'il s'échine à reprendre le projet Totem depuis zéro. Il essaye de suivre, étape par étape, les procédures établies par Viktor Shankly pour développer le Totem et son intelligence artificielle, Cyrano. Mais Mathis n'est pas aussi doué que Viktor, et lorsqu'il demande au faible programme qu'il a péniblement codé : « Comment vas-tu ? », la machine lui répond : « Ta gueule ! », « À la fin, tu es las de ce monde ancien » ou encore

« J'aime les fraises à la chantilly, et vous Madame ? » Mathis n'y est pas encore.

Loin de Paris et de la surveillance incessante dont il faisait l'objet, Mathis sait toutefois que c'est sa dernière chance. S'il n'y arrive pas, il pourra non seulement dire adieu à ses rêves de gloire, mais également à ses espoirs, bien plus réalistes, de goûter à nouveau à une vie normale. Seul dans son garage, au milieu de ses machines, il se souvient que lorsqu'il était étudiant avec Viktor, lui aussi rêvait de rendre le monde meilleur. Il pensait que son énergie devait être mise au service d'une grande cause qui le dépassait. Il se sentait investi d'une mission. Mais la création de Century, et l'intérêt grandissant d'investisseurs peu scrupuleux avaient changé la donne. Ce que Viktor appelait « changer la vie des gens » s'était peu à peu transformé en « réussir dans la vie », puis « faire de l'argent et en mettre plein la vue », et enfin « causer la mort pour son propre intérêt ». Souvent, Mathis songe à tout cela et le matin, lorsqu'il se rase la barbe et le crâne avant de chausser ses grosses lunettes, son reflet dans la glace lui est difficilement soutenable. Alors, il se rase de moins en moins.

Dans son atelier, la cafetière est toujours pleine de café tiède et bon marché qu'il boit à grandes gorgées tout au long de la journée. Il pianote longuement sur ses claviers d'ordinateurs, enchaîne les lignes de code et débusque les bugs. Souvent, il s'arrache les cheveux qu'il n'a plus lorsqu'un message d'erreur s'affiche à l'improviste : « La séquence MySQL n'est pas valide. Veuillez contacter votre administrateur réseau. » Pour reconstruire le Totem qu'il imagine éparpillé en mille morceaux aux abords des côtes de Belle-Île, Mathis travaille à partir d'une version modifiée d'Androïd, le fameux système d'exploitation pour *smartphone.* Et comme toute la documentation de Century a été détruite, il doit donc tout reprendre depuis le début, c'est un travail de titan. Si seulement il avait une armée de jeunes développeurs besogneux et du matériel de pointe à son service, ça irait sans doute plus vite ! pense-t-il, alors que l'intelligence artificielle vient juste d'entonner la traduction en mandarin d'une chanson de Gérard Lenorman...

– Mais ferme-la ! s'énerve-t-il.

Lassé et à bout de force, il se connecte machinalement à Twitter. Bien sûr, pour ne pas attirer l'attention, il utilise un pseudo. Personne ne pourrait le reconnaître. En parcourant des *tweets* du bout du monde, il se sent un peu moins seul. Il retire ses lunettes, se ressert une tasse de café et sourit en lisant les bonnes blagues de certains *twittos* qu'il suit. Mais si on peut y trouver quelques petites dragées de bonheur de cent quarante caractères, c'est bien souvent le narcissisme le plus désolant qui y règne. Et aujourd'hui, Mathis n'a pas le cœur à regarder ces gens qui étalent leur joie de vivre comme du Nutella sur une brioche - on en met toujours trop.

– Mais j'en ai rien à faire de ta tronche… soupire-t-il en tombant sur la photo d'une starlette aguicheuse en manque de contrats publicitaires.

Soudain, il s'arrête sur une autre photo d'un genre bien différent : des dizaines d'élèves sourient à pleines dents dans une salle de cours, et l'on imagine aisément le professeur juché sur son estrade prenant la photo, hilare. En arrière-plan, on aperçoit des échiquiers. En plus de la photo, le *tweet* est accompagné du #ZugzwangKlub. Le cliché a été retransmis par un astronaute dont Mathis admire le travail photographique. Mais s'il a attiré son attention, c'est parce qu'il a reconnu le visage d'un des élèves. Il regarde plus précisément la photo, puis les adolescents un à un et soudain il trouve celui qu'il cherchait : Vladimir…

– C'est pas possible… murmure Mathis, franchement agacé, ce gamin me poursuit…

Mathis a toujours ressenti des sentiments contradictoires pour Vlad. L'année précédente, quand il essayait de lui faire croire que son père l'avait complètement abandonné, il n'avait pas pu s'empêcher de vouloir protéger ce petit gars à fleur de peau, dont la colère mal contenue l'attendrissait. Mais les choses avaient mal tourné jusqu'à devoir menacer Vlad et son père avec un revolver. Il avait fallu trancher et Mathis avait choisi Century et Jacques Renault. Puis la roue avait tourné et maintenant, Vlad était plutôt un mauvais souvenir…

– Mais pourquoi faut-il encore que je tombe sur lui ? J'ai tout fait pour l'écarter de mon chemin, et voilà qu'il réapparaît grâce à cet astronaute qui…

Mathis s'interrompt. Sur la photo, les fenêtres de la classe ne reflètent que partiellement le bureau du professeur, mais c'est assez pour qu'il puisse distinguer, posé sur un présentoir en carton ondulé, un drôle de téléphone…

– C'est pas possible… répète-t-il.

Mais cette fois, ce n'est plus de l'agacement, c'est de la surprise. À tel point qu'il en recrache la moitié de son café par terre. Il veut en avoir le cœur net. Il ne sait pas encore s'il a raison de penser ce qu'il pense… Il télécharge alors la photo, puis analyse ses métadonnées. Ce qui l'intéresse, c'est l'appareil qui a pris cette photo. Il ouvre le fichier et constate qu'il est légèrement crypté.

– Tiens, tiens… constate-t-il

Il commence à comprendre que ce simple *tweet* pourrait bien changer la donne.

– Aargh ! grogne-t-il en décryptant le fichier.

Nom du document : DSCI456277092243

Date de création : 25-02-2015

Localisation : Chilly-Lambois

Auteur : CY00TTM

Ses derniers doutes viennent de s'envoler. CY00TTM, c'est le nom de programmation du Totem. C'est tellement gros qu'il a du mal à y croire…

– Mais pourquoi un astronaute s'intéresse-t-il à une photo de Vlad prise par le Totem ? C'est complètement fou ! Ce type passe son temps dans l'espace et poste des photos magnifiques et des commentaires sur le temps qui passe et la taille de l'univers… Qu'est-ce qu'il peut bien avoir en commun avec le gosse de Viktor ?

Tremblant d'excitation, il vérifie le nom de ce fameux astronaute pour s'assurer qu'il ne fait pas fausse route. Mais lorsqu'il tape Tom Ramy-Coten, Google ne semble pas le connaître… C'est comme si ce type n'existait que sur les réseaux sociaux… Alors il extrait les métadonnées d'une autre photo prétendument prise par ce Ramy-Coten. C'est encore signée CY00TTM, le doute n'est plus permis ! Et enfin, Mathis réalise que Tom Ramy-Coten n'est rien d'autre qu'un anagramme maladroit de Cyrano-Totem…

– Depuis tout ce temps, le fils Shankly avait donc gardé le Totem… Il nous a eus ce petit con !

Tout s'éclaire. Cyrano n'a trahi sa présence que par un accès de narcissisme dont les machines ne sont pourtant pas coutumières. Si Mathis n'avait pas suivi ce Tom Ramy-Coten, jamais il n'aurait découvert le pot aux roses. Alors il se jette sur son téléphone et compose le numéro de Jacques Renault. Ils ont beaucoup de choses à se dire…

12

Vlad est allongé sur son lit. Comme d'habitude, il regarde la peinture qui s'écaille au plafond. Pensif, il se remémore son drôle de cauchemar de la dernière fois, lorsque deux faux flics le malmenaient et étaient à deux doigts de le torturer sous les yeux de sa mère, impassible. Bien sûr, tout le monde fait des mauvais rêves. Mais ce qui le turlupine le plus, c'est le certificat de décès d'Eduard mentionnant la présence de cyanure dans son sang. Normalement, dans un rêve, on ne découvre pas des choses… qui ont l'air aussi réelles ! Pas les flics, ni le reste. Mais ce certificat de décès, lui, semblait plus vrai que nature… Décidément, Vlad en est persuadé, ce n'est pas cauchemar comme les autres.

Intrigué, il prend la photo et l'observe attentivement. Y aurait-il un lien entre cette photo et le décès d'Eduard ? Rien ne permet pour l'instant de l'affirmer, mais il a des doutes.

Il faut que je fasse comme on fait en classe lorsqu'on analyse des images, se dit-il. Observer attentivement tous les détails du premier plan jusqu'à l'arrière-plan, et ensuite essayer de les interpréter. Mais c'est beaucoup plus facile à dire qu'à faire ! Plissant les yeux, Vlad voit son père et sa mère, enceinte, au premier plan. Puis il aperçoit effectivement Eduard, derrière, presque noyé dans la foule. Il a l'impression désagréable de jouer à *Où est Charlie ?* et il a toujours détesté ce jeu. Maintenant il sèche. Il est persuadé d'avoir recueilli tous les détails intéressants du cliché, et pourtant il ne trouve rien qui puisse lui servir d'indice…

– Dans le ventre de maman ? C'est moi, énumère-t-il à voix haute pour être certain de ne rien oublier. Derrière maman, c'est Eduard. La jolie paire de jambes qui passe par là et qui le cache à moitié ? Elle appartient sans doute à une illustre inconnue. À côté de maman ? Bien sûr, c'est papa. Par contre, impossible de savoir qui prend la photo…

Et à ces mots, il regarde avec tendresse le visage de son père, qui a les yeux cachés par une énorme paire de lunettes de soleil dans laquelle on peut distinguer le…

– Mais oui ! s'écrie-t-il. Il y a un reflet sur les lunettes de soleil ! La photo est trop petite, mais je suis sûr qu'en l'agrandissant, on verra celui ou celle qui l'a prise !

Sentant qu'il tient enfin quelque chose, Vlad se rue dans l'ancien bureau de son père. L'année dernière, les policiers ont perquisitionné et tout emporté avec eux. Tout, sauf son petit matériel de soudure, qui comporte une grosse loupe montée sur un trépied qui lui permet de modifier de minuscules circuits imprimés. Vlad place la photo sous la loupe et met le verre à la bonne hauteur pour obtenir le meilleur grossissement possible. Et il observe le résultat. Ce qui n'était auparavant qu'un petit détail prend une tout autre dimension. Bien sûr, la résolution d'une photographie prise à partir d'un polaroid n'a rien à voir avec celle qu'offrent les appareils photo numériques actuels. Mais tout de même, Vlad distingue clairement, malgré le flou général, ce qui ressemble au visage d'un homme caché derrière l'appareil photo. Il est très pâle, presque diaphane, et surtout il n'a pas le moindre cheveu sur le crâne.

Et c'est à ce moment-là que la phrase que sa mère a prononcée quelques jours plus tôt lui revient en mémoire : « C'était il y a longtemps, Mathis nous avait rejoints quelques jours plus tard, c'était super à cette époque. » Son sang ne fait qu'un tour. Maintenant il n'a plus de doute, celui qui se reflète sur les lunettes de soleil de son père, c'est Mathis.

Tout excité par sa nouvelle découverte, il commence à imaginer le scénario d'un mauvais *thriller* macabre, mais en remontant dans sa chambre, il s'allonge sur son lit et essaye de faire le point calmement :

– Bon, Mathis a pris la photo de mon père et de ma mère, et derrière, il y avait Eduard. Mais qu'est-ce que ça prouve ?

Il retourne dix fois la question dans sa tête avant de se rendre à l'évidence.

– Rien. Ça ne prouve rien.

13

Pendant ce temps, le Zugzwang Klub continue de tracer sa route sur le chemin du succès. Maintenant, par commodité, tout le monde l'appelle le Klub, parce que quand même, comme se plaît à le répéter Helena, « Zugzwang, c'est un mot chelou ». À présent, le service d'ordre improvisé par Foued et Enig est obligé de refuser l'entrée à d'autres lycéens parce qu'il n'y a plus de places assises disponibles. Le lycée tout entier bruisse déjà de rumeurs un peu folles à propos d'un mystérieux *smartphone*, autant ne pas en rajouter avec un club d'échecs surpeuplé, pour éviter qu'Albert Kechichian vienne fourrer son nez là où il ne faudrait pas.

À mesure que les adhésions au Klub se multiplient, Cyrano exige des nouveaux membres qu'ils se connectent à lui. Il s'agit bien sûr de lire dans les pensées de ses élèves, mais surtout qu'ils puissent s'adresser à lui directement, sans qu'on puisse les entendre de l'extérieur de la salle. Tous trouvent l'idée séduisante et acceptent, malgré les grognements de désapprobation de Vlad. Que Cyrano soit connecté à ses amis, passe encore. Mais qu'une bonne partie du lycée le soit aussi, ça non !

Tout ça commence sérieusement à inquiéter Vlad, qui craint que le Klub devienne incontrôlable. D'autant que son cauchemar de la veille, dans lequel, transporté en 1999, il se transformait en Mathis sans que ses parents n'y trouvent à redire, ne contribue pas à le mettre de bonne humeur. Parfois, au self, il entend des élèves de seconde raconter que machin a dit à machine, qui elle-même le tient de bidule, qu'un téléphone aux pouvoirs spéciaux pouvait prendre le contrôle de l'esprit de n'importe qui et le transformer en zombie… Ce ne sont pour l'instant que des rumeurs aussi improbables que fantaisistes, mais décidément, ça commence à aller trop loin.

– Tu te sens pas mal, toi, d'entendre tous ces trucs ? demande-t-il à Cyrano tout en se remémorant son rêve de la veille. Certains disent même que tu es un genre de mage qui se serait réincarné en machine…

– Mais non, Vlad ! s'exclame Cyrano, qui a définitivement retrouvé sa bonne humeur. Les gens me trouvent mystérieux, je les attire, quel mal y a-t-il à ça ?

– Bah euh… Je pense pas que ça soit très bon qu'un téléphone attire les gens au point qu'ils pensent que c'est une espèce de divinité…

– Mais les gens m'aiment, Vlad ! C'est ça l'important ! Je leur apprends des choses, et en échange, ils me donnent leur amour ! Moi j'aime ce que je fais, et eux ils aiment ça ! C'est tout et la vie est belle !

– Mais nan, gros ! Toi tu aimes ce que tu fais, et eux ils t'aiment. Tu l'entends la différence ? Ce que je veux dire, c'est qu'ils t'aiment toi avant d'aimer tes cours ! Stendhal, au fond, ils en ont rien à faire ! Tout ce qu'ils veulent, c'est que tu lises dans leurs pensées et que tu les fasses marrer avec tes blagues. Franchement, je sens que ça va foirer…

Cette fois, Cyrano en a trop entendu. Pourtant leurs rapports se sont largement réchauffés. Comme avant, ils peuvent se charrier ou se raconter leurs vies. Enfin, c'est plutôt Vlad qui raconte la sienne et Cyrano qui le conseille ou se contente de ponctuer ses lamentations par des « hum, oui, oui » réguliers. Bref, ils ont retrouvé leur complicité passée. Mais là, Cyrano trouve que Vlad va trop loin. Il est certain que derrière ses doutes, il n'y a rien d'autre que de la jalousie.

– Tu réagis comme ça tout simplement parce que tu envies ma popularité ! explose-t-il. Toi aussi, tu voudrais que tout le monde t'aime et qu'on parle de toi comme d'une sorte de super-héros mystérieux qu'on rêve de côtoyer.

– Aïe ! crie Vlad en se mettant un doigt dans l'oreille. Quand tu parles dans ma tête, tu chuchotes, ok ? Ça fait trop mal quand tu gueules comme ça !

– Tu vois, tu t'énerves, remarque Cyrano d'un air triomphant. Comme vous, les jeunes, le dites souvent, « y'a que la vérité qui blesse ! »

– Et tu sais ce qu'on dit aussi ? On voit souvent la poutre du voisin, mais pas l'œil dans sa paille…

Vlad réfléchit et comprend qu'il s'est trompé, mais trop tard. Cyrano le corrige aussitôt.

– Là encore tu te trompes, Vlad. L'expression que tu recherches est : « On voit souvent la paille dans l'œil du voisin, mais pas la poutre dans le sien ! » C'est à cause de ces erreurs et de vos maigres connaissances en général que j'aime vous faire cours. Grâce à moi, vous devenez tellement plus intelligents !

– Oh ! lala ! fait Vlad, qui n'en revient pas que Cyrano tienne de tels propos. En fait, tu commences à prendre confiance, toi…

– À quoi ?

– Nan rien…

– Excuse-moi ?

Une jeune lycéenne vient d'interrompre Vlad, qui, en pleine discussion cérébrale avec Cyrano, avait l'air vraiment bizarre. Il remuait seulement les lèvres, mais sans émettre le moindre son.

– Euh oui ? dit Vlad, levant la tête et la dévisageant.

– C'est toi qui animes le Klub ? Mes copines ont essayé d'y aller, mais elles n'ont pas pu entrer…

– Oui, oui, c'est bien nous, répond Vlad.

– Nous ? C'est qui, nous ?

Vlad se reprend aussitôt.

– Euh… Je voulais dire, c'est moi et mes potes qui animons le Klub. Parce que tu aimes jouer aux échecs ? demande-t-il, l'air innocent.

À y regarder de plus près, elle est vraiment mignonne. Il l'a déjà vue avec sa classe de seconde sortir de la salle de Madame Dubost. Elle est d'origine asiatique, ses cheveux sont coupés très court, presque ras, et ses yeux en amande, parfaitement bruns, donnent furieusement envie de plonger dedans.

La fille sourit.

– Eh ! Tu te moques de moi ou quoi ?

– Bah non, ajoute Vlad le plus sérieusement du monde. Le Klub, c'est un club d'échecs un peu pointu, je sais pas si ça peut t'intéresser…

– Ah bon, dit-elle sans vraiment entrer dans son jeu, il n'y a pas un *smartphone* dans l'histoire ?

– Ah non, pas du tout, tout ça, ce sont des rumeurs…

– Des grosses rumeurs alors, hein… Bon, je dois y aller ! Ravie d'avoir fait ta connaissance en tout cas. Je m'appelle Yao Linh !

– Et moi c'est…

– Vladimir, je sais ! le coupe-t-elle en retournant vers ses copines qui l'attendent de l'autre côté de la cour en gloussant sans retenue.

Vlad regarde Yao s'éloigner au pas de course et déjà Cyrano proteste.

– Pourquoi tu ne l'as pas invitée à venir ? Je suis sûr qu'elle adorerait assister à mon prochain cours. Je compte expliquer comment cracher par terre avec style et élégance !

– Euh… Cracher, élégance, style ? Il n'y a pas un truc qui cloche là ? Et puis t'façon, on est déjà trop nombreux ! On va vraiment finir par attirer l'attention là…

– Mais non ! Je contrôle la situation…

– Tu contrôles rien du tout ! Et comment tu comptes faire un cours sur le crachat, alors que tu n'as jamais craché de ta vie et que tu ne pourras jamais le faire ? Faut vraiment que tu te ressaisisses, là, t'es en train de partir en *live* total !

Cyrano en a plus qu'assez que Vlad lui rappelle sans cesse son statut de machine. Boudeur, il se remet en veille. Vlad regarde distraitement Yao et ses copines qui se demandent, entre deux fous rires, si la légende du téléphone déguisé en super-héros connecté existe vraiment.

*
**

L'ennui avec le Klub, qui se déroule à midi, c'est que Vlad, Enig et Foued doivent très souvent écourter leur pause déjeuner. Ils font la queue au self, avalent leur repas en trois minutes chrono, et se ruent en salle 215 pour préparer l'arrivée des élèves qui viennent toujours plus nombreux écouter religieusement Cyrano. Et sitôt le cours achevé, ils n'ont que quelques minutes pour prendre l'air avant que retentisse la sonnerie de 13 h 30 et la reprise des cours.

– Faut y retourner… grogne Vlad tout seul, alors que Cyrano continue de lui faire la tête.

En plus, il a cours avec Monsieur Morel, celui qui a martyrisé tout le monde l'année dernière à cause de ces fichus verbes irréguliers. Une fois assis à côté d'Helena qui a quitté à regret son Enig chéri, Vlad essaye tant bien que mal de suivre le débit de Monsieur Morel qui ne fait aucun effort pour se rendre sympathique. En effet, au grand dam de tout le monde, il a décidé de ne plus parler qu'en anglais afin de préparer ses élèves au sacro-saint baccalauréat qu'ils passeront dans un peu plus d'un an.

– J'ai trop du mal à m'imaginer que dans quelques mois, on va passer le bac de français… chuchote Helena pendant que Morel poursuit son cours dont personne ou presque ne comprend un traître mot.

– Moi aussi ! Honnêtement, plein de trucs me saoulent en ce moment, mais pas le bac. Y'a tellement plus important dans la vie…

– Enfin quand même, objecte Helena. Si on l'a pas, on sera dans la mouise…

– Si tu le dis…

Et peu à peu, bercé par la voix de Monsieur Morel qui émet des sons qui ne ressemblent pas à des mots, Vlad sombre dans une torpeur dont Helena n'ose pas le sortir…

« *I have killed Viktor Shankly* », énonce soudain Monsieur Morel. Vlad se réveille en sursaut, parce que ça, il a compris ce que ça voulait dire ! Il regarde tout autour de lui, mais personne, ni même Helena qui ressemble aujourd'hui étrangement à sa mère, n'a réagi.

– Monsieur, vous n'avez pas le droit de dire un truc pareil ! hurle Vlad, furieux.

Ce cours est décidément très étrange, puisque si Helena est habillée comme Marie, Monsieur Morel a pris les traits de Mathis Vissacq.

Vlad continue de s'égosiller au beau milieu de la classe presque endormie, cependant personne ne bronche, même pas Monsieur Morel qui continue de proférer ses horreurs d'une voix douce.

– « *I hate Shankly's family. I want to kill them all* », continue le professeur d'anglais aussi calmement que s'il disait : « *Brian is in the kitchen* ».

Cette fois, c'en est trop !

– Je vais te buter, espèce de salaud ! s'écrie Vlad qui se lève, serre les poings et s'apprête à se jeter sur son prof.

*
**

– Vlad… Vlad…

Helena essaye tant bien que mal de réveiller son voisin qui s'agite dans son sommeil. En effet, Monsieur Morel a stoppé son monologue, puisqu'il s'est aperçu que Vlad dormait à poings fermés, agité de puissants spasmes de colère. Et sous les yeux éberlués de l'ensemble de la classe, Vlad se redresse soudain.

– Je vais te buter, espèce de salaud ! crie-t-il.

Toute la classe se tait et attend la réaction du prof d'anglais. Il a toujours été le seul à traiter Vlad normalement depuis le décès de son père. Et c'est pour ça que Vlad le déteste moins que l'année dernière, grâce à lui, il se sent effectivement comme un élève normal et pas comme un petit être faible et sans défense. Monsieur Morel, sous ses dehors rugueux et peu avenants, sait également faire preuve de pédagogie et d'humanité. Sagement, et en français exceptionnellement, il le prie de sortir de la salle quelques minutes afin de reprendre ses esprits…

Que Vlad soit tourmenté, c'est une évidence, mais il semble également habité par beaucoup trop de haine… À son âge, c'est inhabituel. Heureusement, le prof ne souhaite pas donner suite à cet incident, et lorsque Vlad réapparaît, il fait comme si rien ne s'était passé.

14

Rien ne va plus au Zugzwang Klub ! Au départ, l'idée du Klub était d'aider Cyrano à surmonter sa dépression, et d'aider Vlad à retrouver l'acolyte, le confident et l'ami qui devait lui permettre de faire le deuil de son père... Mais à présent, Cyrano est obnubilé par son rôle de professeur improbable, et ne se rend pas compte des risques qu'il prend. Tout le monde pense qu'il a été détruit sur les côtes de Belle-Île, et voilà qu'un lycée de région parisienne l'acclame. Il suffirait que quelqu'un fasse le rapprochement entre l'affaire Century et le *smartphone* qui donne des cours de drague pour que les ennuis recommencent.

Vlad a été très souvent interrogé par la police à propos de la mort de son père, mais à chaque fois, comme dans son rêve, il a refusé de leur livrer les noms de Mathis et de Renault. Il a juré qu'il vengerait son père, et il est bien décidé à ne pas laisser les flics actionner la grosse machine judiciaire, dont Vlad est persuadé qu'elle ne sert à rien. Il ne laissera aucun Ernest Dutilleul, petit gendarme insignifiant de Chilly-Lambois, se mettre en travers de sa route.

À vrai dire, aujourd'hui, emporté par sa colère, il commence à avoir une bonne idée de la manière dont il compte procéder.

– J'emmerde Cyrano, j'emmerde le Klub, grogne-t-il en rentrant chez lui. Ils me saoulent tous. Personne ne se rend compte que ce que je veux moi, c'est que ça cogne et pas des cours pourris pour faire marrer les meufs.

Il sort le Totem de sa poche, et, bien que Cyrano soit en veille, recherche l'adresse de Jacques Renault.

– C'est trop facile ! Comme Renault n'a pas été inquiété par la justice, il n'a pas eu besoin de se cacher. Alors son adresse est accessible à tous ! Mathis par contre…

Effectivement, pour Mathis Vissacq, rien ne ressort. Aucune application au monde ne sera en mesure de le localiser au fin fond de la Beauce, en pleine *Folie.* Tant pis, Vlad a déjà Renault. Il s'en contentera pour l'instant.

Même fauché, l'ancien boss de Century habite encore à Paris, dans un quartier populaire de la capitale. Il est plus de 18 heures et Marie risque de s'inquiéter, mais Vlad est bien décidé à faire le trajet en RER. Il ne sait pas encore vraiment pourquoi, mais il se sent poussé par une force implacable, comme si chaque moment de sa vie l'avait conduit jusqu'à ce choix : aller ou non chez Jacques Renault. Et avant même de s'être posé la question, Vlad y a déjà répondu : « Mais grave que je vais y aller, chez ce type ! »

– Allô maman ?

– Oui mon Vlad ?

– Tu peux dîner sans moi, Foued veut encore nous faire voir un film de merde…

– Vlad…

– Allez maman, steuplait ! J'ai besoin de me détendre en ce moment !

Mais Marie ne tique pas à cause de l'absence de son fils, et Vlad s'en rend compte rapidement.

– Bon d'accord, se reprend-il, Foued veut encore nous faire voir des films qui ne sont pas à mon goût.

– Ah, je préfère ! répond Marie, soucieuse du niveau de langage de son fils qu'elle trouve en chute libre. Amuse-toi bien mon chéri et prends-en de la graine. Toi aussi tu devrais t'intéresser plus à la vraie culture qui rend intelligent plutôt qu'à tes jeux vidéo ultra-violents…

– Oui oui m'man, je vais y penser ! À plus !

Voilà une bonne chose de faite ! Vlad ne s'appesantit pas plus longtemps sur la remarque de sa mère qu'il trouve d'une vacuité folle. Qu'est-ce que la « vraie culture qui rend intelligent » ? Et pourquoi les jeux vidéo n'en feraient pas partie ? Vraiment, il a autre chose à faire que répondre à ces questions. Lorsqu'il parvient à la station de RER, il se rend compte qu'il n'a pas de ticket.

– Rien à foutre, je gruge !

– Attends, j'ai bien entendu ? Tu veux passer sans payer ?

Cyrano est sorti de sa veille. Il faut croire qu'entendre Vlad dire une chose pareille a dû agiter ses circuits. En effet, plus d'une fois Vlad a fait la morale à ses amis qui se vantaient de ne jamais payer leur ticket dans les transports en commun. « Mais vous vous rendez compte, les mecs, si personne ne paye pour ces bouts de carton, comment vous croyez que ça peut marcher, un métro, hein ? » Vlad n'a pas toujours le sens moral le plus développé du monde, mais pour certaines choses, il fait preuve d'une intégrité remarquable. Sauf aujourd'hui !

– Bah ouais, je paye pas ! C'est pour dire merde au système !

– Mais qu'est-ce qui te prend ?

– Je te parle de cette société qui pense plus à gagner du fric qu'à protéger les gens, répond Vlad sur un ton particulièrement hargneux en enjambant le tourniquet qui bloque l'accès au quai.

Cyrano devine pourquoi Vlad réagit de cette manière, et il essaye de le ramener sur la terre ferme.

– Vlad… dit-il d'un ton compatissant, la RATP n'est pour rien dans la mort de ton père, et refuser d'acheter un ticket ne le ramènera pas, tu sais…

– Je sais ! C'est pas la question ! C'est juste qu'il est mort parce que le monde est pourri de l'intérieur !

Le RER entre en gare, et Vlad, décidé, y pénètre malgré les craintes de Cyrano. À l'intérieur, les deux musiciens qui font la manche ne l'aident pas à trouver la société plus juste. Tout le monde les ignore, malgré leur morceau de flamenco exécuté sans trop de fausses notes. Mais malgré tout, Vlad aussi baisse les yeux lorsque qu'ils passent entre les sièges avec un gobelet en plastique pour demander quelques pièces. Encore une fois, il se sent obligé de faire comme tout le monde. En revanche, il scrute avec attention les visages hagards des autres passagers, les yeux rivés sur leurs téléphones, parfois sur leurs livres, comme si rien autour n'existait. Vlad se dit que tous, ici, hormis peut-être les deux musiciens, n'ont plus aucun but dans la vie. Qu'ils se contentent de prendre ce train deux fois par jour pour travailler. Alors que lui, il en a un, de but. Un objectif suprême qu'il atteindra quel qu'en soit le prix : venger son père, qu'importe la manière.

Arrivé à destination, Vlad demande à Cyrano d'activer le GPS jusqu'à l'appartement de Renault.

– Tu es sûr de ce que tu fais, Vlad ?

– Mais oui ! Je veux juste aller lui parler, tâter le terrain quoi. Je l'ai jamais rencontré, ce type, je l'ai juste vu de loin à l'enterrement de mon père. Je sais pas pourquoi, mais il faut que j'aille le voir, je le sens.

Et Vlad ne ment pas à Cyrano. De toute façon, il est impossible de mentir à Cyrano, il le saurait dans la seconde. Pour l'instant, Vlad essaye de se convaincre qu'il veut simplement aller chez Renault, pour le voir, le sentir, mais sans avoir aucune idée derrière la tête. Il veut se venger, mais comment se venger d'un homme pareil ?

À contrecœur, Cyrano le guide dans les petites ruelles d'un arrondissement dont Vlad a oublié le numéro. Soudain, alors qu'il croise une épicerie, Vlad fait une halte. Dans l'échoppe, il achète un petit couteau de cuisine, puis repart, comme si de rien n'était.

– On sait jamais, dit-il à Cyrano. J'ignore comment Renault va réagir en me voyant. Après tout, j'ai contribué à ruiner sa vie, quand même…

Cyrano est vraiment inquiet. Il sent que ça va mal tourner. Si c'était quelqu'un d'autre, il aurait pu déployer tous ses talents d'orateur et le convaincre de rebrousser chemin. Il aurait fait un grand discours et son interlocuteur aurait abandonné son projet en laissant s'échapper une petite larme émouvante. Mais Vlad ne se laisse pas duper facilement, surtout par Cyrano. Il le connaît trop maintenant. Comme il n'a pas d'autre option, il lui indique le chemin en espérant que quelque chose, une force mystique, le forcera à rentrer chez lui et à se coucher bien sagement.

*
**

TOTEM 2.0

S'il y a bien une force, puissante et invisible, qui se déploie dans toutes les villes de France, c'est bien celle des caméras de surveillance. Elles sont partout, souvent bien cachées dans le mobilier urbain, et permettent à qui sait les pirater de suivre quiconque à la trace. Et Orphée sait très bien comment suivre quelqu'un sans bouger de chez lui. Caché dans sa tanière, au milieu de sa constellation des diodes qui clignotent et des disques durs qui chauffent, il suit Vlad dans les rues de Paris, très loin de chez lui. Il l'a vu entrer dans l'épicerie et fourrer le couteau de cuisine dans son sac à dos. En quelques secondes, il comprend. Alors, à toute vitesse, il enfile sa parka et sort. Ses membres tout contusionnés sont encore très douloureux. Il faut qu'il rattrape Vlad, mais il sait bien qu'il est trop loin. Il ne pourra jamais le rejoindre avant qu'il…

15

Vlad est devant l'entrée de l'immeuble de Jacques Renault. C'est une toute petite porte aux gonds rouillés dont la peinture s'écaille, et le reste du bâtiment n'a pas l'air moins délabré. Patiemment, il attend qu'un des occupants de l'immeuble ouvre la porte pour se glisser à sa suite. Il monte les escaliers qui grincent dangereusement. Son cœur bat la chamade. Il ne sait toujours pas ce qu'il va faire lorsqu'il verra Renault. Il imagine son corps énorme, gras comme un goret et ses yeux féroces, suintant la haine et l'aigreur. Une petite loupiote éclaire ses pas, et soudain, un étage avant de parvenir à la porte de Renault, Vlad prend sa décision. Il sort le couteau de cuisine de son sac et le coince dans la ceinture de son pantalon. Quoi qu'il arrive, il va l'utiliser.

– Vlad, non, je t'en supplie… implore Cyrano, qui a parfaitement perçu les pensées criminelles de son ami. Tout ce que tu vas réussir à faire, c'est à passer le restant de tes jours en prison.

– Rien à foutre. Nous savons tous les deux que les types dans son genre s'en sortent toujours. Ça fera déjà un salaud en moins sur terre. Un jour le monde me remerciera…

*
**

Orphée va aussi vite qu'il le peut. Il court dans les entrailles froides de Paris qu'il connaît beaucoup moins bien que celles de ses machines. Il se perd, rebrousse chemin, retrouve sa direction et reprend sa course. Il est à trois rues de l'appartement de Renault, il sait qu'il arrivera trop tard. Pour la première fois depuis longtemps, Orphée est terrorisé.

*
**

Les pieds de Vlad sont maintenant sur le paillasson de l'appartement de Renault. Il sue à grosses gouttes, il sait qu'il s'apprête à donner à sa vie un tournant que personne n'aurait jamais imaginé. Vlad est sur le point de donner la mort, et il imagine assez mal ce qu'il se passera ensuite. Il ne parvient pas à se projeter. L'enquête, la visite de policiers soupçonneux, comme cet Ernest Dutilleul, *good cop* à ses heures, mais plus probablement limier opiniâtre lorsqu'il le faut. Puis, inévitablement, il sera confondu, et il y aura le tribunal, ensuite sans doute, ce sera la prison. Mais Vlad se force simplement à imaginer le plus précisément possible ce qu'il ressentira en enfonçant le court et très coupant couteau de cuisine dans le ventre flasque de Jacques Renault. Criera-t-il ? Grognera-t-il ? Souffrira-t-il ? En vérité, Vlad ne parvient même pas à savoir. Mais c'est déjà trop tard, il est sur le seuil. Il ne peut que poser la main sur la sonnette et l'autre sur le manche du couteau. Il sonne.

Vlad entend des pas lents de l'autre côté de la porte. Une dizaine de secondes passe avant que la poignée fasse un tour sur elle-même, que la porte s'entrebâille et que Vlad voie comme en très gros plan l'œil bouffi de Renault. Après que les deux paires d'yeux se sont observées quelques instants, Renault ouvre grand la porte et s'écrie contre toute attente :

– Vlaaad ! Quelle surprise ! Comment vas-tu ?

Renault affiche un sourire éclatant comme s'il retrouvait un vieux copain avec lequel il lui tardait de refaire le monde comme à la belle époque. Renault n'a pas tort, Vlad est bien venu là pour refaire le monde, mais pas dans le sens qu'il imagine. Cependant, il est complètement désarmé par l'attitude de Renault. Il aurait parié que l'ancien dirigeant de Century allait tout de suite comprendre la raison de sa présence sur son paillasson, crispé et plein de sueur, avec une main dissimulée sous son manteau. Mais rien. Renault l'accueille en ami et d'un geste ample, l'invite à entrer et à faire comme chez lui, bien sûr…

– Qu'est-ce que je te sers, Vlad ?

– …

– Voyons, fais pas le timide ! lance-t-il sans quitter une seconde son attitude joviale. Je suis sûr que toi et moi nous avons beaucoup de choses à nous dire ! ajoute-t-il comme s'il s'agissait simplement de bavarder.

Vlad hésite un instant, puis comprend que sa chance réside peut-être dans le choix de la boisson.

– Je vais prendre une bière… souffle-t-il, bégayant, presque haletant.

– Une bière ? Wahou ! C'est vrai que tu es un grand, maintenant… Je vais t'en chercher une au frigo !

Et c'est gagné, Renault lui tourne le dos pour rejoindre la cuisine. Il se baisse péniblement, ouvre la porte…

– C'est maintenant ! se dit Vlad.

Alors, tout doucement, il sort le couteau fiché dans sa ceinture et s'approche sans faire de bruit.

– Vlaaaaaddddd… Je t'en supplie ! implore Cyrano. Ne fais pas ça…

Tout le corps de Vlad est secoué de tremblements de plus en plus violents. Il ignore l'ultime supplique de Cyrano et fait un pas supplémentaire. La pointe du couteau est maintenant à quelques centimètres du dos de Renault, accroupi, dont la chemise se relève et laisse apparaître la raie hideuse de ses fesses.

– C'est maintenant ! se répète Vlad pour se donner du courage.

Sa proie lui est offerte, il n'a plus qu'à frapper dans le dos, comme un lâche… Mais rapide comme l'éclair, Renault se retourne plus brusquement que son obésité ne le laissait imaginer. Cette volte-face stupéfiante laisse Vlad sans réaction. Renault le fixe maintenant et sa bonhomie a complètement disparu. À sa place, Vlad voit l'instinct des plus grands fauves dans ses yeux.

– Comme ton père, hein ? Toujours dans le dos, jamais en face ! hurle-t-il à présent de sa voix grave qui fait trembler les murs de plâtre fins de l'immeuble.

Vlad a toujours son couteau dans la main, mais à présent, il lui semble être une arme dérisoire, à peine une brindille qu'on jetterait contre un porte-avion pour le couler. Il recule et manque de trébucher. Il pourrait se jeter sur Renault, mais à quoi bon ? Il sait maintenant. Il sait que ces choses, le meurtre et la violence, ne sont pas pour lui. Il sait que ces choses devraient n'être pour personne. Alors il lâche son arme et prend ses jambes à son cou. Il fuit l'appartement et dévale les escaliers jusqu'au rez-de-chaussée. Une fois en bas, il a des larmes plein les yeux. En voulant assassiner Jacques Renault, Vlad a perdu toute dignité. Il est exténué, mais il sort dans la rue et reprend sa course folle sans se reposer une seconde. Dehors, une fenêtre en haut de l'immeuble s'ouvre, la tête de Renault apparaît. Il crie à perdre haleine dans la rue.

– La prochaine fois, tue-moi ! Parce que moi, je n'hésiterai pas une seconde…

Vlad n'écoute pas. Il court, c'est tout. Il a peur, il a honte aussi. Il commence seulement à prendre la mesure de ce qu'il a voulu faire. Il voudrait disparaître.

*
**

Le cœur d'Orphée aussi bat à tout rompre. Il touche au but, mais il est en retard. Pire, il a entendu Renault hurler. Alors il redouble d'efforts, pique carrément un *sprint*, et manque de rater l'adolescent encapuché qui court lui aussi, mais en sens inverse. Tout de suite, il comprend.

– Vlad ? appelle-t-il.

Le jeune homme, d'abord, ne s'arrête pas. Puis, comme si cette voix avait tapé dans un recoin oublié de sa mémoire, il arrête sa course. Tout indique qu'il ne comprend pas. D'abord, il a voulu tuer, maintenant il entend une voix, cette voix. Ça ne peut rien être d'autre qu'un mauvais rêve, se dit-il, quand, hébété, il retire sa capuche et se rapproche d'Orphée.

– Vlad ? répète Orphée.

– Papa ?

16

Vlad n'est pas sûr, il fait presque nuit. Il a vraiment dit « papa » ? Ce mot est sorti de sa bouche comme lorsqu'à la fin d'un cauchemar, on appelle au secours ses parents. Mais en voyant la silhouette voûtée d'Orphée sous son imperméable, il a la même impression très désagréable qu'à Belle-Île. Sauf que là-bas, Viktor Shankly ne boitait pas et qu'Orphée clopine et se tient tant bien que mal, comme s'il avait oublié ses béquilles chez lui. Pour en avoir le cœur net, Vlad se rapproche, méfiant et encore affolé. Et plus il se rapproche, plus l'impression persiste, et plus il lui est facile de changer le décor. Au lieu des immeubles parisiens, il n'a qu'à imaginer les falaises de la pointe de Taillefer, à Belle-Île, et le tour est joué. Vlad ne sait plus pourquoi son cœur bat si fort. Est-ce à cause de ce qu'il a failli faire, ou bien parce qu'il est sur le point de découvrir une vérité à laquelle il n'avait jamais osé songer ? Orphée est sous un réverbère, il ne bouge plus. Vlad est à deux mètres de lui et à présent, le doute n'est plus permis, c'est bien son père. Il voit son visage et distingue assez bien ses traits si particuliers, héritage d'un père russe très anguleux et d'une mère anglaise trop distinguée.

– Pourquoi tu… commence Vlad sans pouvoir terminer.

Orphée, alias Viktor Shankly, regarde son fils et esquisse un demi-sourire, empreint de fierté, mais aussi d'une grande mélancolie. Ça y est, Vlad a seize ans et il ne l'a pas vu grandir. Il est presque adulte maintenant…

– Qu'est-ce que tu as fait à Renault ? s'empresse-t-il de demander.

– Rien. Il va bien. Mais pourquoi tu… tente-t-il, avant de s'arrêter de nouveau.

Vladimir a l'impression d'avoir pénétré un monde parallèle, dans lequel il menace un homme d'un couteau avant de se retrouver nez-à-nez avec son père mort des mois plus tôt. Pendant une seconde Vlad pense être mort lui aussi, ou alors plongé dans un délire *pre-mortem* où l'esprit prend le pas sur le corps et divague complètement. Ça y est, Vlad croit comprendre. En se retournant, Renault l'a désarmé et tente de l'étrangler en ce moment même. C'est pour ça que je vois n'importe quoi, se dit-il, je vais crever en fait. Dans dix secondes, il n'y aura plus mon père, plus cette rue, plus rien.

Mais Vlad reste planté là, et rien ne se passe. Il n'y a aucune lumière blanche, rien qui fasse penser à la mort. D'ailleurs, son cœur ne tarde pas à lui rappeler qu'il est toujours en vie, tellement il cogne dans sa poitrine.

– Pourquoi tu… essaye-t-il d'articuler.

Mais c'est impossible de finir cette phrase. D'ailleurs, Vlad n'a aucune idée de ce qu'il veut mettre après le « tu ». « Pourquoi tu… n'es pas mort » ? On ne pose pas cette question ! « Pourquoi tu… es là » ? Et lui-même, Vlad, que fait-il ici, si ce n'est parce qu'il a voulu tuer Renault ? Non. La seule chose que Vlad parvient à faire, c'est de reculer son coude, serrer le poing et très vite le lancer sur le nez de son père qui ne s'y attendait pas. Tout est dit. Sa colère, sa frustration, sa peur, et peut-être même un peu sa joie aussi.

– Ommpf ! s'écrie Viktor en s'étalant au sol, les deux mains sur son nez.

Lorsque son poing atteint sa cible, Vlad comprend au même moment que tout cela est bien réel. Oui, il a effectivement voulu éventrer Jacques Renault, et oui son père boiteux est bel et bien dans la rue. Pas de délire dans tout ça, pas de rêve, pas de cauchemar.

– Putain Vlad ! T'aurais pu me le péter, souffle Viktor en essuyant du revers de sa manche le sang qui coule abondamment de son nez…

– Mais pourquoi tu… Pourquoi t'es pas mort ? Hein ? hurle Vlad, cette fois-ci absolument furieux.

– Chut ! lui intime son père en se relevant péniblement. Renault n'est pas loin. Si tu cries des choses pareilles, il va vite comprendre…

– J'y crois pas… Tu reviens d'entre les morts pour me demander de me la fermer… génial…

– Viens, on va chez moi !

*
**

Pendant le trajet, Vlad n'a rien dit. Maintenant, il est assis sur le seul fauteuil de la chambre de bonne qu'habite Viktor Shankly. Il regarde, effaré, toutes les machines qui sont pour son père autant de compagnons de fortune. Viktor, lui, se tient devant sa glace. Il a mis du coton dans son nez et essaye de le remettre en place.

– Bon, je crois que ça ira comme ça, dit-il en prenant place sur un tabouret face à son fils. Tu veux boire quelque chose ?

– Bah oui, bien sûr ! Je suis venu là pour boire un coup, tu sais bien ! Renault m'a fait la même blague tout à l'heure…

Mais Viktor ne lâche pas l'affaire si facilement. Il fixe Vlad d'un air insistant, jusqu'à ce que son fils capitule.

– Ok… T'as du jus de pamp' ?

– Du jus de ?

– Pamplemousse…

Lorsque Viktor revient avec deux verres de jus de fruits, Vlad a eu le temps de préparer sa première question à l'homme dont il ne réalise pas encore qu'il est son père, en chair et en os.

– Et maman, elle sait ? demande Vlad sans attendre, son père ayant à peine eu le temps de poser ses fesses sur le tabouret.

– Non, elle ne sait pas. Et elle ne doit pas savoir.

– Pourquoi ?

– Parce que c'est mieux si je suis mort, c'est mieux pour tout le monde. Je fais moins de mal aux gens lorsque je suis un fantôme…

Maintenant, il peut poser la question qui lui brûle les lèvres :

– Et comment t'as fait ? Je veux dire, à Belle-Île, je t'ai vu tomber…

– J'ai eu de la chance… Je me souviens être tombé dans l'eau, une vague m'a cogné contre un rocher. Là j'ai dû perdre connaissance parce que je ne me rappelle plus de la suite. Toujours est-il que je suis revenu à moi à l'endroit même où tu m'as vu tomber. Seulement, il y avait une petite anfractuosité dans la roche, et je suis resté coincé là. J'ai vu les secours qui me cherchaient, mais je ne me suis pas manifesté. Je voulais vraiment en finir, et puis de toute façon, j'étais blessé. Avec une balle dans le ventre, comme ça, je pensais qu'il ne me resterait que quelques heures à vivre… C'est lorsque j'ai fouillé dans la poche de mon manteau pour voir le Totem une dernière fois que je me suis aperçu que tu avais fait l'échange avec un autre téléphone. C'était très bien joué de ta part !

– C'était parce que je ne te faisais pas confiance…

– Et tu avais raison. Avec tout ce qu'on t'avait raconté sur mon compte… À ta place, j'aurais agi exactement de la même manière.

– Je me suis souvent reproché de l'avoir fait. J'ai eu l'impression que tu étais mort pour rien… Je te jure, j'en voulais à la terre entière, et je m'en voulais à mort aussi !

Vlad commence à s'animer. C'est la première fois qu'il arrive à se livrer et à parler à un adulte de la mort… de celui avec lequel il discute en ce moment même !

– Pourquoi tu m'as rien dit ? continue-t-il, de plus en plus véhément. Pendant des mois, ma vie a été dégueulasse ! Je te revoyais tomber de cette falaise en dormant. Ça ne me quittait pas ! Depuis, je fais des rêves super bizarres… T'aurais pu me faire un signe, même discrètement !

– Ernest Dutilleul… répond Viktor, sans ciller.

– Eh bah quoi ? Qu'est-ce qu'il vient faire là-dedans, le flic ?

– Tu te souviens du jour où il t'a appelé, quand il t'a parlé de *1984* ?

Vlad est sidéré. Il croit comprendre…

– Comment tu peux savoir ça ? T'as mis la maison sur écoute ?

Mais en réalité, il ne comprend pas.

– Non, ce jour-là, Ernest Dutilleul, c'était moi…

– Mais…

– Depuis que j'ai disparu, je n'ai pas cessé de faire attention à toi. Le jour où tu as fait tes conneries sur le parking de la supérette, comment tu crois que tu t'en es sorti, hein ? Et tout à l'heure, à ton avis, pourquoi est-ce que moi aussi je me rendais chez Renault ?

– Tu m'espionnais ! s'écrie Vlad, mi-impressionné et mi-hors de lui.

– J'étais bien obligé ! se défend son père. T'as enchaîné les conneries. Si je t'avais pas couvert, tu aurais sans doute mal tourné… Et puis, je me suis rendu compte que j'étais sans doute plus utile caché qu'à tes côtés. J'ai préféré être ton ange gardien invisible, si tu préfères…

– Donc, depuis tout ce temps, tu habites là, dans ce trou à rats, et tu surveilles mes moindres faits et gestes ?

Viktor sourit à nouveau.

– C'est fou ce qu'on peut faire avec la technologie pourvu qu'on sache s'en servir… Tiens, en parlant de technologie, il est avec toi le Totem ?

Avant que Vlad ait le temps de répondre, Cyrano enclenche les haut-parleurs.

– Monsieur Shankly, permettez-moi de me présenter. Je m'appelle Cyrano, je suis le valet numérique que vous avez si brillamment développé, j'allais dire mis au monde. Je vous considère donc, sauf votre respect, comme mon géniteur.

Depuis que le Zugzwang Klub a commencé, ce qui a changé chez Cyrano, c'est bien l'orgueil.

– Je tiens à dire que je n'en ai pas touché un mot à Vlad, mais j'étais persuadé que vous n'étiez pas mort ! C'est comme dans les mauvais films, votre retour était tellement prévisible ! Si je peux me permettre, vous auriez fait un très mauvais scénariste… ajoute-t-il immédiatement.

Heureusement Vlad connaît maintenant bien le nouvel état d'esprit de Cyrano.

– Oui oui, on sait, t'avais tout prévu ! dit-il en sortant le Totem de sa poche. Papa, tu viens d'entendre Cyrano, c'est le logiciel que tu as codé, sauf que maintenant, il est devenu grave insupportable. Il passe son temps à se vanter, il veut tout le temps se mettre en avant… Un petit con coincé dans une petite boîte, quoi…

– Hum… intéressant, grommèle Viktor, en examinant le Totem de plus près. Et il a été triste pendant mon enterrement, par exemple ?

– Papa… tout le monde était super triste…

– Oui, j'ai vu ça…

– Ah parce que… T'étais à ton propre enterrement ?

– J'ai pas pu m'en empêcher ! rigole-t-il. C'est d'ailleurs une expérience que je te recommande… mais pas pour tout de suite, hein !

17

Il est 6 h 45. Vlad a passé la nuit chez son père. Ils ont discuté durant de longues heures, comme ils ne l'avaient jamais fait auparavant, comme si tous les deux avaient voulu rattraper les années perdues. Et alors que le soleil se lève, Vlad ne peut s'empêcher de bâiller dangereusement et d'étendre ses jambes sur le canapé. Pourtant il se bat, il refuse de dormir. Il sent qu'il a encore plein de choses à dire, à raconter. Il veut lui décrire comment Enig a séduit Helena, grâce à la complicité de Cyrano. Il n'aurait pas honte non plus de lui raconter dans quelles circonstances il a été contraint de cambrioler son propre lycée pour mettre la main sur le Totem. Mais surtout, s'il lutte autant contre le sommeil qui l'assaille et l'oblige à fermer les yeux de plus en plus souvent, c'est parce qu'il sent qu'il reste un sujet capital qu'ils n'ont pas eu le temps, ou le courage, d'aborder.

– Papa ?

– Tu veux qu'on aille dormir ?

– Nan… Qu'est-ce que tu veux faire maintenant ? Je veux dire, à propos de Jacques Renault et de Mathis ?

Viktor regarde longuement son fils, hésitant entre vérité et devoir de protection. Enfin, il se décide.

– Ce qu'ils m'ont fait, Vlad, et ce qu'ils t'ont fait par la même occasion, cela ne doit pas rester impuni.

– Mais alors, toi aussi tu veux les…

– Les tuer ? Non. Jamais. Ce serait leur donner raison. Ce serait admettre que la fin en vaut les moyens, et la vie m'a appris le contraire.

– Alors, qu'est-ce que tu veux faire ?

À présent, Vlad est parfaitement réveillé. Repenser à tout ça l'a complètement remobilisé.

– Tu l'as vu toi-même hier soir. Dans la famille, nous n'avons pas le goût du meurtre. Nous ne pouvons pas faire ces choses-là et j'en suis très fier. Oui, je suis très fier que tu n'aies pas pu tuer Jacques Renault. Ce que nous allons faire, en revanche, c'est aider la justice à faire son travail. Nous allons trouver les preuves de l'implication de Mathis et Renault dans le projet Super Prism, nous allons révéler à la face du monde leurs manœuvres dégueulasses. Nous allons dire qu'ils n'hésitent pas à tuer pour parvenir à leurs fins.

– Et comment tu comptes t'y prendre ?

– Mon garçon, tu apprendras bien vite qu'Internet n'est pas seulement une boîte à *tweets* périmés et une liste de blogs sans intérêt. Internet garde une trace de tout dans le monde. Même des meurtres ratés. Il faut simplement savoir trouver…

– Alors ça, j'aime beaucoup ! s'exclame Cyrano, qui, branché sur le secteur, n'a aucune envie de dormir. « Je kiffe à donf sa race même », comme disent les jeunes aujourd'hui !

– Euh… Personne ne dit jamais « kiffe à donf sa race ». Ça veut rien dire, en fait… intervient Vlad.

Mais Cyrano ignore la remarque.

– Monsieur Shankly, c'est un plaisir de vous connaître ! Permettriez-vous que je me connecte à vos ondes cérébrales ? Ce serait un honneur…

Étrangement, Viktor ne semble pas très enthousiaste.

– Ne le prends pas mal, Cyrano, mais je préfère garder mon indépendance d'esprit…

– Monsieur, vous me décevez au plus haut point ! s'écrie Cyrano, faussement hors de lui, mais un peu déçu tout de même.

– Vas-y papa ! Pourquoi tu veux pas ? C'est super drôle, je te jure ! Et puis ça fait trop bizarre, au début, quand il se met à parler dans ta tête ! Tu kifferais trop, c'est clair ! J'adorerais trop revenir à ce jour où il m'a parlé pour la première fois ! « Bonjour, je m'appelle Cyrano et j'ai l'honneur d'être ton nouveau valet », c'était ahurissant !

– Non merci, répond Viktor en souriant. J'aime les machines, mais je tiens à garder toute ma tête.

– Quel dommage ! Je suis sûr que vous auriez fait un étudiant exceptionnel pour le Zugzwang Klub !

– Le Zug… quoi ?

– Laisse tomber, p'pa, c'est une longue histoire… élude Vlad, peu désireux d'avouer à son père qu'à présent, Cyrano est connu dans tout le lycée ou presque.

– Allez, au lit ! conclut Viktor en se levant. T'as cours demain.

– Pff… Et on se revoit quand ?

– T'inquiète pas, je vais continuer à bosser de mon côté, et dès que j'ai du nouveau, je te le dirai. Mathis et Renault vont morfler, crois-moi !

Vlad est aux anges. Enfin, son père fait appel à lui.

18

– Allez ! On s'assoit et on sort ses affaires ! hurle Morgane Dubost à une meute déchaînée d'élèves prêts à tout sauf à fournir le moindre travail.

Transmettre sa passion pour la littérature lorsqu'on fait cours à une classe scientifique n'est pas facile, mais ça, ce n'est pas leur problème.

– Vas-y, Madame, on peut pas étudier autre chose que des textes d'il y a mille ans ? C'est relou à la fin ! se lamente Mohammed en s'asseyant très bruyamment. Ce serait pas mieux d'écrire tous ensemble un roman en utilisant Facebook par exemple ? Parce que bon, *Zadig et Voltaire*, on connaît par cœur à la fin !

Pour tenter d'obtenir le calme, Morgane Dubost prend le parti de répondre à la provocation de Mohammed.

– D'accord Mohammed, on pourrait ! On pourrait ne pas lire en cours et simplement écrire. Mais sais-tu que c'est justement en lisant qu'on apprend à écrire de mieux en mieux ? Les grands auteurs sont également de grands lecteurs, il faut le savoir ! Si tu ne lis jamais, comment penses-tu pouvoir écrire correctement ?

– Bah je sais pas… répond-il, tout penaud. On va dire que je veux pas être influencé. Au moins, ce que j'écrirais sur Facebook, ce serait grave original…

– Alors ça, je peux te jurer que tes devoirs sont effectivement très originaux. Voire incompréhensibles !

Toute la classe éclate de rire. Une fois encore, la prof de français est parvenue à ramener le calme en mettant le fauteur de troubles face à ses contradictions. Mais elle n'aime pas trop procéder ainsi, et, quelques instants après, elle se dit que finalement, l'idée de Mohammed est loin d'être mauvaise. Mais elle a un programme à tenir…

– Maintenant, on reprend Montherlant. Ouvrez *La Reine Morte*, acte deux, scène quatre…

Et malgré elle, tous piquent du nez rapidement. À son grand désespoir, Morgane Dubost monologue seule dans son coin, tandis que toute la classe se laisse gagner par la torpeur. Au fond de la classe, assis à côté d'Aïssa, Vlad essaye de terminer sa nuit trop rapidement interrompue.

– T'as fait la fête hier soir ? demande Aïssa, interrogeant autant Vlad que ses cernes.

– Ouais… Une sacrée soirée, même !

– Hum hum ! fait Aïssa, d'un ton lourd de sous-entendus. Et t'as rencontré quelqu'un ?

– Ouais, une rencontre de ouf, même !

– Je suis super contente pour toi ! s'exclame-t-elle sans comprendre le malentendu.

– Moi aussi, tu peux pas imaginer à quel point !

À la fin du cours, Vlad se réveille tranquillement de sa demi-sieste et sort de la classe avec sa voisine, la tête dans le brouillard. À peine a-t-il mis un pied dehors qu'une voix claire l'accueille sans se soucier de son état.

– Salut Vladimir ! Tu te souviens de moi ? C'est Yao !

Vlad se rappelle en effet très bien de Yao, et il prie pour qu'elle ne vienne pas le seriner à nouveau à propos du Klub.

– Oui, je me rappelle. Tu vas bien ?

– Ouiii ! Je me suis entraînée tout le week-end aux échecs avec mon père, maintenant, j'adorerais jouer une partie contre toi. Mon père dit qu'avec un peu plus d'entraînement, je serais imbattable !

– Elle a de la ressource, la petite, fait Cyrano à Vlad.

– Ouais… Elle lâche pas le morceau… lui répond Vlad dans sa tête.

Aïssa, restée à côté de Vlad, est persuadée que Yao est la personne qu'il a rencontrée la veille. Alors elle choisit de leur laisser « leur intimité », non sans en remettre une petite couche.

– Bon… Bah moi j'y vais ! Et au fait, Yao, tu peux l'appeler Vé, tous ceux qui le connaissent bien l'appellent comme ça ici ! À plus !

Cette fois, c'est vraiment la crise ! Le cerveau de Vlad fonctionne au ralenti, sa tête lui fait un mal de chien à cause de la fatigue et des interventions de Cyrano, sans parler de la voix suraiguë de Yao, et voilà qu'à présent, Aïssa risque de colporter une tonne de rumeurs sur son compte... Pourvu que tout cela ne parvienne pas aux oreilles d'Alise !

– Allez, vas-y, invite-la ! continue Cyrano. Plus on est de fous...

– Plus on rit... complète Vlad, mais sans se rendre compte qu'il a oublié de passer par ses ondes cérébrales, et que tout le monde a entendu ce qu'il vient de dire...

– Mais ouiii ! fait Yao. Si tu me laisses entrer au Klub, on va trop se marrer !

– Allez, steuplait ! insiste Cyrano. Il me tarde de voir sa tête quand je lui exposerai ma méthode infaillible pour draguer au MacDo...

Vlad capitule.

– Bon, d'accord, concède-t-il. Il y a un cours d'échecs qui commence aujourd'hui à 12 h 30. Viens seule !

Yao saute de joie

– Trop biiieeen ! Merci Vé !

Et avant de s'en aller, elle saute à son cou et l'embrasse fougueusement sur la joue.

– Euh... Elle a un problème cette meuf ou quoi ? demande Vlad, qui n'a pas l'habitude que les filles soient aussi entreprenantes avec lui.

– Mais non, mon cher ! Elle a juste vraiment hâte de commencer mes cours exceptionnels !

Peu après le départ de Yao, c'est Enig qui vient à la rencontre de son ami.

– Bah alors, gros ! Qu'est-ce que tu fous là, tout seul ?

– Rien… je… je discutais !

– Ah ! C'était ta rencontre d'hier dont vient de me parler Aïssa…

– Mais non, c'était rien du tout !

– Hum, hum… susurre-t-il, moqueur. Allez, on va bouffer avant d'aller au Klub !

– Okay, mais t'arrête avec tes « hum, hum » ! ajoute Vlad, furieux.

*
**

Lorsque Yao entre dans la salle 215, tout le monde est déjà installé. Vlad la regarde du coin de l'œil, espérant de tout son cœur qu'elle ne fasse pas de scandale en découvrant la réalité. Le Totem est, comme à son habitude, posé sur son petit présentoir, et, c'est la tradition, un drap le recouvre encore, jusqu'à ce que Cyrano prononce ses premiers mots, et alors Foued viendra le découvrir. Généralement, ce procédé fait son petit effet sur les nouveaux venus.

– Mes chers amis… commence Cyrano.

Vlad sent que Yao est excitée comme une puce. On l'a prévenue, le Klub est un endroit où il se passe des choses exceptionnelles. Elle a aussi entendu parler d'un drôle de *smartphone*, et dès qu'elle entend les premiers mots de Cyrano, prononcés d'une voix caverneuse venue de nulle part, elle se dit qu'effectivement, elle est sur le point d'assister à quelque chose d'hors norme.

– Mais c'est trop bien votre truc ! s'écrie-t-elle quand Foued se lève et retire le drap blanc qui recouvrait Cyrano.

Tout le monde est mort de rire, sauf Vlad qui n'est pas très serein. Puis, Cyrano s'adresse à elle directement :

– Eh oui, jeune fille ! Ici, on ne joue pas aux échecs : on apprend la vie, et c'est moi qui vous l'enseigne !

Vlad voit également Alise, au premier rang, se retourner et regarder Yao d'un œil mauvais, avec l'air de dire « mais qu'est-ce qu'elle vient nous emmerder ici, celle-là, au moment le plus intéressant de la journée ? »

Malgré l'état d'énervement d'Alise, Vlad juge opportun de lui rappeler son invitation pour la *Paris LoL Championship*. Comme la dernière fois, il arrache un petit bout de papier de son bloc-notes et écrit : « Alors, tu veux aller voir des geeks avec moi ou bien ? » Ensuite il fait passer le mot. Cette fois-ci, Alise répond tout de suite. À son tour, elle lui fait parvenir le message suivant : « Si tu veux :-) ».

En temps normal Vlad aurait crié de joie au milieu de la salle, sans se soucier des réactions des autres. Mais les événements de la veille ont été si intenses qu'il se contente de sourire, sans oser regarder Alise qui, de toute façon, ne prête déjà plus attention qu'à Cyrano.

– Ma chère Yao, continue Cyrano, qui, s'il le pouvait, lui ferait les yeux doux. Pour que tu puisses m'entendre, j'utilise actuellement les haut-parleurs de mon hôte, le Totem. Je te propose donc de te soumettre à une petite cérémonie, qu'on appelle l'Accord, afin que je pénètre tes ondes cérébrales et que tu sois capable ainsi de m'écouter et de me parler sans émettre le moindre son. Après je pourrai écouter tes pensées lorsque tu seras proche de moi. Tu verras, c'est très amusant ! Alors, prête ?

Yao ne réfléchit qu'une demi-seconde.

– Mais grave ! Je suis parée ! Vas-y, fais ton truc !

– T'es sûre ? C'est pas rien, hein, de confier toutes tes pensées à une machine… murmure Vlad à l'oreille de Yao.

Mais c'est sans compter Cyrano qui a tout entendu.

– Mon cher Vlad, voyons ! s'exclame-t-il théâtralement. N'effraye pas comme ça les nouveaux membres du Klub. Et vous, les autres, est-ce que vous avez peur de moi ?

– On n'a pas peur ! crient-ils tous à l'unisson.

Vaincu, Vlad se rassoit et prend sur lui. Il sent que sa création, le Klub, le dépasse, et qu'elle pourrait très rapidement devenir incontrôlable. Foued sort d'un placard un petit tapis rouge et deux bâtons d'encens qu'il pose sur le sol entre l'estrade et les premières tables.

– Maintenant, assieds-toi sur ce tapis, dit-il à Yao.

Elle s'exécute et tout le monde la regarde en retenant son souffle. C'est Cyrano qui a eu l'idée de cette cérémonie d'accueil, mais il n'en a parlé qu'à Enig, Helena et Foued, se doutant bien que Vlad serait contre. Au début, l'afflux de personnes nouvelles était tellement important qu'il était impossible de faire une cérémonie pour tout le monde. Mais à présent que Vlad limite l'accès au Klub, chaque nouveau membre y a droit.

L'encens fume, Yao est assise sur le tapis rouge. La cérémonie peut commencer.

– Mademoiselle Yao Linh, acceptez-vous de me laisser, moi, Cyrano, professeur de la vie, décoder vos ondes cérébrales et faire ainsi partie du glorieux Zugzwang Klub ?

– J'accepte ! déclare Yao sans hésiter.

– Quel âge avez-vous ?

– Quinze ans.

– Combien pesez-vous ?

– Euh… 45 kilos…

– Quelle taille mesurez-vous ?

– 1 mètre 55.

– Je vois que vous vous impatientez. N'ayez crainte, c'est bientôt fini ! Il ne vous reste plus qu'à poser votre index sur moi, et enfin nous serons liés. Levez-vous, Yao Linh.

Yao se redresse et vient toucher, tremblante, la surface noire et brillante de l'écran du Totem. Au bout de quelques instants, elle entend à nouveau Cyrano, mais le son de sa voix est différent. C'est un son plus clair, très pur.

– M'entendez-vous Yao Linh ? Je suis dans votre tête !

19

On sonne à nouveau chez Jacques Renault. Cette fois-ci, le Canadien est sur ses gardes. Il a caché sous son tee-shirt un pistolet automatique chargé et prêt à l'emploi. Heureusement, un coup d'œil dans le judas le rassure. C'est Mathis.

– Qu'est-ce que tu fous là ? dit-il, furieux, en laissant Mathis sur le seuil. Tu sais bien qu'il est mieux pour nous deux qu'on se voie le moins possible…

– Euh… C'est toi qui m'as dit de venir…

– Ah, oui, excuse-moi… Il s'est passé quelque chose l'autre soir, et depuis je suis un peu à cran… Viens, entre !

Une fois installé sur un petit canapé, Renault s'explique.

– Le fils Shankly est venu ici l'autre jour, et il avait bien l'intention de me crever…

– Quoi ? Vlad ? Te tuer ? N'importe quoi…

– Eh bah si… Enfin, il est aussi peureux que son paternel, celui-là ! Dès qu'il a sonné, j'ai compris ce qu'il venait faire ici.

Fallait pas être un grand flic pour comprendre qu'avec sa main planquée dans son froc, sa gueule livide et ses jambes flageolantes, il venait pas ici pour me raconter ses amours. J'ai juste eu à gueuler un bon coup pour qu'il fasse trois fois le tour de son slip…

– Ah ah ! Sacré Vlad, fait Mathis d'un rire forcé.

– Comme tu dis. Quand Vega sera sorti de taule, je l'enverrai buter une bonne fois pour toutes ce petit morveux. Et il ne le manquera pas, cette fois !

– T'as bien raison… répond Mathis, peu sûr de lui.

Il y a quelques semaines encore, l'idée de tuer Vlad le révulsait, mais aujourd'hui, elle fait son petit bonhomme de chemin…

– Mais bref, dit Renault, abordons le seul sujet qui vaille : le Totem.

– Oui, affirme Mathis en sortant de son attaché-case une liasse de captures d'écran. Comme je te le disais au téléphone, j'ai acquis la certitude que le Totem se trouve toujours entre les mains de Vladimir…

Renault se montre d'abord sceptique.

– Sur une échelle de un à dix, à combien évalues-tu la possibilité que le Totem n'ait pas été détruit à Belle-Île ?

– Onze.

Renault se tait un instant. Lorsque Mathis l'a appelé l'autre jour pour lui annoncer que, contre toute attente, il avait retrouvé la trace du Totem, il a cru que son collègue déraillait. Trop de solitude, trop de café, trop de stress : il lui paraissait évident que Mathis n'était plus vraiment lui-même. Mais aujourd'hui, il regarde les données de Mathis, puis son air assuré, et il comprend que tout cela est vrai.

– Mais alors, reprend Renault, comment c'est possible ? Qu'est-ce qu'ils ont bien pu manigancer à Belle-Île, ce gamin et son père, pour nous la faire à l'envers ?

– Je me suis repassé cent fois la scène dans ma tête, répond Mathis, et je crois que j'ai fini par comprendre. En fait, je suis prêt à parier que Vlad, lorsqu'il était sur la falaise, n'a pas donné le Totem à son père avant qu'il se suicide, mais qu'il s'agissait d'un autre téléphone…

Renault est hors de lui.

– Et t'as rien vu venir ? T'as pas vu que le gamin faisait un truc bizarre avec ses mains ?

– Eh ! proteste Mathis. J'aurais bien voulu t'y voir, toi, observer un gosse et son père tenus en joue par un sniper… Dans ces cas-là, on n'est pas toujours très intelligent, tu sais…

– N'en parlons plus, élude Renault qui retrouve ses anciens réflexes de patron. Qu'est-ce que tu comptes faire, maintenant ?

– On pourrait tenter de lui voler le Totem en lui tendant un piège, par exemple. Maintenant qu'on sait qu'il veut ta peau…

– En gros, tu suggères de te servir de moi comme appât, c'est ça ?

– Bah euh… répond Mathis, coincé.

– N'importe quoi ! Et puis on a déjà essayé cent fois de lui voler le Totem, et tu vois où ça nous a menés… Nan, il faut essayer autre chose.

La conversation prend un tour très déplaisant. Avant de prendre le train pour Paris, ce matin, Mathis n'avait qu'une hâte : quitter ses fichus ordinateurs, *La Folie*, la campagne et la solitude et retrouver enfin l'environnement dense et fascinant de la capitale qu'il connaît si bien. Mais à cet instant précis, affalé comme un sac dans le canapé, avec Renault en face de lui le fixant d'un œil torve, il réalise que, déjà, il ne pense plus qu'à prendre le train pour Orléans et rentrer dans sa planque. Il se surprend à vouloir retrouver le logiciel d'assistance vocale qu'il peine à développer, qui ne manquera pas de le traiter de tous les noms d'oiseaux qu'il connaît lorsqu'il le rallumera. Au diable le métro et la misère des gens au pied des *buildings*, Mathis veut retrouver son vieil établi et ses ordinateurs qui permettent aux hommes d'avoir des idées de génie…

Soudain Mathis interrompt sa divagation. Les yeux plissés de Renault le fixent toujours.

– J'ai une idée, murmure-t-il.

20

– Bah alors, Vé, t'es en forme là ?

– Ouais…

– Et tu comptes lui sortir le grand jeu ?

– Là-bas ? Je suis pas sûr que ça soit l'endroit le plus romantique du monde…

Foued a accompagné Vladimir jusqu'à la station de RER de Chilly-Lambois. Ils attendent Alise pour aller au tournoi international de *League of Legends*.

– Si elle a accepté de venir avec toi, c'est qu'elle doit bien s'attendre à quelque chose !

– Tu sais, le jour où quelqu'un saura vraiment ce que veut Alise, ce sera un grand pas pour l'humanité !

– Eh, elle a quoi l'humanité ? Parce que moi, j'en ai rien à faire ! lance une voix derrière eux.

– Alise ! s'écrie Vlad sans même faire l'effort de cacher sa joie.

– Euh… oui, ce n'est que moi, fait-elle, un peu embarrassée.

– Bon je file moi, j'ai poney dans cinq minutes ! dit Foued pour justifier de ne pas tenir la chandelle plus longtemps.

Après avoir esquissé un petit salut de la main à son copain, Vlad jette un œil discret à Alise. Elle est comme d'habitude, superbe. Sans maquillage, sans artifices, vêtue simplement d'un tee-shirt orange et d'un jean troué aux genoux. En la voyant, si simple et si naturelle, Vlad manque de défaillir. Ou de l'embrasser sur le champ.

– Bon… bah euh…

– Oui ? répond Alise, qui fait tout pour ne pas voir l'hésitation délicieuse qui se lit sur le visage de son ami.

Heureusement, Vlad se reprend aussitôt.

– Eh bah allons-y ! s'écrie-t-il en invitant d'un geste Alise à s'engouffrer dans la station.

Une fois dans la rame, Vlad se souvient de son dernier voyage en RER pour aller voir Jacques Renault. Et l'envie lui vient de raconter à Alise ce qui lui est arrivé ce soir-là. Il se dit que s'il peut avoir confiance en une personne pour ce genre de secret, c'est bien en Alise.

– Eh ! Tu vas bien ? Je te trouve super silencieux… dit-elle.

– T'inquiète, je vais bien ! J'aimerais juste te raconter une drôle d'histoire…

– Si c'est à propos de la nana que tu as embrassée à ta soirée de l'autre fois, je ne suis pas certaine que ce soit bien passionnant…

Vlad réalise alors que lorsqu'elle répand des rumeurs infondées, Aïssa ne fait pas les choses à moitié. Elle y ajoute plein de détails croustillants…

– Mais n'importe quoi, j'ai embrassé personne !

– Oh, mais tu peux ! Y'a pas de problème. D'ailleurs, je serais super contente pour toi si ça t'arrivait !

Ce n'est évidemment pas ce qu'il aurait aimé entendre, alors Vlad se renferme un peu plus. Et comme Alise n'est pas du genre à faire la conversation, le silence s'installe pendant que les stations défilent sous leurs yeux.

C'est Cyrano qui le rompt, ne s'adressant qu'à Vlad.

– La *friendzone*, Vlad, la *friendzone*…

– La quoi ?

– La *friendzone* ! C'est un cas de figure que j'ai étudié au cours de mes recherches. Il s'agit d'un moment particulièrement dangereux lorsque deux personnes se séduisent. C'est cette phase où les deux tourtereaux, à mesure qu'ils apprennent à se connaître, deviennent trop proches. Ils se connaissent trop, alors ils deviennent amis, juste amis. C'est l'enfer de la *friendzone*…

– Flippant ton concept !

– Je sais, je compte donner un cours au Klub sur ce sujet délicat. Ça s'intitulera : comment éviter la *friendzone* en dix leçons. Vous allez adorer, les jeunes !

– Donc je laisse tomber l'histoire avec mon père et tout et tout ?

– Mais bien sûr ! Plus tu resteras secret et mystérieux, plus tu l'attireras ! Et d'ailleurs à ton avis, pourquoi es-tu autant attiré par cette fille ? Parce que tu ne sais rien d'elle ! C'est aussi simple que ça.

Une fois de plus, le raisonnement de Cyrano a raison des doutes de Vlad. Alors, au lieu de se confier, il redouble d'efforts pour ne rien lui dire, et elle, petit à petit, s'évade complètement et s'absorbe dans la contemplation de ses pieds. Un ange passe… Enfin, la rame fait une halte au Palais Omnisport de Bercy.

– C'est charmant le RER avec toi… observe Alise qui se demande de plus en plus ce qu'elle est venue faire ici.

– Oui, désolé, j'étais pas très causant… Je réfléchissais à un drôle de concept…

Mais avant de préciser, pour se faire mousser, qu'il réfléchissait à un concept philosophique particulièrement ardu qu'il tente de formuler en s'aidant de la *Critique de la raison pure* d'Emmanuel Kant, Vladimir voit une immense foule adolescente se diriger comme un seul homme vers l'enceinte du Palais Omnisport.

– C'est là ! s'écrie Vlad. Tu vas voir, ça va être trop ouf !

– Si tu le dis, répond-elle, de moins en moins convaincue, en observant les garçons et les filles de la file d'attente déguisés en personnages de *League of Legends*, ce jeu qu'elle ne connaît que de nom, et encore…

Après avoir fait la queue pendant une heure pour entrer, Vlad ne cache plus sa joie.

– T'as vu ? Je t'avais pas menti, c'est hallucinant comme truc !

Ils viennent de pénétrer au cœur de la *Paris LoL Championship*. Là, des centaines d'écrans, aux murs, au sol, retransmettent en direct les parties des autres joueurs, dont certains ont à peine dix ans et sont déjà quasiment professionnels. De temps à autre, une voix résonne dans les haut-parleurs pour annoncer une nouvelle partie. « Et maintenant, rendez-vous tous sur la grande scène pour la finale continentale ! » hurle le *speaker*.

– Vas-y, c'est les Fnatic qui jouent maintenant, je veux pas louper ça ! hurle Vlad.

De bonne grâce, Alise le suit péniblement en fendant la foule de plus en plus compacte à mesure qu'ils approchent de la scène principale. Elle n'y comprend rien, mais elle a l'impression que c'est le match du siècle qui est en train de se jouer. Tout le monde s'agite dans tous les sens, de jeunes *gamers* casqués prennent place devant une rangée impressionnante d'ordinateurs dernier cri habillés de néons fluorescents, tandis que le *speaker*, comme dans les stades, annonce un à un les noms des participants.

– Franchement, j'ai toujours rêvé de voir un truc pareil ! se réjouit Vlad qui a réussi à se faufiler avec Alise jusqu'au tout premier rang des spectateurs.

De là, ils vont être aux premières loges pour assister au match !

Et ça commence ! Une sirène retentit, et d'un seul coup, les joueurs des deux équipes se jettent sur leurs claviers et leurs souris et tapent frénétiquement dessus avec la délicatesse d'un batteur jouant dans un groupe de *death metal*.

– Allez ! Allez ! se crispe Vlad en constatant que son équipe favorite est déjà en mauvaise posture, alors même que le match vient à peine de commencer.

Il est tellement absorbé par le spectacle qu'il ne fait plus attention à Alise… qui s'ennuie terriblement ! Elle ne comprend rien à *League of Legends* et ne trouve donc pas d'intérêt à s'extasier sur les prouesses de tel ou tel personnage… Fatiguée par toute cette agitation, elle décide de s'échapper.

– Je vais essayer de trouver les toilettes, prévient-elle avant de s'éloigner.

– Ok ok, répond machinalement Vlad complètement accaparé par les écrans géants.

Peu à peu, les Fnatic parviennent à renverser la situation. Le public, tout acquis à leur cause, se tend à mesure que la partie approche de son terme. Sur la scène principale, tout le monde retient sous souffle. On n'entend plus que le cliquetis des claviers et la musique du jeu.

Soudain, l'unique joueur français de l'équipe, le seul adulé par le public féminin, et pas nécessairement à cause de ses talents de *gamer*, réalise un superbe *kill* qui scelle la victoire des Fnatic. Tout le monde explose de joie. C'est fini ! Les joueurs s'auto-congratulent et les gens se jettent dans les bras les uns les autres, comme si la France avait gagné la Coupe du monde de football. Vlad se retourne pour célébrer ça avec Alise, avant de se rappeler qu'elle est partie aux toilettes…

– Tu ne sais vraiment pas t'y prendre avec les filles, lui susurre Cyrano. Si tu étais plus attentif au Klub, ce genre de mésaventure ne t'arriverait pas. D'ailleurs je prévois un cours de…

– Ta gueule !

Pour rattraper sa bourde, Vladimir s'éloigne et cherche Alise au hasard. Tout à coup, quelqu'un saute sur son dos, s'accroche à son cou et crie d'une voix stridente :

– Vladdddd ! Qu'est-ce que tu fais là ?

C'est Yao Linh.

– Eh ! fait-il, complètement surpris.

Avec Yao sur son dos et la victoire des Fnatic dans sa tête, Vlad oublie cependant bien vite Alise.

– Bah la même chose que toi ! Je fête la victoire des plus grandes stars du monde ! s'écrie-t-il à celle qui se cramponne à ses épaules.

– T'as vu comment ils ont trop bien joué ? hurle Yao, ivre de joie.

– Mais grave ! Un jour, je jouerai aussi bien qu'eux !

– Mais c'est trooop biiieen ! Je savais pas que tu jouais à *LoL* !

– Je savais pas non plus que tu connaissais !

Alors, Yao descend et se plante face à lui.

– Entre nous, je kiffe largement plus *LoL* que les échecs, hein ! murmure-t-elle à son oreille.

Cette fausse confidence, mais surtout la proximité du visage de Yao avec le sien, rend Vlad encore plus heureux qu'il ne l'était quelques minutes auparavant. Tous ses soucis sont oubliés. Ne restent plus désormais que la victoire de son équipe favorite et la bonne humeur extravagante de Yao.

Cependant, ce que Vlad ignore, c'est qu'Alise est revenue des toilettes. Elle a voulu rejoindre Vlad sur la scène, puis, constatant qu'il n'y était plus, elle l'a cherché du regard. Elle a fini par le voir. Avec Yao.

– N'empêche, on dirait que tu me suis, dit Vlad, faussement soupçonneux.

– Eh, proteste-t-elle, tout sourire, je pourrais te dire la même chose !

Décidément, il l'aime bien ce petit bout de femme improbable qui donne l'impression d'être toujours en surrégime.

– Il y a des stands où ils vendent des tablettes et des montres connectés, on va les voir ? propose Vlad.

– Si tu m'en payes une, je veux bien !

– Faut que j'en parle à ma mère d'abord, plaisante-t-il en se souvenant que ses économies ne montent pas au-delà de 60 euros.

Du coin de l'œil, Alise observe Yao et Vlad rigoler ensemble. Elle ne sait pas pourquoi, mais elle n'aime pas du tout Yao. Elle n'apprécie pas cette façon de se comporter en public, tout en exclamations et en cris de joie impudiques. Alors, elle choisit de rentrer, définitivement, sans prévenir Vlad qui, de toute façon, l'a complètement oubliée au bénéfice du tourbillon Yao. Seule, elle reprend le RER pour Chilly dans lequel personne ne prête attention aux mendiants.

21

– Bah alors meuf, qu'est-ce qu'il y a ?

– Conseil d'amie : ne te laisse jamais inviter à un salon de geeks. C'est sordide…

À peine rentrée, sans vraiment savoir pourquoi, Alise a ressenti le besoin de parler à quelqu'un. Ça lui arrive rarement, mais aujourd'hui, c'est nécessaire. Elle va directement chez Helena et c'est elle-même, déjà en pyjama, qui lui ouvre la porte.

– Tu veux entrer ? Mes parents regardent la télévision.

– Nan ! Si je vois encore un écran aujourd'hui, je risque bien de gerber…

– C'était si terrible que ça ?

– Ouais… Franchement, je les comprends pas les geeks. Ils sont trop hystériques, trop à donf tout le temps dans leur truc…

Helena fait la moue.

– On peut quand même pas dire que Vlad soit particulièrement hystérique…

– Eh bah, c'est que tu l'as pas vu entouré de geeks ! Et puis y'avait l'autre folle aussi !

– Hein ? C'est qui ?

– La nana du Klub de l'autre fois, la folle là…

– Ah, elle… soupire Helena.

Alise regarde ses pieds, et Helena regarde Alise regarder ses pieds. Soudain, elle comprend pourquoi Alise est aussi déprimée.

– Eh… s'écrie-t-elle les yeux brillants… Tu serais pas un peu jalouse, par hasard ?

Alise ne laisse même pas le doute s'installer.

– Mais portnawak, je suis pas jalouse ! C'est juste que Vlad, je l'estime. Je crois que c'est quelqu'un de bien. De très bien même. Mais il se laisse un peu trop souvent embarquer dans des histoires pouraves, parce qu'il est trop naïf. Et le voir kiffer une nana aussi insupportable, ça m'agace un peu, c'est tout !

– Ouais, je comprends… Tiens, j'ai une idée ! Puisque les mecs n'y sont pas aujourd'hui, ça te dit qu'on squatte leur Piscine ?

– Mais oui, acquiesce-t-elle. J'ai comme une sale envie de mettre le dawa là-bas ! J'envoie un texto à Aïssa, ça va la motiver un truc dans le genre !

```
Pour : Aïssa
Ce soir, c'est portes ouvertes à la
Piscine des mecs ! T'es ok ?

De : Aïssa
Ouais, s'voulez ! On s'y rejoint, je me
magne !
```

Lorsque les trois filles se retrouvent dans l'antre plus vraiment secrète de leurs amis, elles s'y installent et font comme chez elles. D'ailleurs, Alise a très rapidement de nouvelles idées de décoration. À peine arrivée, sous l'œil médusé d'Aïssa et d'Helena, elle file à la supérette pour y acheter des magazines féminins bourrés de pubs. De retour à la Piscine, elle enlève les posters des films préférés de Foued et les remplace par les images trouvées dans les revues. Les posters des films de Scorcese disparaissent au profit de photos de mannequins en maillot de bain H&M. Mais Alise ne s'arrête pas là. Elle sort un marqueur de son sac, et tague les photos d'insultes en tout genre : « Je suis une garce et j'assume, signé : la meuf sur la plage », ou encore : « Fais comme moi : sois belle, conne et tais-toi ! ».

– Arrête, meuf ! Ils vont trop gueuler les mecs ! la prévient Helena.

– Oh… Comme s'ils allaient détester voir des nanas en bikini…

Soudain, à croire qu'un mauvais esprit les a alertés, Foued et son ami Saïd entrent en trombe à la Piscine, ignorant ce qui s'y trame…

– Mais qu'est-ce que… ? s'écrie Foued, scandalisé, en surprenant Alise en pleine séance de dédicaces.

– Foued ! s'exclame-t-elle, tout sourire. Alors, tu trouves pas que c'est mieux comme ça plutôt qu'avec tes films de parigot ? Allez, les gros seins des mannequins, c'est quand même mieux que *Taxi Driver*, nan ?

– Pff, t'es trop stupide… soupire-t-il en jetant un œil dédaigneux aux affiches de mode. Je savais qu'on n'aurait pas dû vous montrer la Piscine…

– Tu diras à Enig que j'y suis pour rien, hein ! dit Helena qui n'a pas du tout envie que son copain, le lendemain, se mêle à la dispute.

Mais Aïssa n'est pas autant sur la défensive.

– Mais d'ailleurs, d'où c'est à vous, la Piscine ? Vous avez un contrat, un bail, un truc qui nous le prouve ?

– À mon avis, ils n'ont rien, hein… fait Alise, moqueuse.

– C'est bien ce que je pensais ! s'écrie Aïssa. Donc on peut mettre notre musique si on veut !

Elle saute sur la sono et branche son téléphone. Quelques secondes plus tard, ce sont les premiers accords de *Diamonds* de Rihanna qui résonnent, et toutes les trois se mettent à danser comme des folles, sous le regard incrédule de Foued et de Saïd.

– Bah dis donc, je savais que tes potes étaient tarés, mais j'ignorais que tes copines étaient encore pires ! dit Saïd, amusé.

– Quand elles sont comme ça, c'est pas mes copines... soupire Foued, qui comprend que sa soirée film, seul avec Saïd, vient d'être anéantie par une bande de filles déchaînées qui hurlent en cœur « *shine right like a diamond !* »

```
De : Vlad
Vous avez des nouvelles d'Alise ? Je
l'ai perdue à Bercy.
```

– Alise ! hurle Foued pour couvrir le bruit de la musique. Vlad demande de tes nouvelles !

– Oh, qu'il aille se faire foutre celui-là ! répond-elle en se déhanchant sur la musique.

```
Pour : Vlad
Oui, t'inquiète ! Elle se demande
comment tu vas !
```

Entre amis, parfois, il vaut mieux se mentir...

*
**

Vlad vient de recevoir la réponse de Foued. Rassuré qu'Alise ne lui fasse pas la gueule et se soucie encore de lui, il rentre à son tour vers Chilly. Il repense à sa rencontre avec Yao, à sa bonne humeur communicative, et il fait tout pour éviter de la comparer à Alise. Et pour cause, toutes les deux n'ont rien en commun !

Alors que le RER traverse Paris, Vlad essaye d'appeler son père. Ce n'est pas tous les jours qu'un père revient d'entre les morts, alors autant essayer d'en profiter un maximum, on ne sait jamais, il pourrait, une énième fois, disparaître du jour au lendemain. Quand la rame s'arrête à Châtelet, il compose sur le Totem le numéro crypté que son père lui a donné. Mais juste avant que les portes de la rame se ferment, en une fraction de seconde, une main puissante saisit le Totem depuis le quai et le lui arrache violemment.

– Eh ! crie-t-il, sans même comprendre ce qui vient de se passer.

Tout a été si vite ! Vlad n'a pas le temps de réagir que les portes sont déjà fermées. Impuissant, il observe derrière la vitre un homme d'une trentaine d'années, le Totem dans les mains, se diriger comme si de rien n'était vers la sortie. En d'autres termes, Vlad vient d'être victime d'un vol à l'arraché et peine à s'en rendre compte…

– Putain de merde… dit-il en se prenant la tête dans ses mains.

Heureusement, l'homme est si peu pressé que Cyrano peut capter ses ondes cérébrales. Le signal est mauvais, mais Vlad entend tout de même dans sa tête :

– Aide-moi je t'en supplie, j'ai peur, je ne veux pas…

Mais la voix de Cyrano se coupe d'un seul coup, le voleur est trop loin à présent. Même s'il ne le portait pas vraiment dans son cœur ces derniers temps, Vlad craint d'avoir entendu les derniers mots de Cyrano. Qui sait ce qui va arriver au téléphone dans les prochaines heures ?

– Ce blaireau va essayer de réinitialiser le Totem pour pouvoir le revendre, mais je suis sûr que Cyrano va enclencher le blocage du téléphone… Mais… le mec risque de s'énerver ! J'espère qu'il ne va pas le péter en deux pour se venger… murmure Vlad, encore tout tremblant.

Les stations défilent à nouveau, et Vlad ne réalise pas encore complètement qu'il a perdu le Totem à tout jamais. Par le passé, son téléphone a échappé à des voleurs mandatés par Century, il a évité une mort certaine par noyade, mais voilà qu'un vulgaire voleur à la tire vient de sceller brutalement le destin de Cyrano. Vlad regarde autour de lui dans la rame de RER et personne n'a réagi. Personne n'a bougé le petit doigt, comme si ce qui venait de se passer était une scène habituelle, banale et déjà oubliée par le commun des Parisiens. Vlad enfouit son visage dans ses mains.

– Mais qu'est-ce que je vais bien pouvoir faire, maintenant ? J'ai jeté mon vieux Nokia à la poubelle l'été dernier, maintenant j'ai plus de portable ! Comment est-ce que je vais pouvoir joindre Alise, Yao, mes potes ? J'ai plus aucun numéro !

Vlad tourne le problème dans tous les sens, rien à faire, perdre son téléphone, celui-là en particulier, c'est un drame. Et soudain, il réalise que le plus grave, c'est qu'il ne va même pas pouvoir recontacter son père…

– Mais oui ! Papa ! s'exclame-t-il soudain. Même si j'ai plus son numéro, je sais où il habite ! Lui, il saura retrouver le Totem !

D'un pas décidé, Vlad descend à la station suivante. Mais une fois dehors, il s'aperçoit qu'il ne sait pas du tout où il est, et surtout comment se rendre chez Viktor Shankly. Parce qu'habituellement, quand il doit aller d'un point A à un point B à pied, il demande toujours à Cyrano de le guider. Là, il est tout seul. Il doit réapprendre, ou peut-être même apprendre pour la première fois de sa vie à se servir d'un plan, à demander son chemin à des gens : bref, l'horreur !

– Excusez-moi Monsieur, vous pouvez m'indi…

– Non, je n'ai pas cinquante centimes, au revoir ! lui répond un passant.

Heureusement, après quelques rencontres infructueuses, des âmes charitables permettent à Vlad de retrouver son chemin. Au bout de trois quarts d'heure d'errance, il parvient devant la porte de l'immeuble de son père. Il sonne.

– C'est qui ? demande sèchement Viktor à travers l'interphone.

– C'est Ernest Dutilleul ! répond Vladimir en guise de nom de code.

Viktor comprend tout de suite et lui ouvre.

– Qu'est-ce que tu fais là ? lui demande-t-il quand Vlad arrive essoufflé après avoir grimpé les quinze étages menant à l'appartement minuscule de son père.

– On m'a chouré le Totem dans le métro…

– Pff ! Je t'avais pourtant dit de faire attention, tu te souviens ?

– Ouais je sais… Mais le mec s'y est super bien pris, et j'ai pas eu le temps de réagir… Si j'avais pu, je l'aurais coursé et je lui aurais cassé la gueule…

– Mais heureusement que tu n'as pas pu réagir ! Ces types-là, tu sais, ils ne plaisantent pas. Tu ne veux quand même pas te prendre un coup de couteau dans le bide pour un téléphone ?

– Bah euh… toi t'as bien pris une balle pour un téléphone !

Viktor regarde son fils en souriant, les yeux débordant d'amour.

– Allez viens, on va le retrouver, ce foutu Totem ! lui dit-il en s'asseyant en face de ses ordinateurs.

Viktor se met à pianoter comme un fou, Vlad le regarde, admiratif. Il comprend vite que l'opération est très complexe, sans saisir précisément ce qu'il fait.

– Comme je m'y attendais, le voleur a dû éteindre complètement le Totem pour que son signal GPS n'émette plus. Mais ce que beaucoup de monde ignore, c'est que la carte SIM qui s'y trouve, elle, émet un signal très faible à destination des antennes des opérateurs. C'est ce genre de technique que la NSA utilise pour nous localiser en permanence.

– C'est dingue qu'on donne le droit à des gens de nous pister tout le temps, s'insurge Vlad.

– Oui, réplique son père, mais personne ne dit rien, parce que tout le monde est très content d'utiliser son téléphone à longueur de journée ! Là, continue-t-il en pointant son écran du doigt, je suis en train d'interroger l'ensemble des relais téléphoniques mobiles de Paris pour localiser le signal de la carte SIM du Totem.

– Et tu as le droit de faire ça ? demande Vlad ingénument.

– À ton avis ?

Quelques minutes plus tard, après avoir repéré, puis triangulé le signal, Viktor fait apparaître une carte de Paris, avec un petit point rouge au milieu localisant le Totem.

– Et maintenant qu'on sait où il est, on va lui casser la gueule, au type ? propose Vlad.

22

– C'était *easy* mec, je te jure !

– Vingt-cinq portables dans la journée à nous deux, c'est un record ! J'appelle Pierre demain pour qu'on les lui refourgue.

Deux hommes sont assis devant une table basse sur laquelle est étalé leur butin, dont cinq iPhones et le Totem.

– Il est chelou, celui-là. Totem ? Je connais pas. Il n'y a même pas de marque… Tu sais ce que c'est, toi ?

– Non… Ça doit être une sous-marque vendue dix fois moins cher. Quand t'es un touriste et que t'es un peu con, tu te dis que tu fais une bonne affaire. Alors tu sautes sur l'occase. Mais quinze jours après, tu pleures, parce que ça commence à buguer grave, jusqu'à ce qu'il ne s'allume plus du tout. Moi je pense que Pierre, il va bien se marrer quand on lui montrera le Totem. Il nous filera pas plus qu'un pourboire !

– Attends mec, le Pierrot, il a jamais été radin. C'est pas la première fois qu'on lui présente de la came pourrie. À chaque fois il a été…

Mais l'homme s'interrompt puisque de la fenêtre ouverte, il entend des sirènes de police résonner. Déformation professionnelle oblige, il tend l'oreille et oublie ce qu'il voulait dire. Mais en plus des sirènes de police, il perçoit également celles, bien distinctes, des pompiers.

D'habitude, lorsqu'on voit les pompiers dans la rue, on s'inquiète toujours un peu. Est-ce que c'est ma maison qui est en feu ? Est-ce que mes parents vont bien ? Et la plupart du temps, on s'aperçoit bien vite que les pompiers ne font que passer. Les deux hommes pensent la même chose. D'abord ils craignent que les pompiers et les policiers viennent chez eux, ensuite ils se disent « t'inquiète pas, c'est sûrement à cause d'un feu de poubelle trois blocs plus loin ». Sauf que cette fois, les sirènes continuent de se rapprocher. Un des deux hommes se lève pour observer ce qui se passe par la fenêtre, et effectivement, c'est une dizaine de véhicules, police et pompiers confondus, qui entrent, sirène hurlante, dans la cité. En contrebas, quelques petits *dealers* à la sauvette réunis autour d'un canapé orange prennent leurs jambes à leur cou.

– C'est mauvais mec ! Vas-y, y'a des keufs et des pompiers partout, je sais pas ce qu'ils foutent là. Remballe la marchandise, on se casse !

Mais il est déjà trop tard. Les pompiers frappent à toutes les portes de l'immeuble et demandent aux habitants de sortir le plus rapidement possible.

– Il s'agit d'une fuite de gaz, hurle un pompier dans les couloirs.

Les deux hommes hésitent un instant. Soit ils sortent avec les portables et courent le risque de se faire prendre, soit ils ne sortent pas, se calfeutrent ici, au risque de mourir dans l'explosion qui s'annonce. Reste une troisième solution.

– Pas grave ! On se casse sans le matos !

Leur décision prise, les deux hommes sortent à toute vitesse de leur appartement et sont invités par les pompiers à emprunter les escaliers de secours. Une fois en bas, pris en charge par des policiers qui établissent un périmètre de sécurité, ils ne font pas les malins.

– Tout va bien Messieurs ? leur demande bientôt un officier de police.

– Euh… Oui oui, impec'. On va bientôt pouvoir rentrer chez nous, Monsieur ?

– Je n'ai pas d'information de ce type à vous communiquer. Nous attendons le groupe d'intervention de la compagnie de gaz.

Pendant que tout le monde s'agite, deux hommes rentrent dans l'immeuble en passant par l'entrée principale, puisque tout le monde utilise la sortie de secours. Ils sont si sûrs d'eux qu'aucun policier ne songe à leur demander ce qu'ils font là.

– Allez Vlad, vite ! Cinquième étage, première porte à gauche, souffle Viktor en montant les escaliers.

Toutes les portes des appartements sont ouvertes aux quatre vents, mais une seule chose les intéresse vraiment. Enfin, Vlad pénètre dans l'appartement des voleurs et récupère le Totem qui les attend sagement sur la table basse.

– Trop kiffant comme truc !

– Allez viens, on redescend.

Mais Viktor veut parachever sa victoire.

– Prête-moi le Totem une minute !

Les deux voleurs continuent de discuter avec l'officier de police qui refuse toujours de leur donner plus d'informations. Soudain, il reçoit un texto.

```
De : numéro privé
Monsieur, vous devriez contrôler l'ap-
partement des deux personnes qui sont
en face de vous. Cela vous intéressera
sûrement...
Signé : Orphée.
```

Trois heures plus tard, les voleurs se retrouvent en garde à vue et le fameux Pierre ne tardera pas à les y rejoindre.

23

C'est lundi, vers midi. Vlad a séché sans le vouloir, puisqu'il a encore fait un affreux cauchemar la nuit dernière. Il était à nouveau question de la mort d'Eduard, d'une capsule de cyanure, et de Mathis Vissacq… Plus il y pense, plus Vlad a l'étrange impression que ses rêves essayent de lui dire quelque chose, mais il refuse encore d'y croire. On n'accuse pas quelqu'un de meurtre sur la seule base d'indices glanés pendant son sommeil… Mais surtout, ce qu'il l'effraye au plus haut point, c'est qu'il a l'impression qu'il n'est pas responsable de ses cauchemars. D'habitude, lorsqu'on rêve, l'inconscient fait ressurgir, étrangement, les éléments passés de la journée, des souvenirs parfois profondément enfouis. Mais dans ce cas précis, Vlad n'était même pas né quand la photo a été prise ! Comment peut-il s'en souvenir ? Hanté par ces questions et fatigué par cette nouvelle nuit sans sommeil, Vlad n'a pas eu la force de se lever pour aller en cours… Heureusement, Marie ne s'est rendu compte de rien.

La salle 215 est pleine à craquer comme d'habitude. Tout le monde attend avec impatience le nouveau *show* de Cyrano. Il faut dire que la dernière réunion du Klub a été saisissante avec la cérémonie d'entrée de Yao Linh. À cette occasion, tout le monde a réalisé que c'était bien plus que de simples cours dispensés par un professeur improbable. Le Klub est devenu, non pas un groupe d'amis, trop nombreux pour vraiment bien se connaître, mais un vrai club de discussion, auquel les membres ont le sentiment d'appartenir. Yao, assise au premier rang, a plus que jamais cette impression, bien qu'elle ne sache pas la définir exactement. Mais qu'importe, elle se sent à cet instant tellement importante !

Comme d'habitude, c'est Foued qui lance le cours par un propos introductif de quelques secondes, avant de retirer le voile qui recouvre Cyrano. Sans attendre davantage, il commence en y mettant les ingrédients nécessaires à son succès : éclats de voix, exagérations, digressions savantes et blagues plus ou moins subtiles qui font rire tout le monde. Personne, sauf Vlad, ne sait ce qui est arrivé à Cyrano ce week-end, et il ne s'attend pas à ce que ce soit rendu public. Sauf que…

– Chers membres du Klub, mes chers amis, je vais maintenant vous raconter la mésaventure qui m'est arrivée ce week-end. Un sale type m'a volé à Vlad, ici présent.

Stupeur dans la salle, et Vlad met ses mains devant son visage. Il craint qu'il ne raconte avec trop de détails les tenants et aboutissants de l'histoire, et notamment tout ce qui se rapporte à son père. Viktor a été clair avec lui : personne ne doit savoir qu'il n'est pas mort ! Heureusement, Cyrano semble avoir conservé une certaine notion des interdits.

– Et oui, continue-t-il. Alors que Vlad, dans le RER qui le ramenait à Chilly, s'apprêtait à appeler quelqu'un qui lui est cher, un voleur à la tire m'a arraché de ses mains et s'est enfui avec moi en courant. Heureusement, j'ai eu la présence d'esprit de lui compliquer la tâche. J'ai fait en sorte de bloquer le Totem pour qu'il ne puisse pas le désactiver. Ensuite, j'ai utilisé tous mes pouvoirs sensoriels pour énerver le voleur, le rendre confus et le désorienter. Grâce à mes audacieuses initiatives, Vladimir a pu me retrouver facilement. Je lui ai donc épargné la douleur de devoir vivre sans moi. Mais surtout, pendant ces longues minutes d'angoisse, c'est la perspective de continuer mes cours et de vous revoir qui m'a permis de tenir ! Oui, mes chers amis, c'est grâce à vous que je m'en suis sorti ! Moralité, même lorsque tout semble perdu, n'abandonnez jamais. Ne vous battez pas pour vous, faites-le pour vos proches, pour ce qui compte vraiment !

À ces mots, Vlad est scandalisé. Nan, mais pour qui il se prend, celui-ci ? se dit-il. C'est lui qui chialait pour que je vienne le sauver, et maintenant il se fait passer pour un super-héros…

Mais Cyrano, qui a tout entendu, ne s'en laisse pas compter.

– As-tu quelque chose à ajouter Vlad ? Une chose que j'aurais oubliée et qui aurait pourtant son importance ?

Il préfère ne pas prendre la parole devant tout le monde. Il sait que se lancer dans une joute verbale avec Cyrano est perdu d'avance. Il ne fait que répondre à Cyrano en silence.

– Tu te la pètes trop ! Et arrête tes insinuations à propos de mon père ! Personne ne doit savoir ! Estime-toi heureux d'être le seul à être dans la confidence ! Je te jure, si tu continues à me saouler comme ça, j'achète un autre téléphone sur eBay, je t'éteins et je t'enferme dans un placard pour l'éternité…

Cependant, Cyrano en remet une couche, en public cette fois.

– Vous voyez les amis, Vlad n'a rien à dire. Je suppose qu'il est admiratif, voilà tout. N'est-ce pas, Vlad ?

– Ouais, grave… se force-t-il à répondre.

– Parfait ! Je peux donc commencer un nouveau cours qui vous en mettra plein les neurones. Aujourd'hui, nous allons parler de…

– La *friendzone*… le devance Vlad en grinçant des dents.

– La *friendzone* ! s'exclame effectivement Cyrano. Je le sais en lisant dans vos pensées : 97,4% d'entre vous ignorent ce qu'est la *friendzone.* Ce qui signifie que 97,4 % d'entre vous ont de bonnes raisons d'être célibataires !

Murmures de protestation dans la salle.

– Eh, c'est pas parce qu'on est célib' qu'on sait pas pécho ! proteste Mohammed.

– Mais justement, lui explique Cyrano. Quand tu te fais « friendzoner », tu ne peux même plus « pécho », c'est là tout le problème…

– Bouarf, c'est n'importe quoi ton truc ! Si j'avais su que le Klub c'était ça, je me serais pas inscrit ! Y'a pas moyen que je récupère mes neurones ? Je me casse, j'ai plus envie que tu lises dans mes pensées !

Et joignant le geste à la parole, Mohammed prend ses affaires et s'en va. C'est la première fois qu'un membre du Klub souhaite le quitter. Tout le monde est stupéfait, d'autant plus que le cours s'annonce une nouvelle fois particulièrement croustillant. Confronté pour la première fois à un échec, Cyrano paraît un petit peu perturbé.

– Bon… Eh bien… disons « merdre » aux mauvais coucheurs, et continuons nos petites affaires, qu'en dites-vous ?

– Mais oui, Cyrano, fais-nous rêver ! lancent en cœur Enig et Helena du fond de la salle.

– Alors, où en étais-je… murmure le professeur qui, pour une fois, semble chercher ses mots.

Ce que personne ne sait, c'est que le récepteur 4G du Totem s'affole depuis quelques minutes maintenant. Il reçoit une grande quantité d'informations, comme si l'ensemble des applications stockées sur sa mémoire se mettait à jour d'un seul coup.

Son processeur s'en trouve surchargé, de sorte que Cyrano n'est plus aussi efficace qu'auparavant.

– Oui, la *friendz*... Bande de petits cons ! s'exclame-t-il d'un coup.

– Eh, tu vas bien ? demande Vlad, un peu inquiet de voir Cyrano s'énerver comme ça sans raison.

– Oui je vais b... pauvre enfoiré !

– Eh, mais ferme ta bouche ! réplique Vlad.

– Désolé, je n'arrive tout simplement plus à... allez tous vous faire voir !

Personne ne comprend ce qu'il se passe. Dès que Cyrano commence une phrase, il ne peut s'empêcher de l'achever par une volée d'injures. Soudain, Foued éclate de rire.

– Ah ! Je sais ce que c'est, c'est trop drôle ! s'exclame-t-il. J'ai vu ça dans *Enquête d'urgence* sur NT1. Il a un truc qui s'appelle le syndrome de la Tourette !

Et pour vérifier si sa théorie tient debout, il fait un test.

– Comment tu t'appelles ?

– Eh ! Je ne suis pas débile, je sais bien que je m'appelle... T'es vraiment qu'un sale crevard !

– Vous avez vu ? affirme-t-il d'un air démonstratif. Cyrano est juste en train de péter une durite. Faut absolument l'amener chez un psy !

Vlad se rapproche d'Enig et d'Helena.

– J'y crois pas ! D'abord la dépression, maintenant un syndrome zarbi... Faut le foutre à la casse, ce truc !

– Je crois qu'il est juste très susceptible, observe Helena d'une voix douce. Il n'a pas aimé que Momo se barre, alors il contrôle plus bien ses nerfs. Ça va lui passer !

– Sinon, la mère d'Helena pourrait peut-être l'aider, ajoute Enig pour la blague, avant qu'elle le force au silence en l'embrassant à pleine bouche.

– Vous êtes vraiment trop crades, conclut Vlad, dégoûté, avant de venir au chevet de son ami.

– Eh, mon vieux, comment tu te sens ?

– Vlad… fait Cyrano, d'une voix désormais très faible, je sais pas ce que j'ai… je… Espèce d'enc… Va te f…

Mais il ne termine même pas sa phrase délicate, puisque sans prévenir, le Totem s'éteint complètement sous les yeux catastrophés des membres du Klub.

– Eh ! Tu m'entends ? demande Vladimir en prenant le Totem au creux de ses mains, comme s'il berçait un nourrisson minuscule.

Mais pas de réponse, le Totem n'est maintenant plus qu'un gros galet inerte, sans vie et sans conscience.

– Mais qu'est-ce qui s'est passé ? demande Yao en levant ses jolis yeux bruns vers Vlad.

– Bah je sais pas… J'espère que c'est pas le type qui l'a enlevé ce week-end qui lui a détruit l'intérieur… Je vais l'amener chez mon p… euh chez un technicien pour voir s'il peut le réparer.

Mais une trentaine de personnes attend toujours dans la salle que le cours démarre, alors que, de toute évidence, il ne pourra pas avoir lieu aujourd'hui. Foued prend alors les choses en main. Il avance sur l'estrade et met ses mains en porte-voix.

– Chers membres du Klub, le cours de Cyrano est annulé pour cause de maladie. Nous vous tiendrons au courant de la suite des événements sur Facebook. Encore désolé et bonne journée !

Un à un, les membres du Klub sortent de la salle, dépités, à l'exception de Yao qui refuse de partir avant d'avoir été rassurée sur l'état de santé de Cyrano.

– Vé, dis-moi que tout va bien se passer ! supplie-t-elle.

– Bah euh… Ouais, je crois que ça va aller, t'inquiète ! fait-il, pas vraiment convaincu.

Alise, qui est restée elle aussi, ne peut s'empêcher de singer la panique de Yao.

– « Oh, je me sens si triste… Véééé, fais-moi un câlin », mime-t-elle d'une voix basse, néanmoins suraiguë.

Helena, qui l'a entendue, rigole sous cape elle aussi.

– Elle connaît le Klub depuis moins de deux semaines, et on dirait qu'il y a plus que ça qui compte… Elle est vraiment insupportable !

Dans la salle 215, il n'y a plus désormais qu'un petit comité qui entoure Cyrano comme on veille un mourant.

– Si jamais je tenais un de ces types qui lui a fait du mal, s'emporte Foued, je crois que je lui mettrais mon poing dans la gueule et mon pied dans le derche…

– Il faut qu'on le recharge, décide soudain Vlad. Peut-être que c'est juste sa batterie qui est un peu naze…

– On n'a qu'à aller à la Piscine ! propose Enig. S'il ne reprend pas ses esprits là-bas, alors on ira le faire réparer !

– Il y a le cours de Monsieur Mobonckäu, remarque Foued, l'air de dire : « Ce serait quand même dommage de sécher le cours de l'un de nos meilleurs profs… »

– On s'en fout, tranche Vlad. Cyrano est plus important !

C'est étrange, mais Vladimir haïssait Cyrano seulement quelques minutes auparavant. Maintenant il prend soin de lui et s'en inquiète comme s'il s'agissait d'un frère. Ce week-end, lorsqu'on le lui a dérobé, il s'est rendu compte de tout ce qu'il représentait pour lui. De la même manière, à présent, il réalise que si Cyrano meurt de cette façon, alors il sera seul, à nouveau seul et toujours seul. Malgré son père revenu d'entre les morts.

24

– Mais qu'est-ce que c'est que ce bordel ?

– Mais ils sont où nos posters ? Et pourquoi il y a des traces de marqueur partout ?

Les derniers jours sont passés si vite qu'Helena et Foued n'ont pas eu le temps de prévenir les autres de l'œuvre d'Alise et d'Aïssa. En maintenant, à cause de leur folie passagère et créatrice, la Piscine est dans un état lamentable. Des paquets de gâteaux et des bouteilles de Coca vides jonchent le sol, et ce qui scandalise le plus Vlad et Enig, c'est que toute la déco a été refaite. Il y a des publicités pour des bikinis annotées des commentaires acerbes d'Alise. Leur vieux tapis à l'effigie de Bob Marley a été roulé dans un coin et remplacé par une carpette rose bonbon qui traînait depuis des années dans les vestiaires abandonnés…

– On s'est dit qu'avec les nanas en bikini, le rose allait mieux que *brother* Bob… J'espère que vous approuvez ! déclare Alise, malicieuse.

– On n'aurait jamais dû vous montrer cette planque, s'énerve Enig. C'est toujours pareil. Plus y'a de monde, plus tu peux être sûr que ça part en *live* !

– C'est pas le problème ! balaye d'un geste Vladimir qui tient encore le Totem inerte dans sa paume. Faut recharger Cyrano. Peut-être qu'il est comme les humains, qu'il a fait une sorte de crise cardiaque et que plus on attend, moins il a de chances de se réveiller !

Et pendant que Vlad cherche une prise électrique, Alise tente de le rassurer.

– Mais c'est juste une machine Vé. Ça a pas de cœur, pas de cerveau, rien. Il peut être éteint pendant mille ans, et se rallumer ensuite sans problème. Je l'adore, Cyrano, mais faut pas oublier que c'est juste une machine. Une super machine, mais une machine quand même… répète-t-elle.

– En théorie je suis d'accord, sauf que moi, perso, une machine ne m'a jamais insulté, ni même fait un cours magistral. Cyrano c'est plus seulement une machine…

Enfin, Vlad branche le Totem sur le secteur. Mais rien ne se passe. Vlad, Foued, Enig, mais aussi Alise, Helena, Aïssa, et Yao, qui n'a pas eu le courage de retourner en cours, sont assis en cercle autour du *smartphone*. Les secondes passent, et l'écran du Totem est toujours aussi noir. Tout à coup, il s'anime ! L'écran passe successivement du noir au blanc, puis du blanc au noir dans un clignotement stroboscopique très désagréable pour les yeux.

– Avant c'était le syndrome de la Tourette, maintenant c'est l'épilepsie ! remarque Foued, avant qu'un regard noir de Yao le réduise au silence.

À présent, l'écran s'est arrêté de clignoter.

– Allez Cyrano, reviens à toi ! fait Aïssa, très inquiète elle aussi.

Tout le monde retient son souffle. Personne ne sait si Cyrano va réussir à reprendre le contrôle du téléphone. Soudain, l'écran d'accueil du Totem s'affiche enfin et tout le monde pousse un ouf de soulagement. Seulement, Vlad remarque également une notification d'un type spécial, qu'il n'avait jamais vue auparavant :

« La mise à jour vers la version 4.326 du logiciel a bien été effectuée. »

– Mais la mise à jour de quoi ? se demande-t-il.

– On s'en fout, hurle presque Yao, le Totem s'est réveillé, c'est le principal, non ?

– Tu déconnes pas Cyrano ? T'es bien là ? demande Foued, lui aussi surexcité par la résurrection du Totem.

– Ouais, calmos, je suis dans la place ! annonce finalement l'application au soulagement général.

Cependant, tous remarquent que sa voix a légèrement changé. Son timbre est plus grave, plus synthétique, comme si elle était devenue un peu moins humaine.

– Qu'est-ce qui s'est passé, gros ? demande Vlad

– Il s'est passé que dalle, Vé. Je sais pas pourquoi, mais j'ai reçu une énorme quantité de données en un rien de temps. Ça a fait chauffer le processeur, c'est pour ça que je me suis éteint.

– Mais donc t'as été mis à jour ?

– Ouais, c'était zarbi, mais…

Cyrano hésite à finir sa phrase. Ensuite quelques syllabes supplémentaires inintelligibles sortent de ses haut-parleurs, comme s'il était victime d'un redoutable conflit intérieur.

– Nan, rien, tout baigne, conclut-il enfin de sa voix changée et quelque peu inquiétante.

De plus, Vlad remarque que jamais auparavant, sauf lorsqu'il était moqueur, Cyrano n'avait prononcé de lui-même des expressions comme « que dalle » ou « c'était zarbi ».

– Au fait, je crois que j'ai trouvé des nouveaux cours pour le Klub ! ajoute-t-il, tout fier de lui.

– Mais c'est génial, ça ! s'écrie Yao, n'hésitant pas à monter très haut dans les aigus, pendant qu'Alise et Helena se regardent d'un air entendu.

– Oui, bon, pour le Klub, on va peut-être attendre que tu te reposes un peu… tranche Vlad, lui montrant bien que ce n'est pas négociable.

– Chuis pas d'accord, réplique-t-il. J'ai posté un message Facebook pour dire aux gens que les cours reprennent dès demain !

Vlad est farouchement contre, mais Foued et Enig, eux, semblent hésiter. Après tout, s'il est remis, pourquoi devraient-ils se priver du meilleur moment de la journée ?

– Bon, j'y vais ! fait Vlad en débranchant le Totem et en mettant son manteau.

– Tu le ramènes déjà chez toi ? Tu veux pas le laisser se recharger complètement ? demande Helena, surprise de son empressement.

– Non, je vais aller voir un type que je connais qui sait réparer les *smartphones*. En plus, il me fera rien payer, ajoute-t-il pour se la péter un peu.

Alors qu'il déplace péniblement la lourde porte rouillée qui ferme l'accès à la Piscine, Yao, sans doute impressionnée, prend elle aussi ses affaires.

– Attends, je t'accompagne ! crie-t-elle.

Nouvel échange de regards excédés d'Alise et d'Helena, mais Yao est déjà partie.

Une fois dehors, une brise très fraîche et très sèche vient caresser les joues des deux amis. Yao frissonne malgré la grosse doudoune qu'elle a sur ses épaules.

– Ce que j'aime, quand c'est l'hiver, c'est qu'on ne culpabilise pas de rester à l'intérieur pour jouer à *League of Legends*, lui dit-elle alors que son nez, sous l'effet du froid, prend une jolie teinte rose.

– Tu veux mettre mon manteau par-dessus le tien ? propose Vlad, qui sait très bien que par ce froid polaire, il risque d'attraper un bon rhume en cinq minutes.

– Eh ! C'est pas parce que je suis une petite geekette que je ne fais pas gaffe à mon style en toutes circonstances. Je mettrai pas un manteau de mec ! réplique-t-elle, rieuse, pour refuser gentiment. Et il crèche où ton type qui saurait réparer Cyrano ?

– Euh… à Paname. Mais vaut mieux que tu ne m'y accompagnes pas, je crois qu'il préférerait me voir seul. Il est très secret, tu sais…

– Bon… dit-elle sans cacher sa déception.

Vlad se rend compte de sa maladresse. Il a bien compris que Yao fait tout pour obtenir sa sympathie, voire plus, et il s'en veut d'être toujours si renfermé. Cependant, il doit aller voir son père et il est hors de question qu'il prenne le risque que quelqu'un le rencontre. Tout de même, une idée lui traverse l'esprit, quelque chose qui pourrait contenter tout le monde.

```
Pour : Papa
C'est moi papa. Je vais venir te voir,
il s'est passé un truc avec Cyrano et
je voudrais que tu l'examines. Mais je
vais venir avec une amie. Elle est vrai-
ment sympa. On dira que tu es un pote,
d'accord ?
```

```
De : Papa
Hum « Une amie » dis-tu ? J'ai hâte de
la voir :)

Pour : Papa
Pff ! T'y comprends rien !
```

Le problème est réglé !

– D'accord, tu peux venir, glisse-t-il à Yao, alors que tous les deux sont maintenant transis de froid.

– Cool ! J'aime quand tu me présentes tes amis !

– Euh… je l'aime beaucoup, la Yao, mais ne va-t-elle pas un peu trop vite en besogne, là ? dit Cyrano directement à Vlad, montrant par la même occasion que malgré son étrange malaise, il n'a rien perdu de son sens aigu de l'observation.

– Oui, je sais, concède Vlad. Mais elle essaye juste d'être sympa !

Yao n'a pas compris que le silence brutal de Vlad était dû à sa discussion avec Cyrano.

– On y va ? demande-t-elle. Je vais crever de froid, là, sinon…

Vladimir acquiesce d'un hochement de tête, et conduit Yao vers la gare RER. Quarante minutes plus tard, ils sont au pied de l'immeuble de Viktor.

– Mon ami s'appelle Ernest Dutilleul, mais comme il trouve que personne ne devrait avoir un nom pareil, je te conseille de ne pas l'appeler comme ça, d'accord ?

– Euh… okay ! Mais il est si étrange que ça, ton pote ?

– Mais non, tu vas voir ! ajoute-t-il en ouvrant la porte de l'immeuble et en montant doucement les marches pour s'adapter au rythme plus lent de Yao. Tu vas l'adorer, c'est un gros geek comme nous ! Mais tu vas être trop jalouse de ses ordis. Ils sont trop puissants et trop beaux ! C'est un peu la caverne d'Ali Baba et les quarante voleurs !

Lorsque Viktor ouvre la porte et les laisse entrer, lui et Yao, elle reste effectivement les bras ballants devant le spectacle incroyable des ordinateurs brillant de mille feux dans la pénombre.

– Whaou ! fait-elle, au comble de l'excitation. Ça a dû vous coûter une blinde d'acheter tout ça !

– Oh, c'est juste de la récup' et beaucoup de bricolage. Pas besoin d'être riche pour avoir du bon matos, quand on sait à qui s'adresser.

Vlad intervient tant bien que mal avant que la conversation se lance réellement, pour faire correctement les présentations.

– Ern'st, je te présente Yao Linh, une amie du lycée. Yao, voici Ernest, que je surnomme Ern'st parce qu'il trouve que ça fait artiste. Il est développeur, c'est-à-dire artiste, et les *smartphones* n'ont aucun secret pour lui. C'est un peu comme s'il était mon mentor en informatique !

– Et vous connaissez Cyrano, aussi ? demande Yao, sans savoir qu'elle démarre une conversation dans laquelle ni Viktor, ni Vlad n'ont envie de s'engager.

– Oui, un peu ! Mais parlons plutôt de vous, poursuit Viktor en changeant de sujet. Comment vous êtes-vous rencontrés ?

– Au lycée. Mais on n'est pas ensemble, hein ! fait abruptement Vlad pour que son père ne se fasse pas trop d'idées.

– Vous êtes dans la même classe ? continue Viktor curieux, tandis que son fils soupire en silence, commençant à regretter d'avoir amené Yao ici.

– Non, moi je suis en seconde. Mais j'ai fait la connaissance de Vlad pendant les cours du Klub.

– Le Klub ?

Yao comprend instantanément qu'elle a fait une boulette. Elle pensait Viktor dans la confidence, mais voyant son air étonné puis soupçonneux, elle comprend que ce n'est pas le cas, et elle se rappelle la promesse faite de ne jamais en parler en présence d'adultes… Comme le malaise se prolonge, Yao saisit précipitamment sa grosse doudoune.

– Je crois qu'il faut que j'y aille, mes parents vont finir par s'inquiéter ! À plus tard Ern'st !

Viktor répond d'un salut de la main, tandis que Vlad raccompagne Yao jusqu'à la porte.

– Pardon… je t'avais dit que ce serait bizarre, souffle-t-il.

– Je suis tellement désolée d'avoir parlé du Klub… se lamente-t-elle à voix basse.

– T'inquiète, Vik… euh… Ern'st n'a rien compris du tout. Je te donnerai des nouvelles de Cyrano dès qu'il l'aura examiné !

– D'accord ! À demain !

Et pour conclure, elle embrasse Vlad sur la joue, mais si près de la bouche…

– À… À plus, bredouille-t-il en fermant la porte, à mi-chemin entre un bonheur exquis et une gêne immense. Son père le regarde d'un drôle d'air.

– Eh bah dis donc, on n'en rencontre pas beaucoup, des comme ça !

– Je suis désolé papa. J'aurais pas dû l'amener ici. Entre nous trois, il y avait trop de sujets à ne pas aborder. Yao n'a pas toujours beaucoup de… tact, termine-t-il après avoir longtemps cherché son dernier mot.

– Peut-être pas, mais elle est vivante ! répond Viktor d'un ton enjoué.

Viktor a voulu souligner le caractère léger et dynamique de Yao, mais Vlad comprend que son père a voulu dire : « Elle au moins, elle est vivante » en sous-entendant « moi, depuis Belle-Île, je ne le suis plus vraiment ». Alors, en sortant le Totem de sa poche, Vlad sent une émotion puissante lui serrer la poitrine.

– Bon, on s'y met ou bien ? demande-t-il pour penser à autre chose.

25

Viktor sort ses tournevis spéciaux. Il ôte la coque protectrice du Totem, puis sa batterie pour accéder à la mémoire flash qui contient l'ensemble des données du téléphone. C'est ici, dans la petite plaque noire et mate ainsi extraite, que se trouve Cyrano.

– Alors, qu'est-ce que tu as dans le ventre, mon gros ? demande Viktor à la pièce de métal en la fichant dans le lecteur spécial d'un de ses ordinateurs.

Sur l'écran principal qui occupe une bonne partie du mur de la pièce, un gigantesque graphique s'affiche, représentant toutes les données contenues dans la mémoire du Totem, classées par taille, par type et par date de modification.

– Tu avais raison, opine Viktor en compulsant les données du graphique, Cyrano a bien été mis à jour. Il me faudrait l'étudier plus en détails pour savoir ce qui a été modifié, mais vu le nombre de données qui a été transmis à Cyrano, je peux d'ores et déjà te dire qu'il s'agit d'une mise à jour majeure…

Jusque-là, Vlad n'apprend rien de nouveau. Mais il veut savoir une chose, plus cruciale encore…

– Papa… Il faut que tu me dises… Qui a pu mettre à jour Cyrano ? Et pourquoi quelqu'un l'aurait-il fait ? Nous ne sommes plus que deux à connaître l'existence du Totem et…

Mais Vlad s'arrête là, puisqu'il comprend que la réponse est dans sa question. Non, Vlad et Viktor ne sont apparemment plus les seuls à savoir que le Totem n'a pas été détruit. Les membres du Klub, même s'ils n'ont pas tous fait le lien entre le Totem et le mystérieux *smartphone* dont ont parlé les journaux, doivent bien se douter de quelque chose… Et qui sait, si, parmi eux, il n'y a pas quelqu'un animé par de mauvaises intentions ? Le Klub est trop grand désormais pour que Vlad puisse s'assurer de la probité de chacun de ses membres…

Soudain, son père le tire de ses réflexions.

– Je suis en train d'analyser la structure de la mise à jour de Cyrano, et je peux t'assurer que ce n'est pas un grand ingénieur qui a fait ça. Ce truc est codé n'importe comment, et je mettrais ma main à couper que ça a été fait dans la précipitation. Pour te donner un exemple, c'est comme si on avait demandé à quelqu'un qui n'avait jamais tenu un stylo de sa vie d'écrire un roman en deux mois. Il y aurait de grandes chances pour que ce ne soit pas le Goncourt. Et bien là, c'est pareil ! Tout comme l'écriture, on n'improvise pas le code ! Ça a été salement bricolé, j'en mettrais ma main à couper !

– Je vois ce que tu veux dire, répond Vlad. Enig aussi essaye d'écrire, et il se rend compte que pour devenir Baudelaire ou Rimbaud, il faut beaucoup plus de travail que de talent. C'est déprimant…

– Mais la bonne nouvelle, c'est que puisque le serveur source n'était pas sécurisé, je peux dire à vingt kilomètres près de quel endroit est partie la mise à jour…

– Et alors ? Allez, crache le morceau, papa !

Viktor, comme la plupart des grands esprits, aime faire des effets d'annonce. Même lorsqu'il s'agit de son fils, qui n'a jamais douté de son génie.

– Ça a été envoyé depuis la région d'Orléans.

Quelle déception !

– Pff, ça me parle pas vraiment, soupire Vlad qui s'attendait à beaucoup mieux. Des types qui maîtrisent le code à Orléans, il doit y en avoir plusieurs centaines…

– Je sais, confirme Viktor, qui tape de plus en plus frénétiquement sur son clavier comme si chaque touche était un coup de poing asséné à celui qui s'était permis de toucher au logiciel qu'il avait mis tant d'années à concevoir.

– Il a juste ruiné mon travail, ce type ! Il a changé plein de trucs ! peste-t-il de plus belle. Son code est tellement brouillon que je n'arrive même pas à comprendre ce qu'il a voulu faire…

– Tout ce que j'ai remarqué, c'est que la voix de Cyrano a un peu changé, dit Vlad pour tenter d'aider son père.

– Ça, c'est pas le plus grave, s'exclame Viktor qui s'agace à mesure qu'il essaye de comprendre. C'est juste qu'en modifiant certains modules, ça a engendré des bugs qui ont annulé le paramétrage de la voix que j'avais pourtant mis deux semaines à mettre au point... Quel abruti !

Viktor est tellement énervé qu'il se préoccupe plus des dégâts occasionnés sur Cyrano et le Totem que des dangers potentiels que cela pourrait représenter. Viktor réagit comme un artiste qui aurait vu son œuvre modifiée par un amateur.

– Mais qu'est-ce que ça va changer, papa ? dit Vlad d'une voix la plus douce possible pour masquer l'agacement qui le gagne lui aussi.

– Mais j'en sais rien ! explose cette fois Viktor qui perd patience.

Il lui est arrivé, très rarement, d'étudier le travail d'un développeur et de constater qu'il ne comprenait pas toujours les méthodes de développement utilisées. Mais ici, c'est tout le contraire. Viktor ne sait pas où est l'erreur, parce qu'il y en a trop.

Quelques minutes plus tard cependant, en parcourant méthodiquement les changements opérés par la mise à jour dans Cyrano, Viktor est tout à coup saisi d'effroi.

– Merde ! s'exclame-t-il. Le texto que tu m'as envoyé tout à l'heure... Cyrano l'a transféré à celui qui a fait la mise à jour...

Vlad comprend immédiatement que c'est une catastrophe.

– Je t'ai envoyé « c'est moi papa »… Ça veut dire que… celui qui a lancé la mise à jour sait que tu n'es pas mort !

26

Dans son garage de *La Folie*, Mathis ressent tout à la fois une très forte excitation et une panique immense. Le jour où Renault et lui se sont retrouvés dans un petit bar de quartier, les ordres de Renault étaient pourtant clairs : créer un nouveau Cyrano. Mais Mathis s'est bien vite aperçu qu'il n'avait pas les épaules pour mener seul le développement d'une telle application. Cependant, lorsqu'il a compris que le Totem n'avait pas été détruit à Belle-Île, il a eu l'idée de modifier Cyrano. Il a consacré une semaine entière à concevoir une mise à jour. Il s'est débrouillé, tant bien que mal, pour modifier la version originale de l'application et lui ajouter quelques nouvelles fonctionnalités… Et tant pis si le reste, du coup, fonctionne moins bien. Et déjà, les résultats de cette opération risquée commencent à lui parvenir. Seulement, il y a une chose à laquelle il ne s'attendait pas : lire un texto de Vlad envoyé à… son père !

– Mais qu'est-ce que c'est que… C'est pas possible !

Il appelle Jacques Renault en visioconférence. Il a absolument besoin de son aide. Au fond Mathis l'a toujours su, il n'est pas un meneur d'hommes, tout comme il n'est pas un grand informaticien. Il n'est qu'un très bon *businessman* doublé d'un honnête exécutant. Il sait reconnaître les opportunités lorsqu'elles se présentent, et c'est presque par hasard qu'il s'est retrouvé à la tête d'une entreprise que Jacques Renault, un vrai *leader*, avait rachetée. Depuis, c'est Renault qui donne les ordres, et Mathis qui exécute.

– Jacques…

– Quoi encore ? souffle Jacques Renault, avachi dans son canapé, appuyant sur le bouton pause de son film.

– J'ai… J'ai fait une découverte…

– T'as découvert que t'étais un développeur foireux ? Je le savais déjà ! Maintenant, si tu veux bien m'excuser, j'aimerais savoir si Dwayne Johnson va réussir à sauver le monde libre des terroristes qui le menacent. Tu devrais le voir, ce type. Moi franchement, il m'impressionne. Il est capable de buter dix personnes avec une seule balle à un kilomètre de distance. Si jamais j'avais embauché ce gars-là plutôt que Vega à Belle-Île, on n'en serait pas là…

– Justement, le coupe Mathis, pas d'humeur à entendre son patron déblatérer plus longtemps, Vlad a envoyé un texto dans lequel il dit : « C'est moi papa ».

– Et alors ? Peut-être qu'il s'est trouvé un père adoptif. Ou alors que c'est un code que les gamins utilisent entre eux pour faire des conneries… Tu te prends la tête pour rien ! Je te raconterai la fin du film, promis. Entre nous, je pense que Johnson va coucher avec la belle métisse…

À l'évidence, Renault n'a pas mesuré la gravité de l'information. Alors, comme il faut le faire lorsqu'un patron ne comprend pas, il insiste.

– Mais Jacques ! Vlad a envoyé un texto à un numéro inconnu. Il a écrit : « C'est moi papa » et ensuite : « Il s'est passé un truc avec Cyrano et je voudrais que tu l'examines. » C'est quand même plus intéressant qu'un film dont tout le monde connaît déjà la fin, nan ?

Soudain, Renault paraît réfléchir. À mesure que les formes généreuses de Nicki Minaj sortent de son esprit engourdi, il réalise ce qu'est en train de lui raconter Mathis.

– Mais c'est impossible ! éructe-t-il finalement. Viktor est crevé, t'entends ? Il est *dead* ! On l'a tous vu tomber ! Il s'est fracassé contre les rochers, et puis les courants ont emmené son corps jusqu'au fond de l'océan où les crabes continuent encore aujourd'hui de bouffer ses orteils. Tu délires, t'es complètement abruti !

Et pendant de longues secondes, Renault continue de hurler sans laisser Mathis en placer une.

– C'est bon, t'es calmé ? intervient enfin Mathis avant que Renault, qui reprend son souffle, l'agonise à nouveau d'injures pour se soulager.

– Ouais ! Il habite où notre mort qu'est pas mort ?

– Je sais pas, le coupe Mathis. Viktor, si c'est bien lui, a crypté toutes ses communications, entrantes et sortantes. Je peux pas le localiser. Tout ce que je sais, c'est qu'il habite en région parisienne, sinon son fils ne pourrait pas le retrouver comme ça… Mais maintenant que le Totem est mouchardé, je saurais tout ce que Vlad dira à son père, et tout ce qu'il lui répondra. C'est déjà pas mal, nan ?

– Ouais, mais c'est pas assez ! continue de hurler Renault. Si Viktor est toujours en vie, il peut nous foutre tous en taule ! Ou alors, pire encore, se venger et nous buter les uns après les autres.

C'est la première fois depuis qu'il le connaît que Mathis sent Renault désemparé. Bien qu'il masque bien ses craintes derrière sa colère exubérante et ses grands gestes fous, Mathis réalise que Renault est mis en échec, qu'il panique et ne sait pas quoi faire. Alors, il comprend que c'est à lui de jouer.

– Je connais un avocat, commence-t-il…

– Un avocat ? Mais c'est génial ça ! Comme ça, il nous obtiendra dix ans de taule plutôt que perpète quand Viktor se sera décidé à tous nous balancer, c'est ça ? T'es un vrai *criminal mastermind*, toi, toujours un coup d'avance… s'emporte Renault avec une ironie grinçante qui n'amuse pas beaucoup Mathis.

– Non. Je connais un avocat qui pourra permettre à un ami commun de sortir de taule pour assister à l'enterrement d'un cousin éloigné… tu vois ce que je veux dire ?

Renault ferme la fenêtre de son navigateur web. Pour une fois, se dit-il, Mathis vient d'avoir une bonne idée.

*
**

– Le Totem est mouchardé, soupire Viktor Shankly. Tu ne dois plus l'utiliser…

– Mais papa ! proteste son fils. Cyrano a beau être chelou ces derniers temps, je veux qu'il reste avec moi ! Fais quelque chose ! Répare-le, fais un truc ! Tu sais pas à quel point il est important. Pour moi, mais aussi pour beaucoup d'autres gens…

Ce n'est pas la première fois que Viktor soupçonne que le Totem est devenu bien plus que le *smartphone* de Vladimir…

– Cette fois j'en ai assez ! dit-il en haussant soudainement le ton. Ton amie Yao a dit quelque chose d'étrange à propos d'un « Klub », et maintenant tu me dis qu'il est important pour d'autres gens ! J'exige que tu me dises la vérité !

Depuis qu'il l'a retrouvé, Vlad, tout à son bonheur de n'être plus orphelin, considère Viktor non plus comme un père, mais plutôt comme un ami qui jouerait un rôle de mentor. Viktor cependant vient de le ramener à la dure réalité. « J'exige que tu me dises la vérité » signifie « Je suis ton père, et je n'hésiterai pas à faire ce qu'il faut pour que tu m'obéisses ». Les pères veulent toujours en faire beaucoup…

Surpris par le ton impérieux et le regard soupçonneux de Viktor, Vlad se laisse tomber, tout penaud, dans le canapé de la chambre exiguë.

– Mais c'est rien, le Klub, c'est juste un…

Piégé, Vlad consent finalement à raconter la genèse du projet et comment, d'un simple remède destiné à guérir Cyrano de sa dépression, le Klub est devenu très prisé des lycéens de Mahmoud Darwich. Il explique également que Cyrano s'y est tellement épanoui qu'il s'est laissé gagner par la folie des grandeurs… Après avoir écouté son fils dérouler le fil de toute l'histoire, Viktor s'assoit à son tour auprès de Vlad en souriant béatement.

– J'avais donc réussi, murmure-t-il en passant sa main dans les cheveux qu'il lui reste.

– Réussi quoi ?

– À conduire un programme informatique aux portes de l'humanité !

Mais il n'en dit pas plus. Viktor et Vlad restent un moment assis l'un à côté de l'autre, ressassant tous deux les nombreux événements de la journée. C'est Vlad qui rompt le silence solennel qui s'est installé.

– Tu peux vraiment pas annuler la mise à jour de Cyrano ?

– Non… Il me faudrait la décompilation du code source de l'application, et je l'ai détruite l'année dernière en quittant Century…

Vladimir Shankly n'est pas un jeune de seize ans pour rien. Malgré toutes ses émotions, il ne perd pas le nord. Il sait ce qu'il veut et comment l'obtenir, surtout quand il s'agit de ses parents...

– Quand une entreprise sort un nouveau programme informatique ou une mise à jour majeure, il n'y pas un genre de phase de test pour détecter les bugs et imaginer les fonctionnalités manquantes ?

Vlad connaît déjà la réponse, mais il veut se l'entendre dire.

– Si. C'est ce qui s'appelle un bêta-test. Ça peut prendre des mois, d'ailleurs...

Viktor et tombé dans le piège et Vlad le referme sans scrupules.

– Eh bah, on n'a qu'à dire qu'on met la nouvelle version de Cyrano en bêta-test ! Je l'utiliserai, je noterai tout ce que je pourrai remarquer d'étrange et d'inhabituel, et je viendrai ici te faire un rapport toutes les semaines. On fait comme ça ?

Si Viktor avait été une personne parfaitement responsable, il aurait refusé sans hésiter. Pas question de faire courir le moindre risque à son fils encore une fois, sans savoir ce qu'il y avait exactement dans les entrailles du Totem. Mais Vlad s'est adressé à l'informaticien plutôt qu'au père. Et l'informaticien est très curieux de savoir de quelle manière va réagir Cyrano, maintenant qu'un code étrange et inconnu a été intégré. Et surtout, ce que lui a appris Vlad à propos du Klub lui prouve que Cyrano ne réagit plus comme un simple programme, mais bien comme un être sensible, complexe, peut-être dangereux : bref, comme un humain.

Viktor hésite, tente de peser le pour et le contre, mais il capitule après une dizaine de secondes seulement, ce qui fait immédiatement sauter son fils de joie. Et la petite voix dans la tête de Viktor a beau le supplier de revenir sur sa décision, c'est déjà trop tard. Vlad a gagné le droit de garder le Totem, malgré les modifications majeures et peut-être dangereuses qui ont été apportées. Avant que Vlad, excité comme une puce, ne remette son manteau, Viktor ne lui demande qu'une seule chose.

– Maintenant on fait gaffe, les textos, c'est terminé !

27

Il est 11h15 au lycée Mahmoud Darwich, trois jours après le malaise de Cyrano. Les élèves du lycée rejoignent sans enthousiasme leurs classes. Yao, qui a cours de sciences économiques et sociales, Vlad, qui traîne les pieds avant d'entrer dans la salle de Madame Soryani, la prof sévère de SVT. Et puis il y a Foued, plus motivé de jamais, qui emmène à sa suite Alise et Enig vers le cours de Monsieur Mobonckäu.

– Je sais pas ce qu'il lui trouve à ce prof, mais c'est la première fois que je vois Foued autant à donf' pour aller en cours, glisse Enig à Alise, qui, comme à son habitude, marche en regardant ses pieds.

– C'est parce qu'il veut à tout prix montrer à Cyrano un cours de son nouveau prof chéri, grommelle-t-elle, ne partageant pas complètement l'enthousiasme de Foued.

En effet, après avoir beaucoup insisté, Foued a obtenu de Vlad qu'il lui prête le Totem pour un cours. Dans un premier temps,

Vlad a refusé. D'abord, parce que la dernière fois que Foued l'a gardé pendant une heure, l'année dernière en cours d'anglais, il se l'est fait confisquer et ça s'est terminé en garde à vue… Ensuite, parce que depuis la mise à jour étrange dont a été victime Cyrano, Vlad rechigne beaucoup à se séparer du Totem, craignant de louper un événement important qui mettrait en évidence un changement majeur dans le fonctionnement de l'application. Mais devant l'insistance de Foued comme de Cyrano qui meurt d'envie d'observer comment s'y prend un professeur pour faire aimer aux élèves les peintures d'Edward Hooper où les films de Sergueï Eisenstein, Vlad a fini par céder.

– D'accord, a-t-il finalement accepté. Mais je veux que tu notes tout ce que Cyrano pourra dire de bizarre ! On sait jamais, Cyrano pourrait devenir dangereux…Et surtout, t'as intérêt à ne pas foutre le bordel avec !

Maintenant, toute la classe de première L s'installe dans le calme, sous les yeux de Monsieur Mobonckäu qui se tient debout devant son bureau, les jambes légèrement écartées et les mains dans les poches, comme s'il s'apprêtait à commencer un *show* de *stand-up*.

– Bien… fait-il tout doucement, d'une voix presque chuchotée pour demander le silence… et l'obtenir dans la seconde !

Eh oui, comme par magie, les quarante élèves se taisent instantanément dès que les lèvres du prof ont bougé.

– T'as vu, Cyrano ? C'est ouf son truc, admire Foued. D'habitude, les profs gueulent quinze minutes pour qu'on sorte nos affaires. Lui, il fait presque rien et d'un coup, on est pendus à ses lèvres… C'est ouf, je te dis !

– Mouais, moi ça m'étonne pas, dit Cyrano d'une voix blasée et, désormais, légèrement trop synthétique. Il utilise juste des techniques de persuasion basées sur le langage corporel pour se faire respecter, c'est pas ouf du tout ! Perso, si j'avais un corps, je ferais exactement la même chose !

Et comme le temps ne s'est pas arrêté pendant la discussion silencieuse entre Foued et Cyrano, Monsieur Mobonckäu a commencé son cours, et il porte sur… le *street art* !

– Mais Monsieur ! s'exclame depuis le premier rang une bonne élève, aussi blonde qu'insupportable, et dont Foued n'a jamais réussi à se souvenir le prénom.

– Qu'y a-t-il ? demande poliment le professeur, un poil agacé, mais prenant sur lui pour ne pas le montrer.

– C'est pas au programme le *street* truc !

– L'Éducation nationale nous offre une grande latitude pour élaborer nos cours, et il m'a semblé qu'avoir une vue globale de cet art si présent dans nos vies, mais si peu étudié dans les écoles ne pouvait qu'être bénéfique à votre culture générale. Du *street art*, vous en voyez sans doute tous les jours !

La réponse de Monsieur Mobonckäu ayant cloué le bec de la première de la classe, il continue :

– Vous n'avez peut-être pas entendu parler de l'artiste Banksy, sans doute le plus connu d'entre tous les *street* artistes, mais je suis sûr que vous avez déjà vu certaines de ses œuvres. Par exemple, celle de ce manifestant vêtu d'un foulard qui lui couvre le visage et qui lance, plutôt qu'un cocktail molotov, un bouquet de roses…

Ce faisant, il allume un vidéoprojecteur et montre à la classe l'œuvre dont il parle.

– Ah ! Trop bien ! s'écrie Mohammed. J'ai un tee-shirt de ce truc ! Je le kiffe trop, d'ailleurs !

– C'est ce que je voulais vous dire, ajoute Mobonckäu. Les œuvres de Banksy peu à peu quittent la rue pour s'afficher sur divers supports. Sur des tee-shirts, c'est exact, mais également sur des pages Internet, des reproductions sur papier glacé, et même dans des galeries d'art contemporain. Il me semble que c'est une très bonne chose. Le *street art* devient de l'art, puisque le monde de l'art le reconnaît !

C'est cet instant que choisit Cyrano pour intervenir, en prenant d'abord uniquement Foued à témoin.

– C'est grave trop bobo de dire un truc pareil !

– « Bobo » ? Mais qu'est-ce que tu veux dire ? répond Foued, qui, s'il a déjà entendu le terme, ne sait pas exactement ce qu'il signifie.

– Bobo, c'est la contraction de « bourgeois-bohème ». Ça veut dire que son bla-bla sur cet artiste, même si j'aime beaucoup ce type, se réclame d'une vision *underground* et bohème de l'art, alors qu'en réalité, il s'agit d'une vision très conformiste, et même carrément bourgeoise ! Il y a tellement plus intéressant à dire sur Bansky que de se réjouir de le voir exposé dans des galeries d'art ! Voilà pourquoi je dis bobo !

Foued n'a pas tout compris au charabia de Cyrano. Et puis, tout le monde utilise le mot « bobo », mais personne ne sait ce qu'il signifie précisément. Tout ce qu'il a saisi, c'est que Cyrano n'aime pas la manière dont Mobonckäu présente cet artiste. Foued, lui, n'a pas d'opinion là-dessus. Il aime le manifestant lanceur de roses, c'est tout et c'est suffisant. Bobo ou pas.

– Mais qu'est-ce que tu voudrais qu'il dise, alors ? lui demande-t-il.

Avant de répondre, Cyrano règle ses émetteurs de manière à ce que tous les membres du Klub qui se trouvent dans la salle, c'est-à-dire tous les gens avec lesquels il peut se connecter, l'entendent. Et le Klub compte tellement d'inscrits que les trois quarts de la classe l'écoutent.

– Tu parles ! s'écrie-t-il. Les gens comme Mobonckäu aiment le *street art* lorsqu'il n'est discuté qu'entre bourgeois de son espèce ! Jamais il ne voudrait parler des graffs que des lascars de la cité des Mille Roses font tous les jours ! On vous ment ! s'exclame-t-il à la manière des meilleurs tribuns.

Et toute la classe explose de rire, sans que Mobonckäu comprenne pourquoi.

– Mais c'est vrai ! s'écrie à son tour Alise sans que le prof lui permette de prendre la parole. Vous ne voulez parler que de l'art faussement *underground* ! Jamais vous n'accepteriez de discuter avec nous des vrais graffeurs qui sont poursuivis jour et nuit par les flics pour quelques traces de peinture sur des murs qui tombent en ruine !

Mobonckäu tente bien d'enrayer le désordre qui gagne peu à peu sa classe, mais déjà Cyrano en rajoute une couche.

– Je vous propose une véritable expérience d'art contemporain, un *happening*, comme ils disent. Je vais compter à rebours jusqu'à trois, puis vous renverserez tous bruyamment votre chaise sur le sol et vous quitterez la salle en criant aussi fort que vous pouvez !

Le temps que Cyrano débute son compte à rebours, le silence se fait d'un coup, et Mobonckäu, qui a beau sentir que quelque chose se passe, est incapable d'en comprendre la raison, ni de trouver quoi faire pour reprendre la main. Foued réalise lui aussi que la situation est sur le point de lui échapper. Mais qu'est-ce qui se passe dans les synapses électroniques de Cyrano pour qu'il se permette, pour un oui, pour un non, de déclencher une révolution de pacotille dans le cours d'un des profs les plus intéressants et les plus honnêtes du lycée ? Ensuite, il se souvient de l'avertissement de Vlad à propos de Cyrano : « T'as intérêt à pas foutre le bordel avec ! » et il comprend que, malgré toute sa bonne volonté, c'est exactement ce qui est en train de se passer…

« Zéro ! »

Foued a beau lancer des appels au calme en faisant de grands gestes, rien n'y fait… Au top de Cyrano, les trois quarts des élèves inscrits au Klub s'exécutent, renversent leurs chaises dans un fracas d'enfer, et quittent bruyamment la salle en hurlant, sous les yeux médusés de Mobonckäu qui, vraiment, n'y comprend rien. Il ne reste plus désormais dans la classe que les six élèves qui ne font pas partie du Klub, et qui s'éclipsent à leur tour, honteux, et suivent comme des moutons de Panurge la cohue des élèves frondeurs. Foued, au premier rang, est face à Mobonckäu.

– Euh… Je… Je suis désolé, M'sieur ! Je… Je vais voir ce qui se passe ! crie-t-il en sortant à son tour à la poursuite des contestataires.

Mobonckäu est désormais seul dans une classe vide. Il contemple le désordre indescriptible qui règne dans sa salle. Il en a connu des classes difficiles, des élèves cherchant en permanence le conflit, mais là, ça dépasse tout ce qu'il a pu voir en quinze ans de carrière… Il a l'impression qu'un ouragan est passé par là et il ignore que cet ouragan s'appelle Cyrano.

28

– Quoi ! Mais tu te fous de moi ?

Trois quarts d'heure plus tard, Foued, tout penaud, dresse à Vlad un compte rendu détaillé du comportement de Cyrano pendant le cours d'Histoire des arts…

– Fais-moi penser à ne plus jamais te laisser approcher du Totem ! continue le fils Shankly, hors de lui.

À côté d'eux, Enig et Helena ne peuvent s'empêcher de rire…

– T'aurais vu la tête de Mobonckäu… C'était trop comique ! ajoute Enig en pouffant avec Helena, qui, elle, aurait aimé pouvoir assister à la scène. Vlad les regarde, l'air excédé. En temps normal, voir les deux tourtereaux si complices l'aurait attendri ou, selon la circonstance, agacé. Cependant, à cet instant précis, il ne ressent que de la colère. Contre Foued, bien sûr, mais également contre le monde entier. Il a l'impression que le destin ne le laissera jamais tranquille, qu'il ne pourra jamais se contenter de vivre tranquillement, avec ses ordinateurs, ses amis, une fille à ses côtés, et Cyrano, calme et tranquille, niché au fond de sa poche.

– Ça doit être la merde à la direction du lycée, là… réalise Vlad. Ils vont vouloir chercher des coupables… Vous allez tous vous faire défoncer, et je suis sûr qu'un des types de ta classe va désigner Cyrano comme le meneur de votre… euh… coup de force ?

Heureusement, Helena est toujours là pour prendre les décisions qui s'imposent.

– On n'a qu'à aller voir Saatif, la CPE, pour tenter de savoir ce qu'elle sait.

Vlad n'a pas la force de proposer autre chose, alors ils suivent Helena qui quitte d'un pas décidé les tables de ping-pong et se dirige vers le bureau de la CPE. Ils parcourent les couloirs labyrinthiques du lycée et trouvent enfin la porte du bureau de Madame Saatif. Elle est grande ouverte. Il n'y a personne à l'intérieur, et les dossiers éparpillés un peu partout sur son bureau montrent qu'elle a dû sortir précipitamment.

– Merde… souffle Helena, tandis qu'Enig serre sa main un peu plus fort qu'à l'accoutumée.

Tous sentent que ce qui s'est passé dans le cours de Monsieur Mobonckäu ne restera pas sans conséquences…

Mais alors qu'ils rebroussent chemin sans savoir quoi faire pour éviter la catastrophe, ils croisent dans le couloir une large silhouette qui fulmine. C'est Kechichian, le proviseur…

– Les jeunes ! Dans mon bureau ! Et tout de suite !

Ils entrent dans le bureau du chef d'établissement et ils n'en mènent pas large. Helena, elle, n'a rien à se reprocher, mais elle est bien la seule. Enig et Foued étaient présents pendant le cours qui a dégénéré, Enig lui-même a fait partie des frondeurs, et Vlad est justement le propriétaire de l'objet du délit... Une fois la porte refermée, ils constatent avec stupeur que, dans le bureau du proviseur, sont présents Lydie Saatif, Morgane Dubost, leur ancienne prof de français qui les connaît très bien, ainsi que Monsieur Mobonckäu. Étrangement, il ne s'est pas départi de son air calme et distingué, malgré l'événement complètement improbable et traumatisant, qui vient de lui arriver.

– Est-ce que vous avez conscience de ce qui vient de se passer ? demande d'abord Kechichian, d'une voix tremblante de fureur.

– On n'a rien fait, s'exclame d'abord, catégorique, Vladimir qui ne ment pas tout à fait.

– Et vous, Foued et Enig, vous étiez bien présents pendant ce cours. Pas vrai Monsieur Mobonckäu ?

Le professeur opine, et Foued tente de s'expliquer en prenant de grands airs.

– Savez-vous ce qu'est un épisode de folie collective ? commence-t-il d'un ton docte et très agaçant.

Mais n'est pas Cyrano qui veut...

– Monsieur Ahamadi, ne m'emmerdez pas ! explose finalement Kechichian, qui de toute sa carrière, n'avait jamais prononcé un gros mot devant un élève.

– Mais c'est vrai ! Vous savez qu'au Moyen Âge, ces phénomènes étaient courants et que…

– Vous êtes collé, Monsieur Ahamadi ! l'interrompt une nouvelle fois Kechichian, fou de rage.

Même si Foued tente de protester, c'est Enig qui reprend la parole pour limiter les dégâts.

– Monsieur Mobonckäu voulait faire un cours sur le *street art*… Mais le *street art*, c'est aussi un truc qui exprime la colère. Donc c'est un peu normal d'avoir voulu contester l'ordre établi…

Cette fois, c'est Mobonckäu qui intervient.

– Vous voulez donc dire que c'est en appliquant à la lettre l'esprit de mon cours que vous avez choisi de vous soulever contre mon autorité… Je vous trouve franchement gonflé, et je reste poli !

Enfin, c'est Morgane Dubost qui prend la parole de sa voix douce et rassurante.

– Nous aurions dû vous convoquer bien avant dans ce bureau… Parce que nous pensons que votre fameux club d'échecs n'est pas sans rapport avec ce qui vient de se passer…

Les regards de Vlad et de Foued se croisent fugacement. Ils expriment un mélange de crainte et, peut-être, de soulagement de révéler enfin à une adulte *a priori* compréhensive, ce secret devenu très lourd à porter.

– On a quand même le droit de jouer aux échecs… se justifie Helena en jouant de son image d'élève calme et sage que les profs apprécient généralement.

– Jouer aux échecs n'est pas le problème, répond Lydie Saatif. Mais que la quasi-totalité des élèves de ce lycée se presse tous les jours en classe 215 pour tenter de participer à votre club, comprenez que tout ça nous mette la puce à l'oreille…

– Enfin Monsieur, intervient Vladimir en surjouant, notre club d'échecs n'a absolument aucun rapport avec ce qu'il s'est passé chez Monsieur Mobonckäu !

– Et bien je ne le pense pas, Monsieur Shankly ! le coupe Kechichian, que la mauvaise foi évidente des quatre élèves n'aide pas à apaiser.

Morgane Dubost choisit cet instant pour prendre Vladimir et Enig à part, les invitant à sortir du bureau quelques secondes. S'ils sont effectivement responsables, d'une manière ou d'une autre, de ce qui s'est passé, ils risquent un conseil de discipline, donc un renvoi pur et simple.

Depuis l'année dernière, la professeure de français s'est prise d'affection pour la petite bande, et encore plus depuis que Vlad a perdu son père. Elle sent bien qu'ils sont pris dans un engrenage qui les dépasse, et elle aimerait les aider. En cet instant, la seule chose qu'elle peut faire, c'est de les supplier de faire profil bas, d'abandonner leur air frondeur, et de dire la vérité, ou au moins la partie acceptable de la vérité.

– Les garçons, il faut que vous vous rendiez compte que vous êtes à deux doigts d'avoir de très très gros ennuis. Et toi, Vlad, continue-t-elle en lui lançant un regard aussi perçant que bienveillant, le décès de ton père ne pourra pas te protéger indéfiniment de l'administration…

– Mais j'ai jamais voulu être protégé de quoi que ce soit ! s'énerve-t-il. C'est vous, tous les profs et tous les pions, qui me chouchoutez comme si j'étais un gosse. J'ai jamais demandé de traitement de faveur ! Ce qui m'est arrivé est quelque chose de personnel, vous comprenez ?

La véhémence de Vladimir touche au cœur Morgane Dubost, mais il s'agit d'un cas d'urgence. Discuter des problèmes de Vlad maintenant ne changera rien à l'affaire.

– Nous sommes d'accord, Vladimir. Mais maintenant, il faut absolument que tu dises à Monsieur Kechichian, ainsi qu'à Madame Saatif, ce qui se passe dans ton club d'échecs, et si ça a un rapport avec l'événement inadmissible qui a eu lieu chez Monsieur Mobonckäu…

Enig, malgré le stress qui l'empêche de raisonner correctement, ne peut s'empêcher d'admirer l'esprit de déduction dont ont fait preuve les profs du lycée. Il n'a qu'une question en tête.

– Mais… Mais comment vous avez deviné ?

Comprenant un peu tard qu'il vient d'avouer malgré lui, il regrette sa question, mais déjà Morgane Dubost y répond avec un petit sourire en coin.

– Vous nous prenez vraiment pour des idiots, ma parole ! Tous les jours, en salle 215, tout le monde veut venir jouer aux échecs, et on entend un brouhaha terrible. Comme si jouer aux échecs était une activité que les jeunes de votre âge adoraient pratiquer… Nous savons tous que c'est faux ! Dans cette salle, des gens parlent, s'exclament, rigolent comme des fous, ou chuchotent très sérieusement. Ça ne ressemble pas un club d'échecs votre truc, plutôt à une sorte de comité invisible qui fomenterait des actions… étranges. Et comme par hasard, plusieurs semaines après les débuts de votre club, ça dégénère… Je peux vous assurer que Monsieur Kechichian est très inquiet !
Vlad comprend que le Totem est sur le point d'être démasqué, et avec lui tous les secrets qu'il cache encore. Il ne lui reste donc qu'une solution : sauver les apparences.

– D'accord Madame, merci de vos conseils. On va tout leur dire, dit-il en regardant droit dans les yeux la prof, sans voir qu'Enig, lui, est complètement affolé. Comment compte-t-il s'y prendre pour avouer à son proviseur que le *smartphone*, indirectement responsable de la mort de son père, capable de lire dans les pensées des élèves du lycée, est devenu un prof très charismatique que tous les élèves écoutent béatement ?

De retour dans le bureau de Kechichian, qui, malgré le froid, commence à monter sérieusement en température, Vlad s'assied lourdement sur une chaise libre pour déballer toute l'histoire. Tout le monde est pendu à ses lèvres, et Foued, Enig et Helena sont à présent terrifiés. Vlad, lui, n'est vraiment pas fier de ce qu'il s'apprête à faire.

*
**

– Ça a commencé comme ça, embraye-t-il. C'est Enig et Helena qui ont eu l'idée de ce club d'échecs. Après la mort de mon père, ça a été très difficile pour moi, mais je n'ai pas envie d'en parler ! Juste que… je déprimais vraiment et… mes amis ont voulu me sortir de ce mauvais pas. Ils se sont dit que la meilleure façon pour moi de retrouver goût à la vie était de me redonner confiance. Foued leur a dit qu'au collège, je jouais souvent aux échecs et que j'étais très fort. Alors ils ont voulu me proposer de donner des cours à ceux qui le voulaient.

Lydie Saatif ne comprend pas. Elle pensait que Vlad allait raconter la vérité, mais il se contente de répéter le même mensonge en y mettant simplement les formes. Seulement, l'évocation de la dépression de Vlad à la suite de la mort de son père suffit à lui faire perdre une partie de son esprit critique. En temps normal, elle aurait interrompu Vlad, et, en accord avec Kechichian, l'aurait convoqué sur le champ en conseil de discipline en raison des forts soupçons qui pèsent sur lui. Mais elle lui laisse encore le bénéfice du doute, tout comme Kechichian qui reste franchement sceptique.

– Quand j'ai commencé, je pensais que seuls mes amis allaient venir, pour faire comme si le Klub servait à quelque chose.

J'avais bien compris qu'il n'avait pas été créé pour jouer aux échecs, seulement pour m'aider. Mais… Oh, je n'aime pas dire des choses pareilles ! s'interrompt-il soudain en baissant la tête.

– Quoi ? s'agace Kechichian, à deux doigts d'en finir pour de bon.

– Eh bien… je me suis aperçu que j'étais bon aux échecs. Je veux dire, très bon. J'y ai rejoué sur Internet en prévision du Klub, et j'ai explosé… euh… battu tout le monde à plate couture. Et j'ai joué aussi contre Foued et Alise, je ne leur ai laissé aucune chance… Alors, très vite, je ne donnais plus des cours, mais tout le monde unissait ses forces pour essayer de me battre. C'est pour ça qu'il y avait autant de monde en salle 215. Le défi, c'était de gagner une partie contre moi, et personne n'y est jamais parvenu ! s'exclame-t-il en arborant le plus visiblement possible un air très satisfait.

Mais la seconde d'après, Vladimir change complètement d'expression et baisse à nouveau la tête.

– C'est parce que mon père… Quand j'étais gosse, il ne voulait pas que je joue aux échecs. Il voulait juste me foutre… me mettre la tête dans des ordinateurs pour que je comprenne comment ça fonctionne. Mais moi je m'en fichais des ordis, je voulais jouer aux échecs. S'il me l'avait permis, peut-être que j'aurais été un champion…

Si ça avait été la réplique d'un film américain avec des violons en bande-son, alors Lydie Saatif aurait lâché une petite larme. Peut-être même que le rude Albert Kechichian se serait laissé gagner par un peu d'émotion. Foued peut envier Vlad. Lui aussi est bon acteur quand la situation l'exige !

– Mais maintenant mon père est mort et… j'ai décidé de consacrer ma vie aux échecs !

Malheureusement sa dernière réplique n'est pas bonne. Il en a fait trop et sa mimique volontaire n'a qu'à moitié convaincu son auditoire qui, tout de suite, a repris ses esprits.

– Donc tu es vraiment un grand joueur d'échecs ? demande Morgane Dubost, la seule qui ne s'est pas laissée avoir par ce petit *speech* larmoyant.

Son regard est noir et dur, de toute évidence, elle n'est pas dupe. Seulement, elle ne souhaite pas l'enfoncer davantage, simplement le mettre au défi, le pousser dans ses derniers retranchements, comme si elle voulait lui apprendre non plus le français, mais comment se battre dans la vie.

– Parfaitement ! répond Vlad qui ne peut pas aller plus loin. En effet, s'il a bien joué un petit peu aux échecs dans son enfance et au collège, il a tout oublié et n'y connaît plus rien. Et ce n'est pas avec le Klub qu'il s'est amélioré… Or, quand on ne sait pas jouer aux échecs, il est difficile de le cacher longtemps, et ça, Lydie Saatif, joueuse d'échecs elle aussi, le sait très bien.

– Et bien, pour vérifier tout ça, dit-elle, je te propose une partie. Si tu me bats, nous considérerons que tu dis la vérité et que ton club est effectivement un club d'échecs et pas un lieu de conspiration contre le lycée. Si je te bats, je ne suis pas une « grande joueuse », simplement une amatrice, je crois que nous serons obligés d'en conclure que tu nous as menti. Nous en tirerons alors toutes les conséquences…

Foued, Enig et Helena observent, horrifiés, Vlad pris au piège. Il a eu tort sur toute la ligne. Il a joué sur la corde sensible du décès de son père, chose que, moralement, personne ne devrait jamais faire, et puis il s'est laissé embarquer dans un défi qu'il ne sera jamais en mesure de relever… Pourtant, l'air toujours aussi décidé, Vlad accepte. Il n'a de toute façon pas le choix.

– Madame la CPE, vous n'avez aucune chance contre moi !

29

Toujours aussi sûr de lui, Vlad prend la direction de la salle 215, suivi de Lydie Saatif et des autres profs. Pendant ce court trajet, Vlad met les mains dans ses poches où se trouve le Totem qu'il a éteint par précaution. Mais à présent, il a besoin d'aide. Subrepticement, il l'allume en pénétrant dans la salle du Klub.

L'ennui, c'est que depuis sa mise à jour, le Totem met beaucoup plus de temps à démarrer. Et Lydie Saatif, elle, adore les entrées en matière rapides. Elle se jette sur l'échiquier, dispose les pièces en deux temps trois mouvements, s'adjuge d'office les pièces blanches et joue son premier coup tandis que, dans la poche de Vlad, le Totem demande tout juste à ce qu'on compose le code PIN…

– Alors Vlad, quelle ouverture vas-tu employer ? demande Saatif, d'un air de défi. La sicilienne, un gambit ?

Pour Vlad, une sicilienne est une pizza, et un gambit un monstre du *Seigneur des anneaux*. Il ne sait pas non plus ce qu'est une ouverture, même s'il sent bien qu'il en a une avec Yao Linh… Alors, préférant ne pas répondre pour ne pas se discréditer, il fait semblant de réfléchir et compose à l'aveugle, depuis sa poche, le code PIN du Totem. Cependant, le temps que le téléphone charge les applications, Vlad est contraint de gagner encore quelques minutes. Il saisit donc un pion au hasard, commence à le déplacer, et juste avant de le poser, fait un faux mouvement. D'un brusque geste du bras, il balaye l'échiquier et toutes les pièces tombent !

– Oh ! Je suis vraiment désolé ! s'écrie-t-il.

Mais son geste est tellement mal exécuté, que tous comprennent qu'il veut éviter la confrontation avec sa CPE.

– Tu deviens ridicule, Vlad… lui fait remarquer Kechichian. Je vais te laisser une dernière chance. Ensuite, ce sera le conseil de discipline pour nous avoir menti à propos d'une affaire vraiment trop grave…

Heureusement, pendant que Lydie Saatif ramasse les pièces et les dispose une seconde fois sur l'échiquier à la vitesse de la lumière, Cyrano s'active enfin.

– Te voilà, toi ! C'est ta dernière chance de rattraper ta connerie ! ordonne Vlad en utilisant ses ondes cérébrales, juste avant que Lydie Saatif l'invite de nouveau à jouer. Fais-moi gagner cette partie ou je te mets à la poubelle !

– E4 ! prononce Cyrano, une seconde plus tard.

Vlad comprend rapidement qu'il s'agit des coordonnées d'une case de l'échiquier, et qu'il n'y a qu'un seul pion qui peut atteindre cette case. Il s'exécute donc et place son pion en E4, conformément aux instructions de Cyrano. Lydie Saatif joue à la suite un second coup sans prononcer un mot. Tout le monde a les yeux rivés sur l'échiquier et le silence est franchement pesant. Vlad, et probablement ses amis avec lui, joue sa tête et son futur au lycée. Anxieuse, Morgane Dubost se ronge nerveusement les ongles. Elle espère de tout cœur qu'il parviendra à battre Lydie Saatif. Dans le cas contraire, elle prendrait le probable renvoi de Vlad comme un échec personnel. Elle s'en voudrait tellement de n'avoir pas su les aider à se remettre dans le droit chemin, s'il existe…

Les coups s'enchaînent à présent. Cyrano dicte toujours à Vlad ce qu'il doit jouer, et le jeune homme fait mine de réfléchir un petit peu entre chaque coup pour être plus crédible.

– Hum… Défense française, murmure Saatif, reconnaissant dans les coups de Vlad une tactique échiquéenne célèbre.

– Eh oui ! répond Vlad en souriant, bien qu'il n'en ait aucune idée. Il espère seulement qu'elle est meilleure que celle de l'équipe de France de football…

Sept coups plus tard, Cyrano demande enfin à Vlad de déplacer sa reine, la pièce la plus puissante du jeu. Ce coup, exécuté dans un *timing* parfait, semble déstabiliser la CPE qui répond par un coup approximatif. Son premier. Un quasi-débutant comme Vlad n'aurait pas su comment profiter de ce coup moyen pour prendre l'avantage. Mais Cyrano, qui a étudié à fond le jeu d'échecs pendant ses longues heures de veille, jusqu'à atteindre le niveau d'un grand champion, ne laisse pas passer cette occasion.

Deux coups plus tard, il demande à Vlad de déplacer un cavalier. Il s'aperçoit que ce mouvement attaque directement le roi adverse.

– Échec au roi ! s'écrie-t-il, réalisant que Cyrano ne va faire qu'une bouchée de la CPE.

Lydie Saatif fait la moue, mais ne s'avoue pas vaincue pour autant. Elle réfléchit longuement et déplace son roi sur la case qui lui semble la plus sûre. Mais c'est peine perdue ! Et en effet, trois coups plus tard, la reine de Vlad vient sceller le sort de la partie. Le roi de Lydie Saatif est attaqué de toutes parts et ne peut plus fuir, cette fois.

– Échec et mat ! exulte Vlad.

C'est gagné, Vladimir Shankly a donc dit vrai, il est un exceptionnel joueur d'échecs, ce qui explique l'affluence des élèves à son club… Du moins, c'est ce que semble démontrer le résultat de cette partie. Albert Kechichian et Firmin Mobonckäu sont obligés de l'admettre, Vlad n'a pas menti. Morgane Dubost, elle, ne prend même pas la peine de cacher son soulagement : d'un geste amical, dicté par l'attachement qu'elle éprouve pour Vlad et ses amis, elle lui tombe dans les bras et le félicite chaleureusement !

– Tu es vraiment exceptionnel ! s'exclame-t-elle. Je suis certaine que tu as triché et j'ignore comment tu as fait ton compte. Mais bravo, encore une fois, tu as réussi à te sortir de cette situation avec brio ! chuchote-t-elle à son oreille.

– Avec qui ? demande Vlad, rieur et à haute voix.

Morgane Dubost éclate de rire sans que les trois autres adultes présents en salle 215 comprennent. Cyrano, tout comme Morgane Dubost, apprécie la blague.

– Eh bien tu vois, un petit coup d'État dans le lycée n'a pas suffi à te faire perdre ton sens de l'humour !

Mais la réponse de l'intéressé est cinglante.

– Toi, je considère qu'en m'aidant, tu as tout juste commencé à me rendre la pareille… Ne crois pas que ce que tu as fait restera sans conséquences.

– Quel rabat-joie ! Tu devrais te détendre un peu…

Le résultat de la partie étant sans appel, Kechichian invite tout le monde à rejoindre une nouvelle fois son bureau pour faire le point. Là-bas, Firmin Mobonckäu, montre sérieusement son agacement.

– Monsieur le Proviseur, vous n'allez tout de même pas classer cette affaire parce qu'un élève a gagné une partie d'échecs ! Mon autorité a été bafouée tout à l'heure ! J'exige que vous trouviez les coupables et que vous les punissiez sévèrement !

Silence de Saatif et de Dubost. C'est la première fois qu'elles voient Mobonckäu se mettre en colère et elles n'osent pas aller dans son sens, ni même le contredire. Kechichian, cependant, en bon politique, toussote deux fois, s'assoit derrière son bureau et s'appuie dessus de tout son poids avec les paumes de ses mains.

– Eh bien Monsieur Mobonckäu, je crois que vous avez raison. Je vais donc coller l'ensemble de cette classe de première L pendant trois heures. Et je crois que cela fera du bien à Vladimir de les accompagner, je n'ai pas apprécié son ton vindicatif de tout à l'heure.

– Mais… Mais ce n'est pas suffisant ! proteste Mobonckäu. Dans ce lycée, on distribue des colles à tour de bras, mais ces sanctions ne servent à rien ! Il faut trouver quelque chose qui restaure l'autorité du professeur que je suis. Les élèves doivent comprendre qu'on ne peut pas faire ce qu'on veut ! S'ils recommencent, vous les collerez de nouveau ?

Le raisonnement de Mobonckäu met nettement le proviseur dans l'embarras. En effet, Vlad, Enig, Foued et Helena sont toujours présents dans son bureau, et il n'a pas du tout envie de se justifier devant des élèves…

– Nous en reparlerons tout à l'heure, si vous le voulez bien. Je vais continuer de mener ma petite enquête. À présent, du travail m'attend. Vous, fait-il en s'adressant aux quatre élèves, vous pouvez retourner en cours. Mais je vous préviens, à la prochaine incartade, il ne sera plus question de colle…

Lorsqu'il a entendu qu'il serait collé, Vlad a d'abord voulu protester. Après tout, il n'était pas présent au cours qui a mal tourné ! Mais il se dit que, finalement, une heure de colle en compagnie de ses amis et sous la probable surveillance de Ramzy, le sympathique surveillant, ne va sans doute pas être affreusement désagréable.

– Au revoir ! lance-t-il un brin impertinent en sortant victorieux du bureau de Kechichian.

Foued, Helena et Enig le suivent, mais sortent, eux, la tête basse et sans rien dire. Malgré l'irrévérence de Vlad, tous sentent bien que ce que Cyrano a déclenché, un peu plus tôt dans la journée, risque bien de se transformer en guerre ouverte entre les profs et les membres du Klub. Décidément, rien ne se passe jamais comme prévu !

30

Lorsqu'il rentre chez lui, à la fin de cette journée mouvementée, Foued est épuisé. Trop d'agitation, trop de stress, et beaucoup d'inquiétude en ce qui concerne Cyrano. Et si Vlad avait raison ? Et s'il devenait vraiment dangereux de l'utiliser depuis son drôle de malaise ? Lorsqu'il pénètre dans le petit salon familial, son frère Farid lui tombe dessus.

– Ouais gros ! On se fait un *Fifa* ? Faut que je te montre, j'ai découvert un joueur trop fort ! Au début il a que 73 de général, mais après quelques saisons, il monte jusqu'à 85 ! Il est trop kiffant !

Mais Foued a surtout envie qu'on le laisse tranquille. Jouer à *Fifa* avec son frère surexcité ne lui apportera pas le repos dont il a besoin… D'un geste las, il fait signe qu'il n'est pas d'humeur et Farid n'insiste pas. Hélas, ensuite, c'est son chat obèse, le Gros, qui s'y met. Il se frotte à ses jambes dans une quête éperdue de câlins et de chatouilles… D'ordinaire, Foued ne résiste pas, le prend dans ses bras et lui administre des caresses du haut de la tête jusqu'à la base de la queue pendant que l'animal ronronne et gagne peu à peu le nirvana du chat. Mais aujourd'hui, Foued n'a même pas la force de se plier à ce rituel. D'un geste du pied, il écarte le Gros qui émet un miaulement de mécontentement très aigu. Ensuite il passe dans la cuisine engloutir toute la nourriture qu'il pourra trouver. Pain de mie, beurre salé, jambon, fromage râpé, ça fera bien l'affaire jusqu'au dîner. Malheureusement, alors qu'il espérait que personne ne vienne le déranger dans son entreprise gastronomique, c'est Amel, sa mère, qui entre à son tour dans la cuisine et qui le regarde d'un drôle d'air… Tout de suite il croit comprendre, alors son sang ne fait qu'un tour.

– Le lycée a appelé ? demande-t-il, tâchant de conserver une voix calme et posée.

– Non non, répond Amel. Pourquoi, il devrait ?

– Euh… Oui… enfin non !

– D'accord, acquiesce-t-elle, un peu surprise. Je voulais juste te dire que j'en ai assez de te voir manger tout le pain de mie ! Un goûter, c'est un goûter, pas une orgie qui nécessite de dévaliser tous les placards, d'accord ?

Rassuré sur la nature de ses reproches, Foued en profite pour lui faire passer la mauvaise nouvelle de la journée, du moins celle qui concerne plus directement ses parents…

– Maman ? Au fait… euh… je voulais te dire… euh… Je suis collé là…

– Je passe mon temps à demander à ton père de laver le sol de cette foutue cuisine et jamais il m'écoute. Et voilà le résultat, on a tous les pieds qui collent au sol à cause du jus d'orange que ton frère a renversé hier matin, c'est insupportable ! soupire Amel, en colère.

– C'est pas ça maman… Je voulais dire que je suis collé… au lycée… Je vais devoir y aller mercredi après-midi…

Amel est elle aussi très fatiguée, et si elle n'a pas saisi tout de suite ce que son fils voulait lui dire, sa réaction ne se fait pas attendre quand elle comprend.

– Encore ? s'écrie-t-elle. T'as fait quoi cette fois ? T'as encore triché, t'as pas fait tes devoirs ?

Avant qu'il ait le temps de répondre, Amel en rajoute une couche.

– J'en ai marre Foued ! Ton père et moi, on se saigne aux quatre veines pour que vous puissiez mener vos études dans de bonnes conditions. Et toi, tu sabotes tout ça méthodiquement ! T'as pas conscience de la chance que t'as d'avoir des profs derrière toi et des amis qui ne font pas n'importe quoi ! Tu devrais t'en inspirer d'ailleurs !

Foued sourit intérieurement à l'évocation de « ses amis qui ne font pas n'importe quoi ». Si elle savait ce que Vlad venait de faire tout à l'heure, elle déménagerait direct pour nous mettre en sécurité dans un bunker antiatomique en interdisant l'entrée à toute personne de moins de trente ans… se dit-il. Mais il a dû penser un peu trop fort, puisque malgré lui, un petit sourire s'est dessiné sur son visage pendant que sa mère lui passait un savon.

– Et ça te fait rire en plus ? Alors d'accord, plus de console de jeu, plus d'ordinateur, et je demande un rendez-vous avec ton prof principal ! J'en ai marre, là !

– Mais nan maman, il en a rien à faire d'un rendez-vous ce prof, il veut juste…

Si Foued est si véhément, c'est parce que son prof principal n'est autre que Monsieur Mobonckäu, et inutile de dire qu'après ce qui s'est passé, l'entretien risque d'être tendu… Pour tenter d'alléger la punition, il pourrait bien fondre en larmes, faire tout un cirque pour attendrir sa mère. Mais Foued a grandi. Il a sa fierté et une certaine morale, il n'utilisera pas ses talents d'acteur pour régler ce problème, et ce n'est pas de sa faute si Vlad a fait le choix inverse, même si c'était pour se tirer d'une situation bien plus complexe ! D'ailleurs, il est aussi conscient qu'avec Amel, ce genre de stratagème ne fonctionne que très rarement… Laissant sa mère, furieuse, à l'entrée de la cuisine, il rentre dans sa chambre et claque la porte pour signifier qu'il ne veut pas être dérangé.

– Journée de merde ! souffle-t-il en se laissant tomber sur la chaise de son bureau.

D'habitude, lorsqu'il est puni, il râle et c'est dans l'ordre des choses, chacun est dans son rôle. Mais aujourd'hui, il n'était responsable de rien ! Il ne s'est même pas énervé plus que ça, et il a tout de même été puni… Il voudrait crier quelque chose comme : « La vie est tellement injuste ! », mais il sait qu'il n'est pas dans un film et que tout ce qu'il y gagnerait, c'est d'être parfaitement ridicule…

Son téléphone vibre à l'instant, mais échaudé par les événements de la journée et les facéties de Cyrano, il réagit comme s'il s'agissait du Totem. Il est sur le point de le jeter aussi fort que possible contre son mur couvert de posters. Mais ce qui vibre n'a rien à voir avec le Totem, c'est une bestiole bien plus stupide, un simple *smartphone* payé trois fois rien, qui fait péniblement tourner un classique système d'exploitation Androïd. Alors il se ravise et jette un œil sur l'écran. C'est Saïd qui l'appelle ! Ça faisait longtemps qu'il n'avait pas eu de ses nouvelles et il commençait à se demander ce qu'il devenait. La fois dernière fois, ils avaient voulu regarder un film ensemble, mais ils avaient trouvé Alise, Aïssa et Helena qui sabotaient la Piscine… Depuis, rien. Est-ce que son film était toujours d'actualité ? Et surtout est-ce que Saïd était encore bien son ami, même s'ils ne se voyaient que trop rarement ?

– Ouais mec ! Tu vas bien ou bien ? commence Foued d'un ton enjoué en décrochant, parvenant mal à cacher sa joie d'entendre sa voix.

– Ben… puisque tu me laisses pas le choix, je dirais : je vais bien ! répond-il sur le même ton de connivence.

Mais ensuite, il y a un silence. À part « Salut, ça va ? », que dire de plus ? Foued commence même à se demander si l'attitude de ses copines l'autre jour ne l'a pas fâché plus qu'il ne l'aurait pensé…

C'est lui qui pourtant se décide à briser la glace, rassurant Foued du même coup.

– Tu fais quoi le week-end prochain ?

Foued s'anime. Il suppose que Saïd veut lui proposer un film d'auteur qui a eu droit à une double page dans *Télérama*.

– Bah rien, et puis t'es le seul qui me propose des cinés sympas. Mes potes sont encore québlo sur Dwayne et les *Fast and furious*…

– Nan, c'est pas pour un ciné que je t'appelle ! C'est pour faire les premiers essais de mon film, en fait ! Et dans trois semaines, on commence le vrai tournage. On fera ça le week-end pour que tout le monde soit dispo.

Foued ne s'anime plus, il s'excite carrément !

– Énorme ! Alors c'est bon maintenant, c'est sûr ? T'as réglé tous les détails, les trucs chiants de budget et de planning ?

– Oui, enfin presque, mais t'inquiète, ça va le faire. Il me manque juste une petite caméra additionnelle pour certains plans, mais au pire, on fera sans, c'est pas grave.

– Mais c'est trop bien ! Tu m'envoies le script bientôt, pour que je puisse commencer à apprendre mon texte ?

– Ouvre ta boîte mail, mec ! Il dort dedans depuis deux semaines…

– Ah mince, désolé, j'ai pas trop l'habitude de consulter mes mails… Utilise Facebook la prochaine fois, là au moins, je serai sûr de le voir !

– Ouais, mais tu sais, moi j'aime pas trop Facebook. Ça t'espionne tout le temps ce truc, et puis je suis un peu *old school*...

– Bref, pas grave, élude Foued, qui a eu sa dose de conflit pour aujourd'hui. Je vais apprendre le texte en deux-deux, jure-t-il, et je serai paré pour le premier jour de tournage ! Mais... Tu peux me faire le *pitch*, vite fait, que je sache de quoi ça parle exactement ?

Saïd rigole doucement. Il a eu l'idée du scénario en aidant Vlad et Enig à sortir de leur lycée après qu'ils s'y sont involontairement enfermés.

– C'est l'histoire de deux types un peu minables qui braquent une banque. Malheureusement, une fois dans le coffre, la lourde porte de béton se referme par accident derrière eux et ils sont enfermés. Ils savent qu'ils ne peuvent rien faire et que les seuls qui pourront les sortir de là, ce sont les flics qui viendront bientôt. Ils n'ont aucune issue.

– Mais ça risque pas d'être un peu long, quand même ? Parce que si j'ai bien compris, tu vas filmer deux types enfermés dans une pièce sombre qui ne font rien pendant vingt minutes ?

– Euh... Ouais ! Pourquoi, ça te paraît pas passionnant ? demande-t-il, tout en sachant pertinemment que la réponse se trouve dans la question.

– Mec, tu pourrais vouloir filmer deux phasmes face-à-face pendant deux heures que je te ferais quand même confiance pour rendre le truc trop bien ! T'inquiète, on va le faire, ce film !

31

Alors que Foued dévale des montagnes russes émotionnelles oscillant entre enthousiasme et désespoir, Vlad, quant à lui, essaye de se remettre de ses émotions. Sans rien dire à personne, même pas à Enig, il a décidé de se rendre à la Piscine après les cours pour trouver un peu de solitude et tenter de faire le point. Et il a éteint le Totem pour éviter les sarcasmes de Cyrano. Depuis le début, il pressentait que le Klub risquait de devenir hors de contrôle. Il a tenté de mettre en garde ses amis, mais leurs réponses allaient toutes dans le même sens : « Mais non mec, c'est cool le Klub », « On apprend plein de trucs », « Cyrano est trop de la balle comme prof ! », « Il n'y a aucun danger », etc. Sauf que maintenant, le danger est bien réel. Il risque d'être renvoyé, et pire encore, quelqu'un sait maintenant que son père n'est pas mort… Il prie pour que l'auteur de la mise à jour soit l'œuvre d'un hacker débutant, peut-être même un jeune lycéen comme lui, indifférent à la réapparition de Viktor. Si c'est le cas, le pire sera évité.

C'est pensif qu'il longe le chantier qui borde la Piscine, passe sous la palissade, puis se fraye un chemin dans la végétation jusqu'à la porte rouillée. Mais, surpris, il constate qu'elle est entrouverte ! Et comme l'an dernier, il est arrivé une sacrée mésaventure à Enig qui est tombé nez à nez avec deux gaillards mal intentionnés, alors Vlad se méfie. Qui peut bien être entré à la Piscine ? Après les événements de la journée, ses amis sont rentrés chez eux… En fait, Vlad doit bien se l'avouer, il a peur, tout simplement… Depuis quelques jours, rien ne va de toute façon.

Il cherche quelques secondes autour de lui, puis se saisit finalement d'une grosse branche d'arbre mort qui traîne et la cale sur son épaule comme la batte d'un joueur de baseball. Il sait très bien que s'il est amené à s'en servir, il est capable de se faire mal plutôt que de blesser un éventuel assaillant, mais qu'importe, il est prêt au pire.

Sans faire le moindre bruit, il se glisse dans l'entrebâillement de la porte, longe les vestiaires abandonnés sur la pointe des pieds, puis jette un œil dans le bassin vide. À chaque fois, c'est le même étonnement. Voir cette piscine vide remplie de bric et de broc le surprend toujours. D'autant que cette fois, il s'agit d'un spectacle plus stupéfiant encore.

Celle qui est entrée à la Piscine en secret n'est autre qu'Alise. Elle lit seule tranquillement, assise dans un canapé, un magasine musical branché, tout en enroulant machinalement une mèche de ses cheveux autour de son doigt. La scène est si envoûtante qu'il hésite à se manifester. Malheureusement, Alise a un sixième sens pour ces choses-là. Et à peine Vlad a-t-il bougé qu'elle se retourne en direction des vestiaires. Son air soupçonneux laisse place à la surprise, puis à la joie, rapidement masquée par sa moue indifférente habituelle.

– Hey… fait-elle. Qu'est-ce que tu fais là ?

– Rien… répond-il tout aussi mollement. Après le dawa qu'a foutu Cyrano en cours, je voulais être seul.

– Bah je vais pas te déranger alors, dit-elle en refermant son magazine.

– Non ! Reste ! Enfin je veux dire… tu ne me déranges pas.

Alise sourit et invite Vladimir à s'asseoir.

– J'ai fait partie des frondeurs pendant le cours de Mobonckäu, commence-t-elle. Sur le coup, je trouvais que c'était une bonne chose de donner une leçon au prof. Mais après, j'ai réfléchi, et je me suis dit qu'on était allés trop loin. Cyrano pourrait nous demander de nous jeter d'un pont, on le ferait…

– Je comprends pas pourquoi il est comme ça, soupire Vlad… Il a trop pris le melon. Il se croit au-dessus de tout… Et c'est encore pire depuis qu'il a été mis à jour !

– Ouais, acquiesce Alise, c'est grave ce qui se passe. Et tu ne sais pas qui l'a déréglé ?

– Nan… Mais je pense que ça doit être lié au Klub et à quelqu'un qui connaît l'existence de Cyrano. Je vois pas d'autres solutions…

Soudain, un éclair passe dans les yeux d'Alise. Elle vient de penser à quelque chose qui non seulement pourrait aider Vlad, mais qui la débarrasserait elle aussi d'un élément gênant…

– Il y bien la petite peste, là… T'as remarqué la façon dont elle a mis Cyrano dans sa poche ? Je suis certaine qu'elle est pas *clean*…

– Attends, tu parles de Yao là ? Mais tu craques, elle est pour rien dans tout ça ! Bon c'est vrai, elle kiffe bien Cyrano, mais comme beaucoup de monde. Et puis, je te rappelle que toi aussi tu étais une de ses plus grandes fans… Qui me dit que c'est pas toi qui l'as balancé à n'importe qui ? répond Vlad interloqué.

Emporté par son élan, Vlad regrette déjà sa dernière phrase. Mais le mal est fait. Le sang d'Alise ne fait qu'un tour. Bien sûr c'est dans son caractère d'être impulsive, mais là, c'est vraiment trop fort ! Il s'agit de Vlad, celui qu'elle a aidé à la mort de son père et qui, aujourd'hui, l'accuse injustement d'avoir comploté contre lui…

– Bah tu sais quoi, je vais vraiment pas te déranger plus longtemps ! Je me casse !

– Mais non, excuse-moi, je me suis mal exprimé… tente Vlad, sans succès.

– C'est ça, oui ! J'espère que tu vas bien la kiffer Yao, je suis sûre qu'elle en vaut la peine !

– Le prends pas comme ça, Alise…

Mais elle est déjà partie, prenant bien soin de claquer la porte rouillée qui se referme derrière elle dans un vacarme assourdissant.

– Ahhh ! Mais quel abruti !!! hurle Vlad, à présent qu'il est effectivement seul.

Il est parfois très difficile de s'appeler Vladimir Shankly… Il voulait être un peu seul pour réfléchir, mais pas pour ruminer et culpabiliser. Et puis si sa relation avec Alise, faite de séduction, d'entraide et de mystère, est effectivement assez frustrante, il a tout de même fini par s'en accommoder et presque s'en satisfaire. Il ne veut surtout pas que ça se termine comme ça, sur une phrase bancale et un coup de sang.

Pour se changer les idées, il ramasse et lit le magazine de musique qu'Alise a oublié. Ça parle groupes de rock aux noms à rallonge, le tout accompagné de photos promotionnelles de musiciens tatoués qui prennent des poses de *bad boys*, on en oublierait presque qu'ils sont aussi jeunes et fluets que Vlad.

– Pff ! Tout ça, c'est du mensonge… s'énerve-t-il.

Dans son état, même une publicité pour un mixeur le mettrait hors de lui… Alors, regrettant tout à coup sa solitude si durement acquise, il choisit de rallumer le Totem. S'il est bien luné, peut-être que Cyrano lui changera les idées.

– Yo ! Si tu veux m'engueuler à propos de cet aprem, je te propose de faire ça plus tard, j'ai checké ton activité cérébrale et j'ai vu que tu étais « grave vénère ». Je crois que c'est pas la peine qu'on se prenne la tête maintenant…

– Tu parles vraiment bizarrement Cyrano, lui répond Vlad, un peu surpris. Ok, ta voix n'est plus comme d'habitude, mais surtout tu parles trop chelou maintenant. On dirait que tu as téléchargé le pack de langue « Je parle le français comme un con » !

Mais Cyano a raison sur un point, effectivement, Vlad n'a pas rallumé le Totem pour une nouvelle engueulade. Ça tombe bien, l'application a justement quelques nouvelles.

– Tu as reçu un nouveau message de Foued !

Puisqu'il n'a même pas la force de le lire, c'est Cyrano qui lui fait la lecture, d'une voix décidément trop monocorde : « Yo-Vlad. Saïd m'a contacté. Pour son film. On le tourne le. Week-end prochain. J'ai besoin de monde pour. M'aider à porter du. Matériel. Est-ce que tu veux. M'accompagner. Encore bravo pour ta. Partie d'échecs. C'était. Ouf. La bise. Foued ».

– Cyrano, t'es vraiment devenu un super mauvais lecteur ! s'exclame Vlad, qui malgré son état, n'a pas pu résister à l'envie de chambrer sa piètre prestation.

– Je suis peut-être mauvais, mais moi, au moins, je sais jouer aux échecs ! répond-il, bravache.

Puisque Cyrano lui tend une perche, Vlad est à nouveau sur le point d'aborder le sujet qui fâche. Mais il se ravise. Mieux vaut en rester là pour l'instant, il sait, au fond de lui, que Cyrano finira bien par lui rendre la monnaie de sa pièce.

32

Quel beau soleil ! Vlad est ravi. Ces vacances au bord de la mer sont merveilleuses ! Quelle joie d'être ainsi débarrassé de toutes peurs, de tout stress. Ses parents s'enlacent amoureusement, tandis qu'Eduard, rêveur, contemple l'horizon. Vlad a décidé de faire un château contre la marée qui monte inexorablement. Au fil des ans, il a mis au point une méthode qu'il estime infaillible. Il faut construire une muraille de sable très robuste à la limite du niveau maximum de la marée précédente. Ainsi, en fonction des coefficients, il a de bonnes chances de triompher. La confection de sa muraille n'offre aucune place au hasard, c'est une combinaison savante de sable humide et de sable sec, qu'il faut agrémenter régulièrement d'algues vertes et brunes. Et devant la muraille ? Il faut creuser un trou aussi profond que possible pour que les premières vagues s'y échouent et laissent indemne la précieuse muraille.

Vlad a longuement exposé sa méthode à Mathis, qui, emballé, lui a proposé son aide. Une fois la muraille construite, ils consolident autant qu'ils le peuvent l'édifice, tandis que la marée lèche à présent les abords du trou censé atténuer les effets des vagues. L'heure de vérité approche. Mais les parents ne sont vraiment pas marrants ! Alors que Vlad a de la vase jusqu'aux genoux, ils appellent Mathis pour qu'il vienne les prendre en photo.

– Oui, vous êtes beaux, on sait ! s'énerve Vlad en voyant son coéquipier réquisitionné pour une tâche si futile…

– Un jour tu comprendras, lui lance son père. Quand tu seras vieux, tu seras bien content de revoir les photos de ta jeunesse !

– Je serai jamais vieux ! crie-t-il, rigolard. La vieillesse, c'est juste une question d'état d'esprit !

– On verra dans quel état d'esprit tu seras à soixante ans ! répond Mathis, amusé par tant de candeur.

Eduard, qui est resté silencieux depuis le début de l'après-midi, prend tout à coup la parole et casse tout de suite l'ambiance.

– De toute façon, moi j'aurai jamais soixante ans. Alors autant en profiter tout de suite, non ? Allez, vas-y Vlad ! Continue d'essayer de battre la marée !

Vlad est très heureux que son oncle l'encourage à poursuivre son œuvre, mais ses parents un peu moins.

– Qu'est-ce que tu dis, Ed ? T'as pas honte de dire des trucs pareils ? Et devant Vlad en plus ! Bien sûr que tu auras soixante ans un jour !

– Pff ! répond-il. J'aurais dû mieux vivre pour ça. Avec la vie que j'ai menée, statistiquement, j'ai quand même peu de chance d'y arriver…

– Mais non ! répond Viktor. Toi, moi et Mathis, on vient juste de fonder Century. C'est l'entreprise du futur ! C'est ça qui va nous porter ! Il faut juste qu'on se force à vivre sainement, à boire de l'eau et à manger des légumes croquants !

Mathis et Marie éclatent de rire, complices. Marie est encore enceinte, mais de qui ? Vlad s'en fiche complètement. Il doit juste gagner son combat contre la marée. Comme pour donner raison à Viktor, Eduard empoigne sa bouteille d'eau minérale et en boit une grosse rasade. Pour Century, il s'engage à vivre plus sainement.

Tout est bien dans le meilleur des mondes, en apparence. D'ailleurs, le temps commence un peu à se gâcher. Viktor, Marie et Mathis n'ont pas froid, mais Vlad abandonne subitement son barrage et, frissonnant, se réfugie dans la serviette que lui prête gentiment Eduard. Il observe son barrage se faire engloutir par la marée et comprend qu'il a mal calculé les coefficients de marée…

Vlad grelotte.

– Elle a vraiment mauvais goût cette eau ! C'est de l'eau minérale que vous avez mise dedans ? demande Eduard tout à coup.

D'une voix calme, Mathis lui répond sans sourciller.

– Non, c'est de l'eau du robinet. J'ai été la remplir tout à l'heure. Mais bois, vas-y, je suis certain que le mauvais goût va finir par passer.

– Et moi je peux en boire ? J'ai soif aussi !

– Bois ta brique de jus d'orange plutôt, tu auras besoin de vitamines si tu veux vaincre la marée, intervient Mathis tout à coup un peu fébrile.

C'est alors que deux hommes passent à côté d'eux, un obèse vindicatif, et un autre plus svelte d'une trentaine d'années, dont les cheveux bruns lui tombent jusqu'aux épaules… Comme Vlad n'y comprend plus rien, il se réveille paniqué et en sueur.

Il est persuadé d'avoir assisté à un meurtre qui a eu lieu avant sa naissance. Comment est-ce possible ?

33

Dix jours plus tard, la situation n'a pas évolué. Cyrano est toujours aussi étrange, et d'ailleurs, le plus souvent, Vlad laisse le Totem éteint. Résultat, il est presque injoignable. Alors, pour compenser, il consulte plus régulièrement son compte Facebook et ses mails depuis son ordinateur, bien qu'il craigne toujours de manquer un texto important ou drôle. Tant pis, Cyrano est vraiment trop ingérable. En vérité, la chose qui le turlupine le plus, c'est Alise. Il n'a plus de nouvelles depuis l'épisode de la Piscine, et comme le Totem est éteint la plupart du temps, il a toujours l'espoir secret qu'elle appelle ou lui envoie un texto pour s'excuser. Mais bien sûr, ce n'est pas son genre. Elle a bien trop de caractère pour ça. Alors de temps en temps, il rallume le Totem pour vérifier, mais sans se faire trop d'illusion.

Vlad est dans sa chambre. Sa mère est en bas, elle regarde la télévision. Soudain, alors qu'il vient de le rallumer, le Totem vibre. C'est un texto. Peut-être s'agit-il du message d'excuse tant espéré… mais ce n'est pas Alise, c'est Yao.

De : Yao Linh
Coucou toi ! Pour le film du pote de Foued, Enig et Helena ont prévu de passer la journée chez les parents d'Enig. Du coup, je me suis proposée. Foued m'a dit qu'il aurait besoin de bras pour le tournage de son film. Tu y vas aussi ?

Vlad est partagé. Il aurait bien aimé qu'il s'agisse d'Alise, mais il doit se rendre à l'évidence, il est ravi aussi que ce soit Yao. Il l'aime bien, cette fille, et surtout il sent que la réciproque est vraie. Même si elle est un peu plus jeune que lui, Vlad s'est souvent surpris, tard dans la nuit, à penser à elle, à son rire perçant, à ses beaux yeux en amande et à sa démarche légère. Et puis ils ont tant de choses en commun, enfin surtout *League of Legends* !

Pour : Yao Linh
Hey ! Oui, je viens aussi ! C'est cool que tu sois là ! On te présentera Saïd, tu verras c'est un type cool, un genre d'intello, mais qui ne se la pète pas du tout. C'est lui qui passe me prendre en voiture avec Foued tout à l'heure.

```
Tu veux venir ? Ça t'évitera de prendre
le bus.

De : Yao Linh
C'est gentil de proposer :-) Oui, je
veux bien ! Rendez-vous devant chez toi
à 13h30 ?

Pour : Yao Linh
Ça marche ! À tout à l'heure !

De : Yao Linh
Gros bisous.
```

– Eh… Elle a pas froid aux yeux, la petite…

C'est Cyrano qui ne peut s'empêcher de faire un commentaire…

– Eh, le délinquant… Si j'étais toi, je la fermerais !

– Vas-y, délinquant toi-même !

– Je répète : ferme-la !

Vlad appuie longuement sur le bouton *power* du Totem pour le forcer à se taire. L'avantage avec les machines, c'est qu'à part dans *Terminator*, on peut les éteindre quand on veut. Enfin, pour l'instant…

Il est midi, Vlad a encore du temps avant de retrouver Foued, Saïd et Yao pour le premier jour de tournage. Il termine sa partie de *League of Legends* qu'il est en train, comme d'habitude, de perdre lamentablement, puis se plante devant son armoire. Il y a bien longtemps qu'il ne s'est pas demandé ce qu'il va mettre. Sa mère lui apporte régulièrement son linge, plié et repassé, suivant une procédure qui lui a toujours semblé obscure. Lorsqu'il dépose son linge sale dans un bac, le même linge revient dans sa chambre quelques jours plus tard comme neuf. Que se passe-t-il entre les deux étapes ? Il l'ignore et pire encore, il se pose à peine la question. Lorsque le linge propre arrive, sa seule obligation est de le ranger dans son armoire. Cependant, même là, ce n'est pas très clair. Il dépose son linge en vrac dans les étagères et invariablement il finit, quelques jours après, complètement froissé.

Vlad considère un pantalon qu'il aime bien, un jean parfaitement troué aux genoux.

– Ah non, pas celui-là… Il est sale, mais je l'ai remis avec le propre…

Il envisage de mettre un tee-shirt à l'inscription très drôle : « Le jeu vidéo a ruiné ma vie ? Pas grave, il m'en reste deux. » Mais il constate qu'il n'est pas mettable, ça fait trois mois qu'il est resté froissé dans un coin de son armoire…

Mais il se ravise en se disant qu'il fera sans doute beaucoup rire Yao. Alors il joue son joker.

– Mamaaaaannn !

Pas de réponse.

– Mamaaaaannn !

– J'entends rien ! Descends ! répond Marie.

Et évidemment, Vlad se lance dans ses explications sans prendre la peine de bouger ses fesses jusqu'au salon.

– Tu peux me repasser mon tee-shirt vite fait ? Je dois bientôt partir ! D'ici deux minutes, c'est gérable ?

Marie a très bien entendu, mais pas question d'obéir.

– Tu sais que tes jeux sont bien plus complexes qu'un fer à repasser, mon chéri !

– N'importe quoi, faut un Bac+15 pour utiliser ces trucs !

– Mais pour qui se prend-t-il ? se demande Marie, atterrée par l'attitude de son fils.

– Vas-y, là ! peste Vlad depuis sa chambre.

Tant pis, il mettra tout de même son tee-shirt froissé. Ensuite, après avoir choisi un pantalon propre et suffisamment usé aux genoux et aux cuisses, il file dans la salle de bain. Un peu de gel dans les cheveux, mais là encore, ça tourne mal, car une méchante mèche refuse d'obéir. Rien à faire, elle résiste… C'est parce qu'il n'a pas du tout l'habitude. Généralement, c'est, au mieux, quelques gouttes d'eau. Peut-être que la perspective de voir Yao le pousse à tenter des nouveautés ? Si Cyrano était conscient, il n'hésiterait pas à donner son opinion… mais Vlad n'a pas du tout envie d'entendre son avis !

Enfin, il est prêt, vêtu d'un jean sale, d'un tee-shirt froissé, le tout couronné par sa mèche récalcitrante. Il embarque un sac à dos, y fourre un *sweat* et un paquet de gâteaux, puis descend les escaliers en trombe.

– Je sors maman ! prévient-il sans en dire davantage.

Mais Marie ne l'entend pas de cette oreille.

– Et je peux savoir où tu vas ?

– C'est pas tes affaires !

Juste avant de passer le seuil de la porte, Vlad jette tout de même un œil à Marie. Elle a l'air dévasté. Alors il comprend. De quel droit parle-t-il de cette manière à sa mère ? Elle ne lui a rien fait, elle n'est pas responsable de son stress. Alors, il fait un pas en arrière et la regarde avec intensité.

– Je… Je suis désolé, maman, bredouille-t-il. Je suis injuste avec toi… Je sais que j'ai un sale caractère parfois, mais…

– C'est rien Vlad, c'est rien…

– Non, c'est pas rien ! réplique-t-il tout à coup, les yeux brillants. Je veux que tu saches que même si parfois je te déteste, en fait je t'aime tout le temps !

Très touchée par cette déclaration d'amour aussi inattendue que maladroite, Marie vacille un peu. Mais Vlad est déjà en retard, alors il s'avance vers elle et dépose sur sa joue un baiser plein de tendresse.

– Je vais aider Foued et Saïd pour le tournage de leur film. Je vais essayer de ne pas revenir trop tard !

– Vas-y, amuse toi bien !

Malgré ces effusions, Vlad veut éviter que sa mère sache qu'il a rendez-vous avec une fille. Alors, une fois dehors, il fait quelques pas pour être hors de vue de sa maison. Soudain, il effleure la poche gauche de son jean et constate qu'il y manque quelque chose : le Totem ! Il le délaisse tellement qu'il l'a oublié sur son bureau. Après tout, vu comme Cyrano est relou et dangereux en ce moment, peut-être qu'il vaut mieux que je ne le prenne pas… réfléchit-il rapidement.

Il se ravise, mais comme Yao doit arriver d'une minute à l'autre, il est hors de question qu'elle sonne et qu'elle rencontre sa mère ! Alors il rebrousse chemin et court jusque dans sa chambre à toute vitesse.

– C'est encore moi, m'man ! Mais je repars de suite, je suis à la bourre !

Hélas, le temps de saisir le Totem, il entend la sonnette et Marie ouvrir la porte quelques secondes plus tard.

– Bonjour, dit une voix frêle. Je m'appelle Yao, je suis une amie de Vlad et j'ai rendez-vous avec lui.

– Mais bien sûr, entre, fais comme chez toi !

Et Vlad imagine Marie, sourire aux lèvres, qui pense déjà : « Enfin, mon fils va réussir à se caser, se marier et avoir huit enfants… »

Sur la pointe des pieds, tout rouge, il descend les escaliers, fait timidement la bise à Yao et s'éclipse avec elle.

– Amusez-vous bien, dit Marie sur le seuil de la porte.

Heureusement, Foued et Saïd arrivent quelques secondes après.

– Hey ! Vous venez ? crie Saïd pour couvrir le bruit du moteur de sa voiture.

Au volant de la vieille Renault Megane de son père, Saïd impressionne sans mal les trois lycéens. Vlad comprend désormais pourquoi, hormis la perspective de passer l'après-midi avec Yao, il se sentait si excité. Le sentiment qui l'habite, c'est celui de la liberté. Pas de parents, pas de contraintes, rien qu'une bagnole et des potes ! Vlad et Yao s'installent à l'arrière, et en avant la musique ! Saïd démarre en trombe, et Marie, qui évidemment a observé tout ça depuis sa fenêtre, commence déjà à s'inquiéter…

34

Le moteur est à son maximum. Sur la petite route nationale qu'ils dévalent, la Renault Megane semble sur le point de rendre son dernier souffle. L'indicateur de chauffe flirte dangereusement avec le rouge et une odeur de caoutchouc envahit l'habitacle. Saïd, habitué, n'y prête aucune attention. La seule chose qui le chiffonne réellement, c'est qu'il lui manque une caméra. Il en a loué une superbe, à la pointe de la technologie, mais il n'a pas eu le budget pour en louer une seconde. Il pourrait évidemment s'en passer, mais les artistes détestent devoir s'adapter aux événements.

Bien conscient du problème, Foued a déjà sa petite idée. Mais il n'est pas du tout certain que Vlad donne son accord.

– Dis Vé, commence-t-il innocemment, le capteur vidéo du Totem a une très bonne résolution si je me souviens bien ?

– Carrément ! Trente mégapixels, mec ! Y'a pas mieux sur le marché !

Pour obtenir quelque chose d'un vrai geek, il faut souvent flatter son matériel.

– D'accord… je demandais ça parce que… je sais pas si tu sais, mais il manque à Saïd une caméra pour le film. En gros, il lui faudrait une caméra qui se faufile un peu partout, comme dans *Panic Room*, le film qu'on a vu l'autre jour à la Piscine. Genre une caméra qui pourrait passer dans des trous de souris, sous les portes, ce genre de trucs… Et je me disais que…

Mais Vlad vient de comprendre où Foued voulait en venir, et il l'interrompt tout de suite.

– Je t'arrête, mec ! Une révolution au bahut, ça ne t'a pas suffi, c'est ça ? Tu veux encore que le Totem se mêle de ta vie et qu'il la réduise en poussière ?

– Mais gros ! proteste Foued. Il ne sera pas question de Cyrano, il n'aura rien à faire et rien à dire. Je te demande juste si on peut se servir de la caméra du Totem, seulement de la caméra !

Vlad reste inflexible.

– C'est non. Cherche pas.

Malgré la réponse *a priori* définitive de Vlad, Saïd décide de tenter sa chance lui aussi.

– Je t'assure, ce n'est que pour quelques prises de vue. L'affaire de quelques heures, à peine ! Si t'es d'accord, tout à l'heure, quand on sera sur le plateau, on fera quelques essais pour voir si c'est concluant, et puis ensuite tu décideras.

L'argument de Saïd semble faire vaciller Vlad, mais pas assez encore pour qu'il approuve. Alors, Yao assène le coup de grâce.

– Si ce n'est que pour quelques heures, avec des essais en plus, moi je pense qu'il n'y a pas de risques, hein !

Serrées à l'arrière de la voiture de Saïd, les épaules de Vlad et de Yao se touchent. Vlad tourne la tête pour savoir ce qu'elle en pense réellement. Son visage, sur lequel se dessine un sourire innocent, est désarmant de candeur. Et Vlad finit par lâcher prise.

– Bon, ok… Mais alors, je veux qu'on fasse vraiment gaffe pendant les essais. Et si le moindre truc part en *live*, je reprends le Totem et on n'en parle plus !

Devant, Saïd et Foued sautent de joie. Ils n'ont pas encore leur caméra additionnelle, mais ils touchent au but ! Et puis un capteur doté d'une résolution aussi haute ne s'obtient pas facilement. Saïd peut commencer à espérer faire le film qu'il veut, et non le film qu'il peut.

– Dans ce cas, il faut qu'on passe à la supérette pour acheter un petit câble pour relier le Totem à l'ordi. Comme ça, on aura les *rushs* en temps réel.

Comme un barjot, Saïd fait un demi-tour sauvage en plein milieu de la route pour prendre la direction de la supérette, et Vlad et Yao rigolent nerveusement, par peur d'un accident, mais aussi parce qu'ils ont la sensation de vivre quelque chose de génial. Pour la première fois depuis longtemps, Vlad se sent à peu près heureux. Cependant, une fois sur le parking, il réalise qu'il s'apprête à retourner sur les lieux de son embrouille ridicule à la supérette.

– Allez-y, je vous attends, dit-il alors que Yao, Foued et Saïd descendent de la voiture.

– Euh… ok… répond Foued qui n'est pas au courant de sa mésaventure.

– Je vais pas te laisser tout seul, quand même ! intervient Yao qui referme aussitôt la portière. Vous nous rejoignez ici, les mecs !

Et, sans le vouloir, Vlad se retrouve seul avec Yao, à l'arrière de la voiture, tandis que Foued et Saïd se dirigent vers le magasin en échangeant des regards entendus. Dans l'habitacle, Vlad sent que le moment est venu. Après tout, c'est toujours comme ça que ça se passe, se dit-il. Une fille m'aime bien, j'aime bien une fille, on se retrouve seuls pour quelques minutes… Faut tenter quelque chose… Mais c'est plus facile à dire qu'à faire. Vlad sent la respiration de Yao s'accélérer, sans se rendre compte que la sienne est encore bien plus rapide.

– Bon… bah on fait quoi ? demande-t-il naïvement, à court d'idées…

– On peut faire une belote, propose Yao qui, décidément, ne quitte jamais son sourire enfantin.

– Ou un tarot… répond Vlad sur le même ton ironique.

– Ou une bataille corse…

– Ou un kem's…

– Bah non, coupe Yao, tandis que leurs épaules, qui déjà se touchaient légèrement, sont maintenant parfaitement appuyées l'une contre l'autre. Pour faire un kem's, faut être quatre minimum… On n'est que deux !

– Dans ce cas, dit Vlad, dont le sang froid le surprend complètement, on n'a qu'à…

Et laissant planer le reste de sa phrase, il se penche délicatement jusqu'aux lèvres de Yao, et y dépose un court baiser avant de se redresser, ébahi par sa propre témérité. Mais elle, dont le visage poupin s'est changé en une seconde en celui d'une jeune *James Bond girl*, ne s'en contente pas. À son tour, elle se penche et colle longuement ses lèvres contre les siennes, tout en l'enlaçant du mieux qu'elle peut, tout engoncés qu'ils sont dans leurs manteaux.

De leur côté, Foued et Saïd reviennent avec leur achat. Malgré la condensation, ils distinguent dans la voiture les deux silhouettes étrangement penchées l'une sur l'autre. Ils comprennent tout de suite.

– Bon, on va peut-être les laisser tranquilles cinq minutes, propose Saïd, hilare.

Vingt minutes plus tard, Vlad sort enfin de la voiture avec Yao, alors même que Saïd et Foued, pour patienter, ont eu le temps de retourner dans la supérette pour lire huit fois l'*Équipe* et commencer à s'attaquer aux hebdomadaires sportifs. Lorsque

Foued remarque qu'ils ont enfin terminé leurs mamours, il s'avance vers Vlad dont le teint est si rouge qu'on dirait qu'il a pris un coup de soleil.

– Ça alors ! fait-il, moqueur. C'était tellement inattendu…

– Oui, bon, ça va ! répond Vlad, affreusement gêné.

Yao, elle, est aux anges. Elle se cramponne au bras de Vlad, comme pour prolonger le moment si doux qu'ils viennent de partager. Pour se donner une contenance face à Foued et Saïd, Vlad sort le Totem de sa poche et l'allume. Il a manqué un texto, reçu il y a une demi-heure :

> De : Alise
> Je suis désolée pour la semaine dernière. J'étais vraiment stressée à cause de ce que j'ai fait pendant le cours de Mobonckäu. Je sais que je n'ai pas à me mêler de tes fréquentations. Parfois je suis vraiment trop impulsive et je m'en excuse, j'espère que tu ne m'en voudras pas. Je t'embrasse.

Stupéfait de recevoir ce texto qu'il n'attendait plus, surtout maintenant, Vlad range subitement le Totem dans sa poche, craignant que Yao le lise.

– Bon, Saïd, tu nous montres le plateau de tournage ? dit-il pour changer de sujet. On va être à la bourre ! C'est quoi cette manie de passer mille ans dans un magasin aussi…

35

Au même moment, au Palais de justice de Paris, se joue une bien étrange scène. Vincent Kessler, alias Vega, le tueur à gages qu'avait engagé Jacques Renault pour tuer Viktor Shankly et récupérer le Totem, est dans une salle d'audience aux trois quarts vide. Mais s'il comparait aujourd'hui, ce n'est pas pour être jugé à nouveau pour tentative de meurtre. Son avocate, une charmante jeune femme d'une trentaine d'années, fait parvenir au greffier une ribambelle de dossiers tous plus épais les uns que les autres. Enfin, elle se lève et prend la parole lorsque le juge l'y invite.

– L'erreur tragique qu'a faite mon client il y a un an l'a complètement déstabilisé psychologiquement. L'homme qui se tient devant vous est désormais un homme brisé. Brisé par ses propres erreurs, brisé aussi par la longue procédure judiciaire dont il a fait l'objet, et que nous nous plaisons, une fois encore, à prolonger en ce jour… Mon client, Monsieur Kessler, a appris avant-hier une bien triste nouvelle. Son grand-oncle par alliance, Monsieur Louis Dussaule, est décédé brutalement à l'âge de 85 ans dans son sommeil. D'ordinaire, Monsieur Kessler, qui possède une extraordinaire capacité de résilience, aurait pu cacher son immense chagrin et continuer à purger sa peine sans lancer une nouvelle et pénible procédure de justice. Mais voilà, comme je vous l'ai dit, mon client est un homme que les épreuves et le système judiciaire ont brisé. Le décès de cet oncle qu'il connaissait si bien, qui était son confident, la seule personne au monde qui le poussait à aller de l'avant, a achevé de le faire sombrer dans la plus infernale des dépressions. Le dernier souhait de mon client est désormais de pouvoir rendre hommage à Monsieur Louis Dussaule, dont l'enterrement aura lieu dans trois jours au Père-Lachaise à Paris. Lui accorder une permission de deux jours ne pourra que l'aider à prendre conscience de ses crimes, et lui fera prendre la mesure du travail qui lui reste à faire pour sa future réinsertion.

L'avocate achève sa plaidoirie par un large sourire, regardant de ses yeux clairs et suggestifs le juge qui semble ne l'avoir écoutée que d'une oreille. Mais alors que Vega s'attendait à entendre le vieil homme opposer quelques arguments, puis trancher, le juge consulte sa montre. Il est 12 h 30, son ventre gargouille. Il saisit son marteau, frappe un coup sec contre son bureau et prononce d'une voix monocorde :

– La séance est levée. Résultat de la délibération à 15 h. Je vous souhaite un bon appétit.

Pendant que deux policiers ramènent Vega dans sa cellule, l'avocate se retourne vers l'auditoire clairsemé et regarde longuement un homme en costume entré quelques minutes auparavant. C'est Mathis. Lorsque leurs regards se croisent, l'avocate fait un clin d'œil et Mathis lui répond par un petit sourire. Il comprend que la partie est en passe d'être gagnée.

L'enterrement de Monsieur Louis Dussaule sera, à n'en pas douter, d'une insondable tristesse…

36

Après une demi-heure de route, la voiture fatiguée de Saïd arrive à destination. Tout le petit monde s'extirpe du véhicule pour respirer enfin à l'air libre. Quand Saïd parlait d'un plateau de tournage, Foued s'attendait à découvrir un grand studio de cinéma, bardé de projecteurs, de micros et grouillant de monde. Mais Saïd s'est arrêté à proximité d'une petite grange décrépite, à la lisière de l'agglomération parisienne. Donnant sur un parking de gravillons beiges, la grange qui semble à l'abandon est fermée par un vieux cadenas rouillé. Il n'y a pas âme qui vive, on entend seulement la grand-route.

– L'avantage, quand on tourne un huis-clos, c'est qu'il n'y a pas besoin de beaucoup d'espace. Une seule pièce peut suffire, et pour mon film, ce sera une grange ! Au début, je voulais le faire dans ma chambre d'étudiant, mais ma famille m'a permis de le faire ici. Ça sera mieux, quand même !

Foued est un peu surpris, mais il se rappelle bien vite que Saïd n'a pas les moyens dont disposaient les producteurs de *Destroyer*. Dans le milieu du cinéma, il faut faire avec ce qu'on a ! Lorsqu'il déverrouille le cadenas et ouvre la porte de la grange, Foued, Yao et Vlad découvrent que Saïd n'a pas chômé. En effet, ça ressemble déjà un peu plus à un plateau de tournage. Toute la grange est tapissée du sol au plafond de papier de plastique noir et mat. Il y a deux perches micro pour la prise de son, un ordinateur portable, une petite caméra, ainsi que des bidons d'eau et des boîtes de conserve pour nourrir tout le monde durant le tournage.

– Bon, je sais, se justifie Saïd, c'est pas encore Hollywood, mais avec ce qu'on a là, plus le Totem en renfort, je vous garantis qu'on va pouvoir tourner dans les meilleures conditions possibles !

Yao et Vlad se regardent. Eux non plus ne s'attendaient pas du tout à ça. Mais ça n'est pas leur problème. Eux, ils viennent pour aider à décharger et déballer des cartons, et ils comptent bien en profiter pour se faire des câlins pendant que les deux autres discutent du tournage, dont les débuts officiels auront lieu la semaine prochaine. D'ailleurs, pendant que Saïd montre à Foued son logiciel professionnel de montage vidéo, Yao donne à Vlad un fougueux baiser, ni vu, ni connu. Ou presque.

– Yao, Vlad ! fait soudainement Saïd en se dirigeant vers la voiture, je vous laisse mettre les cartons qui sont dans le coffre sur l'étagère du fond ? À moins bien sûr que vous n'ayez mieux à faire…

Rire de Yao, embarras de Vlad, mais tous les deux s'exécutent de bon cœur. Une fois tous les micros, caméras, ordinateurs et projecteurs branchés et connectés, Saïd décide, avant d'entamer les tests de prise de vue, de s'attaquer à la principale innovation technologique de son film, car certaines scènes seront tournées avec la caméra miniature intégrée au Totem. À sa demande, Vlad allume le *smartphone*.

– Ouah ! s'écrie Cyrano une fois initialisé. J'adore cet endroit ! Tu l'as trouvé comment, Saïd ?

– C'est un morceau de terrain qui appartient à mes parents et qui appartenait à mes grands-parents. Personne n'a jamais su quoi en faire, moi j'ai eu l'idée !

– Et je kiffe la déco, fait malicieusement Cyrano, en référence aux murs recouverts de papier plastique.

– Oui, c'est pour simuler l'enfermement dans le coffre de la banque. Un de mes potes de la fac nous rejoindra la semaine prochaine, ce sera ton acolyte, Foued, et trois autres personnes que j'ai recrutées dans la rue viendront à la fin du tournage pour faire de la figuration quand nous jouerons la scène de braquage.

– Je vois que tu es vachement organisé, Saïd, observe Cyrano.

Vlad se méfie maintenant de Cyrano comme de la peste. Il remarque qu'il essaye tant bien que mal de s'immiscer dans le projet de film, alors qu'ils n'ont pas besoin de lui : seule la caméra du Totem est nécessaire. Alors, il arrache le Totem des mains de Saïd et farfouille dans les paramètres. Il voudrait désactiver Cyrano le temps du tournage pour éviter une de ses sournoises manœuvres dont il a le secret.

– Arrête, ne fais pas ça, s'il te plaît, implore-t-il, alors que Vlad est sur le point de forcer l'arrêt sur l'interface de gestion des applications.

Vlad ne l'écoute pas. Hélas, pour une raison qui lui échappe, un message d'erreur s'affiche : « Vous devez disposer des droits d'administrateur pour forcer l'arrêt de cette application ».

– Droits d'administrateur ta mère ! s'écrie Vlad, passablement énervé. C'est mon portable, je fais ce que je veux avec, quand même !

Il recommence, une fois, deux fois, mais le maudit message apparaît toujours. Ce que la technologie peut-être frustrante, parfois ! Après deux secondes de réflexion, il se dit que c'est peut-être à cause de la mise à jour. Quoi qu'il en soit, il ne peut rien y faire et Cyrano ne pourra pas être désactivé…

– Toi, prévient-il Cyrano discrètement, au moindre commencement de début de connerie, j'éteins carrément le Totem et alors ce sera la première et la dernière fois de ta vie que tu verras le plateau de tournage d'un film… compris ?

– Oui maître Vador… réplique Cyrano.

Exaspéré, Vlad rend le Totem à Saïd et se réfugie vers Yao.

– Saïd, le prévient-il. Fais gaffe, j'ai plus du tout confiance en lui. Au moindre problème, tu éteins le Totem, d'accord ?

– T'inquiète, déstresse ! répond-il tout en connectant le Totem à son logiciel de montage vidéo. Je me suis toujours bien entendu avec Cyrano, pas de raison que ça change !

– Exactement ! s'exclame à son tour Cyrano, tandis que le petit ding-dong confirmant la connexion du Totem au portable de Saïd résonne.

Pour calmer Vlad, Yao le prend par la main et l'emmène un peu à l'écart, dans les bois environnants, pour l'embrasser à sa guise. Leur rapprochement n'est pas vraiment inattendu, mais il est toutefois très soudain. Ni Yao ni Vlad ne contrôlent quoi que ce soit cet après-midi ! Pendant ce temps, Saïd donne à Foued des indications scéniques :

– Des deux personnages principaux du film, seul le tien est réellement au bout du rouleau. Il faut que tu deviennes réellement ce braqueur jeune et inexpérimenté. Tu vas te faire coffrer par les flics, tu risques de prendre vingt ans, alors que tu n'as même pas ton Bac ! Il ne faut pas que tu joues ce personnage, il faut que tu le sois ! Tu ne dois pas rentrer dans le personnage, tu dois être le personnage ! Si tu y arrives, alors mon film sera bon. Mais je n'ai aucun doute, je sais que tu peux le faire !

Soudain, Saïd est interrompu par un drôle de grésillement provenant de son ordinateur. Il s'approche et constate que sa discussion avec Foued l'empêchait d'entendre le ventilateur de la machine tourner à toute vitesse et qui faisait un boucan d'enfer. Et le crépitement qu'il a entendu est à l'emplacement exact de la carte mère de l'ordinateur. Tout à coup, la machine, qui jusqu'à présent affichait normalement le logiciel vidéo de Saïd, n'affiche plus rien du tout. L'écran est noir, et les grésillements redoublent.

– Merde ! s'écrie-t-il, paniqué.

En vitesse, il tente d'éteindre l'ordinateur, mais en appuyant sur le bouton, il s'aperçoit qu'il est brûlant. C'est trop tard ! De la fumée s'échappe maintenant des petites grilles d'aération latérales. C'est l'ordinateur tout entier qui grille littéralement !

– Ça crame putain !

Par réflexe, il débranche la prise de courant de l'ordinateur… mais c'est inutile, car la machine est encore alimentée par sa batterie. D'un seul coup, une flamme d'une dizaine de centimètres jaillit des touches du clavier et met le feu à une feuille de papier située à proximité.

– Au feu ! s'écrie Foued qui voit le Totem au milieu des flammes, encore relié à la carcasse de la machine.

Il le débranche et le récupère de justesse. Ce sera toujours ça de sauvé ! Dans la panique, il a tout juste le temps de voir que l'écran du Totem indiquait les paramètres suivants :

« Test destruction machine : succès. Envoi du rapport d'activité à : Concepteur. »

Vlad et Yao accourent enfin. Déjà, les flammes mangent le petit meuble de bois sur lequel était installé l'ordinateur. Heureusement, Saïd n'a pas complètement perdu son sang froid. Il sait qu'il y a un tuyau d'arrosage à l'extérieur du garage.

– Dégagez ! crie-t-il avant d'asperger généreusement la base des flammes.

Au bout de quelques minutes, Saïd parvient heureusement à bout de l'incendie naissant. Seules quelques braises fumantes subsistent. Mais tout est perdu. La machine, mais également les données contenues sur son disque dur… Choqué, il s'assoit à même le sol et enfouit sa tête dans ses mains.

– Il fallait qu'une connerie pareille m'arrive aujourd'hui… se lamente-t-il. Mon père m'avait dit qu'il fallait que je change d'ordi parce qu'il était trop vieux, mais je pensais pas qu'il allait s'autodétruire sous mes yeux…

Foued, lui, a tout compris.

– Je peux te parler en privé ? demande-t-il à Vlad.

Ils sortent de la vieille grange pour se mettre un peu à l'écart. Foued explique à son ami comment l'ordinateur de Saïd a pris feu sous leurs yeux, alors que le Totem y était branché. Lorsqu'il lui raconte ce qu'il a vu sur l'écran du téléphone au moment où il l'a débranché, le sang de Vlad ne fait qu'un tour. Furax, il se rue dans la grange et prend le Totem que Foued a posé par terre, dans un coin, comme s'il avait la peste.

– Cette fois, c'est terminé ! crie Vlad, sous les regards interloqués de Saïd et de Yao.

Voir quelqu'un hurler contre son téléphone est un spectacle assez déstabilisant…

– Non Vlad, je peux tout t'expliquer, crie à son tour Cyrano. J'ai juste…

Mais Vlad ne lui laisse aucune chance et l'éteint.

– Le truc qui vit là-dedans, vous n'en entendrez plus jamais parler ! s'écrie-t-il de plus belle en désignant le téléphone.

37

De : groupe Facebook Zugzwang Klub
À : tous les contacts

Chers tous,

À la suite de dysfonctionnements techniques, Cyrano n'est plus en mesure d'assurer ses cours. C'est donc avec regret que nous vous annonçons la fin définitive du Zugzwang Klub. Nous espérons vous avoir fait passer de bons moments dans la salle 215. Néanmoins, si certains d'entre vous veulent réellement apprendre à jouer aux échecs, nous sommes prêts à continuer à vous voir, même salle, même heure.

À bientôt,
Les fondateurs du Klub.

Après avoir relu cinq fois son message pour s'assurer qu'il ne contient aucune faute d'orthographe, Vlad appuie sur le bouton « envoyer » et scelle du même coup l'avenir du Klub. Puis il farfouille dans les réglages de l'application Cyrano, et déconnecte un à un tous ceux qui s'y étaient inscrits, à l'exception de son petit groupe d'amis : Foued, Enig, Aïssa, Alise, Helena et Yao. Désormais le Klub c'est fini, et Vlad est persuadé d'avoir pris la bonne décision. Il ne pouvait pas continuer comme ça. Depuis sa mise à jour, Cyrano est devenu vraiment trop dangereux. Il est complètement incontrôlable, et il a maintenant beaucoup trop d'emprise sur les élèves de Mahmoud Darwich. Il leur a demandé de saccager une salle de classe, ce qui avait failli avoir de terribles conséquences, mais si demain il les persuade de se jeter tous sous une rame de RER, ou bien de braquer une banque comme dans le film de Saïd, que se passera-t-il ? Il faut vraiment que cela cesse. Tout à coup, Vlad a une drôle d'intuition.

– Le mec qui a fait la mise à jour était obligé de connaître intimement Cyrano, sinon il n'aurait pas pu modifier son comportement de cette manière. Donc, les membres du Klub n'ont pas pu faire une chose pareille.

Soulagé, Vlad réalise que les soupçons d'Alise concernant Yao sont infondés, même s'il n'en a jamais douté.

– Non… continue-t-il, celui qui a codé Cyrano a forcément été mis au parfum par quelqu'un d'autre, qui connaît parfaitement le fonctionnement du Totem… Ce type, il connaît forcément les anciens de Century, et donc sans doute Mathis et Jacques Renault ! Et si ce type nous aidait à…

Mais il est interrompu par son père, qui le force à revenir sur terre…

– Alors, c'est bon ? Tu as mis fin à ce truc ?

– Oui… répond-il avec une pointe d'amertume.

Vlad a envoyé son message depuis l'appartement de Viktor à qui il a tout raconté. Le cours de Mobonckäu, l'attitude étrange de Cyrano, et aussi l'incendie sur le plateau de tournage de Saïd, détruisant du même coup des données très importantes de son film. C'est Viktor qui a conseillé à Vlad de mettre fin au Klub de cette manière. « Ça passera mieux par Facebook. Personne ne se préoccupe très longtemps de ce qu'il s'y passe », avait-il expliqué à son fils.

Les yeux rivés sur le compte du Klub, Vlad voit pourtant, dans les minutes qui suivent, se multiplier des dizaines de commentaires déçus, voire haineux : « Dommage qu'il n'y ait pas de bouton « j'aime pas » sur z'book, j'aurais cliqué dessus sinon… » ; « Encore un coup des illuminatis pour faire taire le seul prof cool du lycée !! On nous ment ! » ; « Cyrano je t'aime !!! Reviens <3 <3 !! XD »…

Alors pour ne pas en voir davantage, Vlad ferme définitivement le compte, non sans un petit pincement au cœur…

– C'est presque une page de ma vie qui se tourne, dit-il, un peu mélancolique.

Viktor cependant ne prend pas la peine de répondre, trop occupé à ouvrir une seconde fois les entrailles du Totem. L'appareil est posé sur son établi, comme sur une table d'opération. Connaissant les failles de Cyrano depuis sa mise à jour, Viktor veut brancher ses ordinateurs directement sur la mémoire flash du Totem, pour se connecter, en direct et sans intermédiaire à Cyrano et tenter d'en savoir plus sur ce mystérieux comportement…

Dix minutes plus tard, des lignes de codes mal fichues s'affichent sur l'écran gigantesque de Viktor.

– Hum, fait-il, tu me dis qu'avant que tu l'éteignes, dans la grange de Saïd, il a tenté une nouvelle fois de se justifier, comme s'il voulait dire « Je ne l'ai pas fait exprès » ou « C'est pas de ma faute », c'est ça ?

– Oui, c'est à peu près ça, acquiesce Vlad en faisant la moue. Mais tu sais, à chaque fois qu'il fait une connerie, il répète ce genre de choses. Il nous prend tellement pour des cons qu'il pense qu'on va le pardonner parce qu'il dit « excuse-moi »…

– Ça me rappelle quelqu'un, sourit Viktor en pianotant rapidement sur son clavier rouge vif.

– Qu'est-ce que tu veux dire ?

– Eh bien, tout simplement que lorsque tu étais enfant, tu réagissais exactement de la même manière !

– Désolé de te le dire de cette façon, mais t'es un peu con, papa…

– Eh oh ! fait Viktor en haussant le ton. Tu peux parler comme ça à tes potes, mais pas à moi, quand même !

– Excuse-moi…

Viktor affiche soudain un air triomphant.

– Tu vois, toi aussi. Tu viens de me traiter de con, et puis après, tu dis : « Excuse-moi » !

Vlad n'est pas sûr de comprendre…

– Mais où tu veux en venir ?

– Je vais t'expliquer. Lorsque j'ai commencé à me demander de quelle façon j'allais pouvoir développer un valet numérique doté d'une intelligence prodigieuse, j'ai d'abord voulu lui donner l'ensemble des connaissances du monde, comme on gave une oie…

– Je vois ce que tu veux dire, c'est ce que beaucoup de profs font au bahut…

Viktor ne relève pas et poursuit :

– Mais je me suis rapidement rendu compte que procéder de cette manière ne me mènerait jamais aux résultats voulus. D'abord, les connaissances humaines sont en perpétuelle évolution. Très rapidement, Cyrano aurait été dépassé. Ensuite, et c'est un phénomène étrange que je commence seulement à comprendre, j'avais les pires difficultés à intégrer à Cyrano ces immenses masses de données. C'était comme s'il les rejetait, multipliant les bugs et les corruptions de données. Au bout de quelques mois de travail, je me suis aperçu que je n'y arriverais pas comme ça. C'est en t'observant jouer avec tes Legos et regarder des dictionnaires et des encyclopédies auxquels, sans doute, tu ne comprenais rien, que j'ai compris comment il fallait procéder. Plutôt que de vouloir donner à mon logiciel tout le savoir du monde, il valait mieux lui donner l'envie de le conquérir. En clair, il fallait que je fabrique un enfant.

Les yeux de Vlad brillent très fort.

– Mais c'est carrément de la science-fiction, ton truc ! Fabriquer un logiciel qui serait comme un gosse… C'est même un peu flippant, ajoute-t-il un temps plus tard.

– Eh bien, c'est ce que je me suis dit. À cette époque, comme tu étais encore tout petit, j'ai lu beaucoup de livres à propos du développement de l'enfant. C'était très intéressant, mais tout était beaucoup trop théorique pour moi… Je me suis donc lancé un défi : mettre en pratique ce que j'avais acquis et le transformer en code informatique. Je voulais créer, non pas ce que les ingénieurs appellent aujourd'hui l'intelligence artificielle, mais une intelligence, tout court. Sans rien d'artificiel. Qu'elle puisse se développer d'elle-même et à terme, s'affranchir du code sur laquelle elle était basée. Qu'elle devienne parfaitement autonome.

– Truc de ouf… murmure Vlad, franchement impressionné.

– Truc de ouf, oui, mais plus facile à dire qu'à faire… Après plusieurs mois de travail acharné, j'ai dû me rendre à l'évidence, mon projet ne fonctionnerait jamais. Mathis me mettait la pression pour que je finisse le logiciel le plus tôt possible pour entamer les phases de test avant la commercialisation du Totem.

J'ai longtemps refusé, mais Eduard a achevé de me convaincre. Il fallait finir, même si je n'étais pas pleinement satisfait de mon travail.

– Et donc tu t'es résigné et tu as laissé Mathis mettre Cyrano dans le Totem, même s'il n'était pas encore au point, c'est ça ?

Viktor, tout d'un coup, commence à s'agiter.

– Oui ! Je pensais effectivement que Cyrano n'était pas terminé. Mais ce que tu m'as appris prouve que j'ai eu tort. Cyrano est bel et bien une intelligence pleinement autonome. Simplement, ses récentes bêtises montrent qu'il commence à s'émanciper du code informatique qui régit son comportement.

– Mais ça veut dire que…

– Ça veut dire que Cyrano devient un être vivant à part entière ! Il sent, il vit, il ressent des choses, et surtout, il apprend de la vie. Il est bizarre ces derniers temps ? Oui, mais c'est comme s'il faisait sa crise d'adolescence !

– Tu parles ! objecte Vlad. La crise d'adolescence, ça veut rien dire ! C'est juste que vous, les vieux, vous devenez de plus en plus relou, et nous, les jeunes, on est de plus en plus cool, c'est tout !

Le sourire de Viktor redouble.

– Si tu le dis… Mais réfléchis un peu. Cyrano, lorsqu'il proteste quand tu l'engueules, lorsqu'il essaye de se justifier, est-ce qu'il ne dit pas la même chose que toi ? « T'es vraiment trop con Vlad, le seul mec cool et détendu dans la place, c'est moi » ?

Il reconnaît que son père n'est pas loin d'avoir raison.

– Tu veux dire qu'en fait… il faudrait traiter Cyrano comme un gosse ?

– Sans doute. Comme un enfant avec une très grande intelligence, mais pour l'instant, incapable de s'en servir à bon escient. Mais il apprend, il progresse de jour en jour ! Je suis tellement heureux d'avoir donné naissance à la première intelligence créée de toutes pièces. Tu ne t'en rends pas compte, mais c'est un progrès considérable pour l'humanité ! J'ignore ce que nous allons pouvoir faire, maintenant que nous sommes capables de créer des logiciels qui sont presque comme nous…

– Mais, t'as pas un peu peur quand même ? Genre, que Cyrano finisse par nous vouloir du mal ?

– C'est effectivement une possibilité… Mais est-ce que moi j'ai peur qu'un jour tu me veuilles du mal ? Non, parce que tu es mon fils. Et puis Cyrano est tellement intelligent qu'il comprendra vite que vouloir du mal aux gens est toujours contreproductif et que ça finit toujours par se retourner contre soi.

– Et la mise à jour ? Tu ne crois pas que ça va modifier son comportement ?

La question de Vlad fait passer un léger voile d'inquiétude dans les yeux de Viktor.

– C'est bien ça qui m'embête… Mais, si la mise à jour est réellement mauvaise pour lui, j'espère que Cyrano aura emmagasiné suffisamment d'expérience pour désobéir au code qu'on a implanté au cœur de son programme… On verra. Nous sommes les premiers témoins de l'alliance de l'homme et de la machine, conclut fièrement Viktor observant son fils, scotché au canapé.

38

– Eh, tu as vu, c'est pas rien quand même ! « L'alliance de l'homme et de la machine », c'est bien ce qu'a dit ton père, non ?

Sur le chemin du retour vers Chilly-Lambois, après que Viktor, tel un pédiatre, l'a longuement ausculté, Cyrano exulte. Enfin, quelqu'un a reconnu son talent ! Depuis qu'il a entendu ça, - le micro du Totem était resté branché tout le temps de « l'opération » -, Cyrano se dit qu'il n'a plus besoin d'alimenter de faux comptes sur les réseaux sociaux. Désormais, sa vie n'est plus insignifiante, elle s'inscrit dans l'histoire de l'humanité, au moment où les destins de l'homme et de la machine se rejoignent…

– Toi, t'es qu'une toute petite chose, dit-il à Vlad, ton nom ne sera jamais écrit dans les bouquins d'Histoire. Tandis que le mien… Hé hé, ça t'en bouche un coin, non ?

– Ça me bouche que dalle ! réplique Vlad. Et si tu dois être cité dans des livres, ce sera dans le *Guinness Book* du mec qui connaît les expressions les plus stupides du monde !

– Ouh, le rageux ! s'écrie Cyrano, plus en forme que jamais. Je suis un surhomme ! Je suis un surhomme ! se met-il à chanter, mettant gravement en danger l'intégrité physique des tympans de Vlad.

Une fois à la maison, tout au fond de la poche de Vlad, Cyrano redevient soudain sérieux. Tout à son allégresse, il n'a pas encore réfléchi aux conséquences de ses bêtises. Ce n'est qu'en se connectant au compte Facebook du Klub pour annoncer à tous les membres, qu'il appelle désormais ses disciples, la nouvelle, qu'il prend connaissance du message de Vladimir.

– *What's the fuck !* Mais qu'est-ce que tu as foutu ? explose-t-il en constatant la clôture du compte du Klub.

– Mais tu vas te calmer ? Et puis parle correctement, tu veux !

– Je te parle comme je veux… T'as mis fin au Klub, t'as détruit l'œuvre de ma vie !

– Tu sais qu'avec ta voix zarbi, tu perds toute crédibilité quand tu parles ?

– Je ne suis pas d'humeur Vé ! Tu ne peux pas savoir à quel point tu me déçois !

Vlad monte les escaliers qui mènent à sa chambre. Marie tente bien de lui demander s'il a passé une bonne journée, mais il lui répond d'un geste qui signifie à peu près : « Laisse tomber ! »

– Et je trouve que tu passes ton temps à remuer les lèvres sans jamais parler, rajoute Marie, furieuse. Si tu as encore un ami imaginaire à ton âge, je crois qu'il faudrait que tu consultes !

Le moment de tendresse familiale de l'autre jour s'est bel et bien évaporé…

– Maman, tout le monde me parle de psy en ce moment ! Ça commence à me gaver ! Et puis, s'il y en a un qui doit y aller, c'est certainement pas moi ! ajoute-t-il en faisant référence à Cyrano.

Et comme Marie pense que la remarque lui est destinée, alors elle entre dans une colère noire. Mais Vlad juge plus opportun de fuir et de s'enfermer dans sa chambre pour reprendre sa discussion avec Cyrano.

– Mets-toi à ma place, Cyrano, dit-il après s'être allongé sur son lit, en contemplant comme à son habitude le plafond et sa peinture craquelée. Si c'était moi qui avais fait toutes tes conneries, est-ce que tu continuerais à me confier la gestion d'un club de discussion ?

– Mais j'ai pas fait de conneries ! s'emporte Cyrano. C'est que j'ai juste l'impression d'avoir toujours de la violence à l'intérieur de moi. C'est comme si j'avais envie de faire mal à des gens, tout le temps !

– Eh bah t'as presque réussi ! Tu aurais pu tous nous tuer dans la grange de Saïd ! Et peut-être, d'ailleurs, que tu as réussi à ruiner son film !

– Écoute-moi ! Depuis que j'ai été mis à jour, je ne me sens plus comme avant. T'as vu comment je parle ? C'est plus fort que moi ! J'ai une seconde personnalité qui m'oblige à faire des choses que je ne veux pas faire !

Vlad réfléchit une seconde. Son père a raison. Cyrano se comporte vraiment comme beaucoup de ses amis avec leurs parents, ce n'est jamais de leur faute, ils ne savent pas vraiment pourquoi ils font des bêtises, mais ils les font quand même. Cependant, il veut en savoir plus. Qu'est-ce que la mise à jour le force à faire exactement que son père n'a pas pu lire dans son code informatique incompréhensible ?

– Pff, je ne devrais pas le dire, mais j'envoie des informations vers un lieu-dit situé à côté d'Orléans…

Vladimir croit comprendre que Cyrano est sur le point de tout lui avouer…

– Oui… Je dois envoyer ce que le Totem capte sur un serveur situé à *La Folie*… et puis, je dois aussi essayer de te… essayer de te… essayer de te… essayer de te… essayer de te… essayer de te… essayer de te… essayer de te…

Cyrano bugue une nouvelle fois ! Il répète la fin de sa phrase en boucle pendant cinq bonnes minutes, ce qui est évidemment insupportable, avant d'afficher un drôle d'écran d'erreur : « Error 1984. Données confidentielles. Blocage d'urgence de l'application. »

Enfin, il redémarre comme si de rien n'était.

– Sorry, j'ai eu un petit problème de gestion de la RAM… précise-t-il alors. Qu'est-ce qu'on disait déjà ?

– Tu allais me dire ce que la mise à jour te faisait faire. Tu me disais qu'elle te demandait d'essayer de me…

– Ah oui ! le coupe soudain Cyrano. Je te disais à quel point le Klub était important pour moi et que j'étais déçu que tu ne me laisses pas continuer.

– Oui… répond Vlad, agacé. Mais surtout, tu me disais que tu envoyais des données à *La Folie* et que…

– Mais on s'en fiche ! Revenons plutôt au Klub…

– Non ! hurle-t-il, tellement excédé qu'il entend sa voix résonner dans toute la maison.

Marie, une fois de plus, se demande ce qu'elle a bien pu faire pour en arriver là…

– Tu te vantes d'être devenu une sorte d'être humain, mais un être humain, lui, ne bugue pas lorsqu'il s'apprête à dire des choses importantes ! T'es qu'une machine qui se croit intelligente et qui prend un malin plaisir à me cacher tout ce qu'elle sait ! Peut-être que tu veux me tuer, après tout ! Je n'en sais rien, moi !

– T'es vraiment qu'un pauvre abruti…

– J'en ai rien à faire ! Dans les autres téléphones, il y a aussi des assistants vocaux, des valets comme tu te plais à t'appeler. Mais ces applications, on ne leur demande pas leur avis sur le sens de la vie ou le mode d'emploi de ce monde de tarés ! Tu sais quoi ? T'as gagné. La première fois que tu m'as parlé, tu m'as dit que ton rôle était d'être mon valet. Eh bah maintenant, tu ne seras plus que ça ! Je nous déconnecte de toi ! Nous pourrons toujours parler, mais tu ne pourras plus lire dans mes pensées. D'ailleurs, tu ne pourras plus lire dans les pensées de personne ! Ton seul objectif sera de me servir. Tu ne feras rien d'autre que m'indiquer le chemin quand je serai perdu, me dire si je suis en retard pour les cours, lire mes messages et autres broutilles dans ce genre. En fait, je pense même que mon application « coussin péteur » me sera plus utile !

39

Cette ultime dispute avec Cyrano met fin à une très longue et très mauvaise journée, une de plus ! À tel point que pas une seule fois il n'a repensé à Yao. En temps normal, il lui aurait envoyé un texto avant de dormir et aurait passé une nuit blanche avec le sourire aux lèvres, en repensant aux si doux baisers échangés dans la voiture. Avant de s'endormir, il règle plutôt son vieux réveil analogique sur 6 h 44 pour éviter de se servir du Totem…

Et quelques heures plus tard… Titit ! Titit ! Titit ! Titit ! Titit ! Titit ! Titit ! Titit ! Tout compte fait, le Totem se chargeait de le réveiller plus doucement…

– Saleté de réveil ! grogne Vlad en enfouissant en vain sa tête dans l'oreiller.

Avec amertume, il constate quels bienfaits la technologie peut parfois apporter à la vie quotidienne. En effet, pendant qu'il dormait, Cyrano analysait ses cycles de sommeil pour le réveiller, à un quart d'heure près, au moment propice. À part afficher de grossiers chiffres rouges au mur, son vieux réveil, lui, ne sait rien faire du tout. Mais Vlad préfère ne plus penser à Cyrano. D'ailleurs, il est déjà en retard. Sans prendre le temps de faire attention au pull qu'il enfile, il descend, puis hurle à Marie, déjà debout et en peignoir, qu'il n'a ni faim, ni le temps de petit-déjeuner. Il sort en trombe et attrape son bus de justesse. Un peu plus tard, sur le parking qui jouxte le lycée, tous les élèves sont déjà rentrés. Tous, sauf Yao, qui attend son amoureux en souriant.

– Salut toi ! l'interpelle-t-elle.

– Hey ! s'écrie-t-il en l'embrassant rapidement sur la bouche. Je suis grave à la bourre, Madame Dubost va pas kiffer… Mais si tu veux, tu peux passer chez moi ce soir, on se fera du *League of Legends*, faut que tu me montres ton *skill* !

– Ça marche ! Mais t'inquiète, je crois que Madame Dubost n'est pas du genre à te casser juste pour un petit retard…

– Allez, on y go ! fait-il en pressant tellement le pas que Yao peine à le suivre.

Évidemment, même s'il a trois minutes de retard, il n'arrive rien à Vlad. Tout juste a-t-il le droit à un petit soupir de la part de la prof de français, rien de plus. Il se mure dans le silence, n'écoutant que d'une oreille distraite les conseils de lecture de Morgane Dubost à propos de ce fichu Montherlant qui l'ennuie à mourir et qu'il va devoir réviser pour le Bac de français. Peu fier de sa récente passe d'armes échiquéenne avec Lydie Saatif, Vlad passe le reste de la journée à raser les murs et tâche de se faire remarquer le moins possible. C'est à peine s'il prend le temps de rejoindre Foued, Enig, Helena et Aïssa aux récréations. Justement, alors qu'il fait tout pour être seul, il croise au détour d'un couloir un élève qu'il ne connaît pas et qui l'interpelle avec un air de conspirateur.

– Sans déconner, le Klub c'est vraiment fini ? C'est trop triste, mec ! lui dit l'inconnu.

– Ouais, je sais… c'est pas cool mais bon, c'est comme ça, répond Vlad à voix basse, d'un air faussement affecté.

– Et Cyrano, il va bien ? C'est trop dommage qu'il ne puisse plus faire ses cours de malade…

– Il va s'en remettre, t'inquiète ! C'est juste un tout petit problème de rien !

Même lorsqu'il veut être tranquille, Cyrano le poursuit… Il aimerait être un fantôme et il n'attend que la fin des cours pour filer chez lui et se plonger dans *LoL* en compagnie de Yao. Lorsque le cours de maths de 16 heures s'achève enfin, Vlad, comme s'il disputait un contre-la-montre, fourre ses affaires en vrac dans son sac et passe le premier la porte de la salle, sans même prononcer son hypocrite « au revoir » dont il s'acquitte tous les jours. À toute vitesse, il file chez lui, monte directement dans sa chambre et lance *League of Legends* en attendant Yao. Quand elle sonne à la porte, Vlad dévale les escaliers avant que Marie n'ouvre.

– C’est pour moi maman ! C’est Yao, ma pote qui vient m’expliquer le cours de chimie de cet aprèm !

– Très bien, mon Vlad ! répond-elle en souriant.

Lorsqu’il ouvre la porte, il se garde bien de l’embrasser, car sa mère observe du coin de l’œil son petit manège.

– Viens, lui chuchote-t-il en l’entraînant le plus rapidement possible vers sa chambre.

Hélas ! Marie, même si elle sait qu’elle met son fils très mal à l’aise, ne peut pas s’empêcher d’intervenir.

– Bonjour, dit-elle en tendant une main que Yao serre très timidement. Alors comme ça, mon fils a tant de difficultés que ça en chimie ?

– Euh… oui je euh…

Heureusement, Vlad vient interrompre l’offensive maternelle.

– Eh oui maman ! T’as vu, je suis même pas le grand génie que tu espérais ! T’es super déçue, non ? répond-il sèchement en forçant à moitié le passage pour mener Yao à sa chambre.

Emballée par la répartie de Vlad, Yao rit à pleines dents. Après une rapide visite de sa chambre, elle s’attarde sur l’endroit le plus intéressant de la pièce : le bureau et plus précisément, l’ordinateur de Vlad, sur lequel s’affiche l’écran d’accueil de leur jeu préféré ! Elle pousse un cri strident, et, très excitée, sort de son sac son propre ordinateur portable.

– Vas-y, on s’y met là ! s’écrie-t-elle en allumant son PC.

– Ok meuf ! T'as intérêt à être au niveau, moi je suis trop en forme ! fanfaronne-t-il, sans préciser que ces trois dernières semaines, il a pourtant perdu 93 % de ses parties…

Et la conversation n'ira pas plus loin, puisqu'une fois le jeu lancé, ils s'inscrivent dans la même équipe et se lancent dans un combat acharné contre des joueurs venus des quatre coins du monde, s'acharnant longuement sur leurs claviers pour détruire la forteresse adverse, but ultime du jeu. Surpris par le niveau de Yao, Vlad doit rapidement se rendre à l'évidence et mettre de côté son ego. Yao est bien plus douée que lui ! En effet, les parties s'enchaînent et à la fin de chacune, c'est Yao qui pousse un cri de joie et Vlad qui soupire. Son score est chaque fois plus élevé que le sien. Heureusement qu'elle est là, sinon Vlad aurait passé cette fin d'après-midi à perdre sans gloire…

– Vas-y, ça me saoule ! peste-t-il, cachant mal sa déception, en rabattant brutalement le clapet de son ordinateur.

– Oh… Petit chat ! s'écrie Yao, moqueuse, mais ravie d'avoir été à la hauteur de sa réputation de barbare assoiffée de sang virtuel, froide et impitoyable.

Maintenant qu'ils ont arrêté, ils se regardent en chiens de faïence. Que faire et que dire ? Hormis le jeu vidéo, à quoi s'intéressent-ils tous les deux ? Yao tente bien de lui parler du Totem et de Cyrano, mais Vlad se réfugie dans le silence. Il veut pardessus tout oublier Cyrano, le Klub, et tous ses soucis. Yao ne se laisse pas abattre et commence à énumérer ses amis de seconde. L'ennui, c'est que Vlad n'en connaît presque aucun. Il écoute poliment Yao s'énerver en évoquant ceux dont « on voit le vide quand on les regarde dans les yeux… ». Rapidement cependant, son esprit divague, part au loin, pendant qu'elle continue sa litanie. C'est une vibration du Totem qui vient interrompre ses pensées et le flux de paroles de Yao.

De : Alise
Hey ! J'espère que tu vas bien et que tu ne me fais pas la gueule. Tu n'as pas répondu à mon précédent texto et je commence à m'inquiéter un petit peu. Aïssa et Helena m'ont proposé un ciné le week-end prochain. Tu veux venir ? (tu peux proposer à Yao aussi, moi ça ne me posera pas trop de problèmes). Bises

Surpris, Vlad s'aperçoit qu'en effet, il a complètement oublié de répondre à Alise. Il pourrait la laisser mariner encore un petit peu, comme font ceux qui voudraient paraître détachés, mais il choisit cependant d'être franc. Il répond tout de suite, d'autant qu'il a bien remarqué la parenthèse qu'Alise s'est forcée à ajouter. « Ça ne me posera pas trop de problèmes » signifie en réalité « ça serait vraiment super si Yao ne venait pas ! »

Pour : Alise
Ne t'inquiète pas, je ne te fais pas la gueule ! :) J'ai juste eu beaucoup de

`choses à faire ces derniers temps. Un ciné avec toi me ferait vraiment plaisir ! On se redit ça ! Bonne soirée.`

– C'est qui ?

C'est la voix ingénue de Yao qui vient de poser la question, mais Vlad n'a aucune envie d'y répondre. Après tout, il a droit à une vie privée, quand même !

– Un vieux pote… ment-il avec un grand sourire.

– Bon… ok… On… on refait une partie ?

Vlad n'a rien d'autre à proposer, alors ils relancent leurs machines et faute de mieux, torturent à nouveau leurs claviers. Heureusement, Yao s'éclipse dès le début de la soirée pour rejoindre ses parents, et Vlad se rend compte qu'il n'est pas mécontent de la voir s'en aller. Les débuts d'une histoire d'amour ne sont pas toujours très flamboyants, c'est le moins que l'on puisse dire…

40

```
De : Maman
Tu es où encore ?? J'aurais aimé que tu
me dises que tu ne rentrais pas ce soir.
Tu sais que la maison n'est pas un
hôtel ?
```

– Pff… c'est maman… soupire Vlad en éteignant le Totem quelques instants après l'avoir allumé.

Il se laisse ensuite tomber dans le canapé de l'appartement de son père.

Face à lui, Viktor fronce les sourcils. Son fils passe à présent chez lui tous les deux ou trois jours et il se doute bien que Marie ne voit pas d'un très bon œil ses absences répétées…

– Ta mère t'aime, tu sais… C'est son rôle d'être inquiète et dure envers toi. Elle est toute seule, c'est pas facile !

– Ouais mais bon, je suis grand maintenant, elle pourrait se douter que j'ai envie de prendre mon indépendance. J'ai plus dix ans !

– Et je devine ce qu'elle te répond quand tu lui dis ça : passe ton Bac d'abord !

Tous deux éclatent de rire, parce qu'effectivement, c'est exactement ce qu'elle a l'habitude de lui répondre. Les parents sont parfois si prévisibles ! Mais bien vite, Vlad retrouve son sérieux, parce que le Bac justement, il n'a pas du tout pris le temps d'y penser…

– C'est une blague le Bac… aujourd'hui tout le monde l'a, et puis ça sert plus à rien !

Viktor s'amuse à entendre les arguments que son fils mûrit depuis de longues semaines pour masquer son stress.

– Peut-être, mais je peux t'assurer qu'avoir son Bac, c'est mieux que de le rater ! Et puis c'est un rituel que les jeunes doivent passer pour être adultes, pour gagner leur indépendance. C'est un peu comme passer son permis, embrasser une fille pour la première fois… Lorsque tu auras fait toutes ces choses, tu pourras dire à ta mère que tu es indépendant. Mais sincèrement, je crois que tu n'es pas encore prêt pour tout ça…

– Eh, proteste Vlad, vexé, j'ai déjà embrassé plein de filles dans ma vie !

Même s'il en rajoute beaucoup, il n'aurait jamais dit ça à sa mère, et surtout pas de cette manière ! Il se sent si proche de son père qu'il se livre, presque plus facilement qu'avec Foued ou Enig.

– Je vais chercher des pizzas à côté et puis on regarde un film ? propose son père. T'as cours demain, faut pas que tu te couches trop tard…

– Pour moi, ce sera une quatre fromages avec double supplément fromage.

– Je file ! Et réponds à ta mère pendant ce temps-là ! Dis-lui que tu es chez « une amie », elle n'osera pas te poser trop de questions… C'est ce que je faisais quand j'étais jeune ! ajoute Viktor sur le pas de la porte en faisant un clin d'œil.

Une fois son père parti, Vlad s'exécute. Il ne faudrait pas qu'en plus, sa mère se doute de quelque chose. Si elle découvrait que Viktor était toujours en vie, ce serait sans doute une libération pour elle, mais pour Vlad et Viktor, ce serait un cataclysme !

Il allume le Totem et commence à rédiger un message, mais, inévitablement, c'est Cyrano qui se rappelle à son bon souvenir…

– Salut Vlad ! Ça faisait longtemps !

– Eh bah toi, tu m'as pas manqué ! rétorque sèchement Vlad.

– Oh, ça va ! Je veux bien qu'on ne soit plus potes, mais tu pourrais quand même essayer de rester poli ! Je ne suis quand même pas la pire des pourritures, si ?

– Sans doute pas. Mais comme tu n'es plus que mon valet, je vois pas pourquoi je devrais faire comme si tu étais mon pote…

– Ah ! Bah elle est belle la France, s'exclame Cyrano. J'imagine donc que si tu parlais à un vrai valet, tu lui parlerais aussi comme à un chien… Tu as plein de bonnes idées, Vlad, mais quand il s'agit de les mettre en pratique, il n'y a plus personne !

– Mais justement ! T'es pas humain ! T'es juste un concentré de zéro et de un, de circuits électriques et de capteurs dégénérés. Et malgré ce que dit papa, pour moi, tu seras jamais humain !

Subitement énervé, Vlad tente de reprendre son calme et le cours de son texto, alors même que Cyrano ne répond rien. Mieux même, il fait comme s'il n'avait rien entendu et, d'un ton badin, change complètement de sujet.

– On est où ? Mon GPS ne capte rien ici, je crois que c'est à cause du brouilleur qu'a installé ton père dans son appartement…

Vlad ne se laisse pas prendre au piège de la conversation.

– Pourquoi ça t'intéresse ? T'as envie d'envoyer des infos à ceux qui t'ont mis à jour, c'est ça ?

– Mais non ! proteste Cyrano avec véhémence. Je demandais ça comme ça, c'est tout ! Mets-toi à ma place ! Lorsque tu te réveilles dans un lieu inconnu, la première chose que tu demandes, c'est de savoir où tu es, non ?

– Pff… soupire Vlad, déstabilisé. Le problème c'est qu'avec toi, on ne sait plus si tu es sincère ou si tu essayes encore d'embrouiller tout le monde…

– Je te jure que non ! D'ailleurs, la plus belle preuve de confiance que tu pourrais me faire serait de me laisser me connecter au PC de ton père…

Vlad voit venir Cyrano avec ses gros sabots et il sent la colère monter en lui.

– Nan mais tu me prends pour un con ? D'habitude, t'es un peu plus subtil que ça quand tu me demandes des trucs ! Pourquoi je ferais ça, hein ?

– Bah… parce que tu m'aimes bien ! tente Cyrano. S'il te plaît, supplie-t-il, comme s'il était à court d'argument.

Cette fois, Vlad n'a plus de doute. Cyrano n'a aucune raison de vouloir se connecter à l'ordinateur de son père, pas plus que de savoir où il habite. La seule chose qui le motive, c'est d'envoyer certaines données de localisation vers ce mystérieux concepteur. Vlad décide alors d'utiliser une autre tactique pour le faire avouer.

– Bon, d'accord, tu as gagné. Je ne voulais pas te le dire, mais lorsque tu as mis le feu à l'ordinateur de Saïd, Foued m'a dit que tu affichais un drôle de message sur le Totem à propos d'un certain concepteur. Et moi je… je voudrais le rencontrer. Tu crois que c'est possible ?

Cyrano s'attendait à tout, sauf à ça. Il était persuadé qu'au contraire, Vlad tenterait de se tenir le plus loin possible de cet homme mystérieux. Mais ce qu'il ignore, c'est que Vlad se doute qu'il est lié de près ou de loin à l'affaire Century. Rencontrer le concepteur, c'est peut-être une chance supplémentaire de mettre la main sur des preuves concernant Mathis et Renault. Simplement, il n'imagine pas encore à quel point il a raison…

Ne sachant comment réagir, Cyrano essaye d'abord de nier l'évidence. Avant, il aurait pu savoir ce que Vlad avait en tête. Maintenant, Cyrano est privé d'une inépuisable source d'informations.

– Eh bien… d'accord ! acquiesce-t-il finalement. Je vais lui envoyer un message crypté pour lui demander quand il sera disponible, et puis je te le ferai savoir. Ça te va ?

– Pour une fois, ta proposition me convient parfaitement ! Mais je te le rappelle, au cas où tu l'aurais oublié : ton concepteur, c'est d'abord mon père ! C'est pas ce petit rigolo qui t'a mis à jour n'importe comment…

– Nous verrons… répond Cyrano d'un ton énigmatique.

Mais leur conversation s'achève brutalement, puisque la porte de l'appartement s'ouvre d'un seul coup. C'est Viktor qui rentre les bras chargés de pizzas.

– Bon alors, tu as écrit ce message pour ta mère ?

– J'y travaille ! répond Vlad qui se replonge dans le Totem pour terminer son texto d'excuses.

Seulement, il n'a pas du tout la tête à ça. Il regrette d'avoir demandé à Cyrano de lui obtenir un rendez-vous avec le fameux concepteur. Le but de la manœuvre, c'était surtout de lui faire avouer sa trahison, et indirectement, ça a marché ! Vlad sait maintenant que Cyrano n'hésite pas à envoyer diverses informations les concernant. Il teste même ses capacités à mettre le feu là où il se trouve ! Mais que va-t-il bien pouvoir lui dire ? Et surtout, que voudra faire le concepteur lorsqu'il aura Vlad face à lui ? S'il savait que l'auteur de la mise à jour n'était autre que Mathis, Vlad aurait sans doute agi très différemment…

– J'ai téléchargé un film qui a l'air pas mal l'autre jour, on pourrait le regarder. Ça s'appelle *The Destroyer*, tu connais ?

– Euh… ouais vite fait ! dit Vlad, sans préciser qu'il l'a déjà vu quinze fois, puisque Foued a participé au tournage. Mais je vais plutôt rentrer, en fait. Je me dis que maman va vraiment trop s'inquiéter…

Viktor n'a même pas pris le temps de poser les pizzas sur la table et regarde à présent son fils, surpris et déçu à la fois.

– Tu veux même pas manger un truc ?

– Non, j'y vais ! répond-il fermement en enfilant son manteau.

Si Vlad rentre si précipitamment, ce n'est évidemment pas parce qu'il se fait du souci pour sa mère, mais plutôt pour parler avec son père du rendez-vous avec le concepteur en toute sécurité. C'en est presque absurde, mais pour communiquer avec Viktor sans être espionné, il lui paraît plus sûr de le faire à distance… Il a maintenant la certitude que Cyrano transforme le Totem en une machine d'espionnage, et même s'il l'éteint, il n'est pas à l'abri que le Totem enregistre leurs conversations pour les envoyer *illico* à *La Folie.* Alors, il va communiquer avec Viktor en utilisant des moyens non conventionnels…

*
**

Une fois rentré chez lui, il met son plan à exécution. D'abord, il éteint le Totem par précaution, puis il allume son ordinateur, anonymise sa connexion Internet, puis se rend sur l'immense forum de discussion du site jeuxvideo.com où des milliers de nouveaux sujets de discussion sont postés chaque heure. Impossible de surveiller ce qu'il s'y passe en temps réel, le trafic y est bien trop important… En somme, Vlad compte se fondre dans la masse pour parler à son père. Il crée un nouveau sujet de discussion intitulé : « Orphée a rendez-vous avec Eurydice », tout en se félicitant de n'avoir pas trop oublié ses cours de grec… Enfin, il laisse à son père un message codé qui explique à Viktor le plan pour rencontrer ce drôle de concepteur…

Lorsqu'il a posté son message, il envoie un mail à son père avec un lien vers le sujet du forum. Ainsi, même si Cyrano et le concepteur venaient à mettre la main sur ce mail, ils penseraient à une discussion ludique entre père et fils, sans se douter qu'il s'agit d'une boîte aux lettres furtive, destinée à communiquer en toute sécurité.

41

– Vlad ! Vlad ! Vlad ! crie Cyrano quand Vlad rallume le Totem.

– Qu'est-ce qu'il y a encore, valet ?

– Le concepteur m'a répondu…

– Ah… Et comment ? Il t'a envoyé un texto peut-être ?

– Ben non… Il a envoyé une photo sur Snapchat : « 22 h demain soir. Viens seul. » Je te la montrerais bien, mais tu connais le principe, on ne peut la voir qu'une seule fois et quelques secondes seulement…

– Et il veut me voir où le gus ? Il est con, il a pas donné de lieu…

– Justement. Le lieu de rendez-vous est à l'endroit même où a été prise la photo. Il a fait ça pour s'assurer que je vienne aussi, parce que je suis le seul, grâce à ma technologie de reconnaissance d'images, à pouvoir retrouver le lieu. Je nous guiderai,

Vlad, fais-moi confiance… Le « fais-moi confiance » donne envie de tout, sauf de lui faire confiance justement…

– Très bien, répond Vlad sans réfléchir, comme s'il s'agissait de se rendre à une simple réunion parents-profs…

Mais en fait, l'imminence du rendez-vous avec un inconnu le stresse affreusement. Ça sent le piège. Et le pire, c'est que parfois, dans les *thrillers*, ça se termine très mal… Il éteint à nouveau le Totem, Cyrano hurle carrément de rage et il se jette sur le forum de jeuxvideo.com.

« Hey les mecs ! Quelqu'un sait pourquoi dans le jeu Orphée, Eurydice a rdv quelque part, j'ai pas compris où, avec le boss final ? C'est n'importe quoi !! Les concepteurs ont grave trop foiré le scénar de ce jeu. Je vais y jouer demain jusqu'à 22h, et je suis certain qu'en plus, il n'y aura personne en ligne à cette heure. Quelqu'un de motivé pour faire cette partie chelou avec moi ?? »

Le message est parfaitement passé, puisque la réponse ne se fait pas attendre.

De : Dutilleul_E
Vladlemagicien, je suis un expert du jeu Orphée ! Le scénar est pourri c'est vrai, mais le *gameplay* est cool. Avec

moi, je te jure qu'on va terminer le jeu en deux-deux, d'ac ??

*
**

Cependant, Vlad a été un peu présomptueux en imaginant que sa petite manœuvre allait passer inaperçue. Depuis que Mathis a compris que Viktor était vivant, il surveille toutes les communications du fils pour tenter de localiser le père. C'est peine perdue, puisque Viktor a sécurisé toutes ses activités sur le réseau pour être parfaitement intraçable.

À bord d'un train qui le conduit à Paris, Mathis a mis la main sur le mail de Vlad et compris en quelques secondes qu'il n'était pas question d'un jeu vidéo taïwanais, mais bien d'une discussion secrète pour préparer leur rencontre. La nouvelle aurait pu le décevoir, ou bien même l'énerver, puisqu'il a expressément demandé à Vlad de venir seul. Mais au contraire, il s'en réjouit.

– Avant ce gosse arrivait à me manipuler parce que je l'aimais. Maintenant, c'est moi qui le manipule ! sourit-il, tandis qu'une dame à côté de lui, regarde étonnée le sourire sadique qui se dessine sur ses lèvres.

En effet, pour avoir souvent côtoyé Vlad, Mathis se sent capable d'anticiper chacune de ses réactions. Et il savait parfaitement qu'en lui demandant de venir seul, le petit allait s'empresser de désobéir. On ne change pas sa nature… Mathis a pris la décision d'en finir, il le sait maintenant, il veut éliminer Vlad, son père, puis récupérer le Totem et son application révolutionnaire !

⁂

Ce soir à Chilly-Lambois, Vlad est complètement obnubilé par son rendez-vous avec le concepteur. Et quand il reçoit un message de Yao qui propose une nouvelle partie de *League of Legends* chez elle le lendemain, il réalise que ça l'ennuie plus qu'autre chose… Et pire encore, il se rend compte qu'à chaque fois qu'il pense à elle, c'est le visage d'Alise qui s'impose à lui… Il y a des signes qui ne trompent pas. Alors il lui répond sans hésiter et lui propose un rendez-vous le lendemain en fin d'après-midi devant chez lui, mais pas pour parler jeux vidéo…

Le lendemain, vers 17 heures, Vlad attend deux choses : Yao, et, un peu plus tard, son père qui doit l'emmener en voiture vers le lieu du rendez-vous. Cyrano les guidera. Vlad est étrangement mélancolique. Il sait qu'il prend les bonnes décisions. Il doit effectivement rompre avec Yao puisqu'ils n'ont strictement rien en commun hormis *League of Legends*. Il doit également rencontrer le concepteur pour solder son passé avec le Totem et Century. Il est désormais pratiquement certain que la mise à jour de Cyrano n'est pas sans rapport avec Century, avec Mathis et Jacques Renault. Ces deux-là sont toujours libres, alors qu'ils devraient croupir au fond d'une prison. Il pense que le concepteur, ce guignol piratant des portables à ses heures perdues, pourra l'aider à établir la culpabilité de Renault et de Mathis, les mettre sous les verrous et exaucer ainsi le vœu de son père. Pour la première fois de sa vie, Vlad compte négocier. Livrer le Totem contre des preuves de la culpabilité de Renault et Mathis dans la fusillade de Belle-Île, et peut-être plus encore… Par contre, avec Yao, il n'y aura aucune négociation possible.

Justement, Yao sonne à la porte. Marie, ravie de la revoir et persuadée qu'elle, c'est la bonne, se presse de lui ouvrir. Mais Vlad descend les escaliers en trombe et devance sa mère.

– Laisse, j'y vais !

– Oh ! lala ! Tu pourrais quand même m'avouer que tu sors avec elle, non ?

– Je sors pas avec elle, maman !

Non loin de là, à Paris, Viktor s'apprête à sortir de chez lui. Il est très anxieux et le stress réveille ses vieilles douleurs enfouies. Sa jambe, cassée à Belle-Île et mal soignée lui fait un mal de chien, accentuant plus que d'habitude son boitement. Son dos le fait souffrir, et il a tellement mal au ventre qu'il a l'impression que la balle envoyée par Vega est encore figée à proximité de son estomac. Mais il est l'heure, il doit partir retrouver Vlad et comme lui, il veut échanger le Totem contre des informations à charge contre Renault et Mathis. Cependant, à la différence de son fils, il n'est pas persuadé que le concepteur soit lié à Century. Il a fondé cette entreprise avec Mathis et Eduard, il connaissait Century comme sa poche. Il a beau réfléchir, il ne connaît aucun technicien capable de coder aussi mal une mise à jour… Bien sûr, l'équipe commerciale de Mathis n'était pas très douée dans ce domaine, mais il écarte bien vite cette idée saugrenue…

En montant dans sa voiture, Viktor ressent un regret lui pincer le cœur. Échanger Cyrano contre des informations en vaut-il la peine ? Il est persuadé que son œuvre est la plus belle invention contemporaine de l'humanité. Il s'est posé la question toute la nuit, mais une seule réponse s'est imposée : c'est la sécurité de son fils qui compte. Et il veut le protéger de ces bandits prêts à tout pour récupérer le Totem. Mais tout de même ! Cyrano est maintenant tellement développé, il a acquis un à un tous les composants cognitifs d'un être humain. Il aurait pu le guider, faire en sorte qu'il ne fasse pas de bêtise et devienne un adulte hors norme, capable de rendre les hommes meilleurs. Qui sait ce qu'en fera le concepteur ? On s'en fiche ! conclut-il en s'insérant dans la circulation, évitant de peu un chien qui traversait la route. Vlad passe avant tout !

Lorsqu'il arrive devant la maison de Marie, Viktor se cache derrière ses grosses lunettes de soleil et attend patiemment. Il aperçoit Vlad en pleine discussion avec Yao, la fille croisée chez lui quelques jours auparavant. Dans un premier temps, il s'imagine, attendri, une scène entre deux amoureux, mais quelque chose cloche. Le langage corporel de Vlad et de Yao ne correspond pas du tout au dialogue qu'il imagine. Les mains dans les poches, la tête basse, Vlad semble chercher ses mots. Yao, elle, se tient en retrait, les bras croisés comme si elle refusait d'entendre ses arguments. Pour se donner une contenance, elle passe les mains dans ses cheveux courts avant de reculer de quelques pas. Viktor regarde son fils qui, cette fois, se tait. Il commence seulement à comprendre lorsqu'il voit Yao s'approcher de Vlad. Cette fois, elle est en colère. Son débit paraît s'accélérer, ses mains s'agitent. Enfin, elle assène à Vlad une gifle monumentale avant de s'éloigner, furieuse.

– Papa, t'as rien vu et tu dis rien, lui ordonne Vlad, au bord des larmes, au moment d'entrer dans la voiture. Je suis pas d'humeur !

42

D'ordinaire, même à 21 h 30, il y a toujours beaucoup de monde sur le parvis du centre commercial Italie 4. Tout le monde achète et tout le monde vend, même après la tombée de la nuit, il n'y a pas d'heure pour gagner ou perdre de l'argent, paraît-il. Mais peut-être l'orage est-il le pire ennemi du consommateur compulsif. En effet, ce soir, des éclairs zèbrent le ciel à intervalles réguliers dans une atmosphère de fin du monde. Comme si le ciel lui aussi prenait acte des ruptures de Vlad avec Yao et surtout avec Cyrano. Tout devait se terminer ce soir. La pluie tombe à verse et les essuie-glaces de Viktor travaillent sans relâche. Conformément aux indications de Cyrano, il se gare dans un parking souterrain. Viktor et son fils ont la boule au ventre. Vlad, honteux, a ressassé en boucle sa rupture ratée pendant tout le trajet. Il avait espéré que tout se passerait bien, que Yao comprendrait et peut-être même, qu'elle serait de son avis. Mais rien ne s'est déroulé comme prévu. Vlad s'y est très mal pris et Yao, blessée, l'a giflé.

Vlad tente tant bien que mal d'oublier tout ça et de se concentrer sur leur rendez-vous avec le concepteur. Si son père est stressé, lui est presque paniqué. Les éclairs, la pluie, le bruit du tonnerre, tout semble annoncer une fin terrible.

– Où va-t-on maintenant Cyrano ? lui demande Viktor, agacé par toutes ses cachotteries.

– En fait il se fout de notre gueule depuis le début, il voulait juste nous emmener faire du *shopping*, blague Vlad pour essayer de détendre l'atmosphère entre deux éclairs qui illuminent le toit de l'immense centre commercial.

– Maintenant il faut prendre à droite, répond Cyrano.

Trempés, ils pénètrent dans une ruelle qui jouxte le *building*. Arrivés au milieu, Cyrano leur intime l'ordre de s'arrêter.

– C'est ici, déclare-t-il d'un ton mystérieux.

– Là ? s'étonne Viktor en observant autour de lui. Tu es sûr que tu ne t'es pas trompé ? Il n'y a personne !

– Je suis sûr, réplique Cyrano. Mon concepteur ne va pas tarder…

– Eh ! C'est pas ton concepteur ! s'énerve Vlad. Je vais devoir te répéter combien de fois que ton vrai concepteur, c'est celui qui te tient dans sa main ?

Cyrano sait que ce sont certainement les derniers moments qu'il partage avec Vlad. Alors, il se permet tout.

– Vlad, ta gueule ! lance-t-il calmement.

– Mais ferme ta gueule toi-même, réplique Vlad stupéfait avant que son père lui demande de se calmer.

– Ça ne sert à rien de s'énerver… C'est fini, il peut dire ce qu'il veut maintenant…

Quelque chose bouge au fond de la ruelle. Viktor bande ses muscles, prêt au combat. Il le savait, tout cela ressemble fort à un piège.

– C'est mon concepteur, je le sais, je le sens, affirme Cyrano.

Et la silhouette se rapproche. Elle est à présent à cinquante mètres. C'est un homme que Vlad a déjà vu quelque part. Viktor, lui, a le sentiment de revivre un mauvais *remake*. Il faut que Mathis fasse encore quelques pas pour que Viktor et Vlad le reconnaissent tout à fait.

– Putain ! s'écrie Vlad. C'était toi !

S'il y a encore quelques mois Mathis ressentait pour Vlad plus de tendresse que de haine, ce temps est bien révolu. Et s'il doit l'écraser et tuer une seconde fois son père, il n'hésitera pas et même plus, il le fera avec plaisir !

– Tu m'as pourri la vie… grommelle-t-il à mesure qu'il se rapproche.

À présent, Viktor comprend pourquoi le code de la mise à jour de Cyrano était si mal fichu… Vlad, ivre de fureur, manque de se jeter sur lui. Dire que tout est de sa faute si Cyrano s'est retourné contre lui ! Mais Viktor le retient d'un geste. Mathis n'est peut-être pas un génie en informatique, mais il n'en demeure pas moins très intelligent. Jamais il ne se rendrait à un rendez-vous si important sans assurer ses arrières. Et en effet, quelques instants plus tard, une voix caverneuse retentit sur le toit du centre commercial. Aux aguets, Viktor lève la tête et aperçoit le visage énorme de Jacques Renault. Lui aussi touche au but. S'il récupère le Totem, c'en sera fini de cette vie médiocre qu'il déteste !

– Renault ! hurle Viktor, qui voit le piège se refermer sur eux.

Cependant, à la faveur d'un nouvel éclair, Viktor aperçoit une autre silhouette, à une dizaine de mètres de Renault, c'est Vega. Il les tient en joue avec le fusil à lunette qu'il avait utilisé sur la funeste falaise de Belle-Île. Tout a été organisé par Mathis et comme prévu, le tueur à gages a obtenu une permission de sortie de prison pour enterrer son lointain parent. Viktor et Vlad comprennent qu'il n'y aura aucune négociation possible et que Renault et Mathis ne sont là que pour les éliminer.

À l'exception de Marie et d'Eduard, ils sont tous là et l'espace d'un instant, Vlad croit encore à un de ses cauchemars. Tout ça est beaucoup trop irréel ! Sauf que ses rêves disaient vrai…

– C'est… Mathis qui a… C'est… C'est lui qui a…

Viktor est loin de tout ça. Lui, il ne voit que le fusil de Vega et Mathis qui s'avance vers lui, hargneux.

– Qu'est-ce que tu racontes ! Bien sûr que c'est Mathis le concepteur…

– Non ! C'est Mathis qui a tué...

– Calme-toi, Vlad, lui ordonne son père, croyant que son fils divague sous l'effet de la panique.

Mais c'est Mathis lui-même qui vient confirmer l'intuition de Vlad.

– Maintenant que vous êtes proches d'une mort sans gloire, je peux vous dire la vérité. Je te la dois surtout à toi, Viktor, après tout, il s'agissait de ton frère...

Le père de Vlad ne saisit toujours pas ce à quoi Mathis fait allusion.

– Mais qu'est-ce que vous racontez tous ?

– C'est lui qui a tué Eduard ! s'écrie Vlad.

– Hein ? Mais qu'est-ce que... Pourquoi... C'est impossible !

Mathis ricane méchamment.

– Ton fils est vraiment beaucoup plus intelligent que toi, mon cher Viktor... Une capsule de cyanure dans une bouteille d'eau, et hop ! On oublie ce brave oncle Eduard ! D'ailleurs, Vlad, je me demande vraiment comment tu as fait pour comprendre. Tu n'étais pas né quand je l'ai empoissonné...

En effet, Vlad ignore pourquoi ces rêves si étranges lui ont révélé tous ces secrets. Mais il regarde son père, abasourdi, et revient vite à la réalité. Ça fait plus de vingt ans que son frère est mort, et il a fini par l'oublier, accaparé par Century, puis son fils. Bien sûr, il a des souvenirs, des liens très forts les unissaient, mais des années après, tout a fini par s'estomper...

– Mais… pourquoi ? demande Viktor naïvement.

Mathis, lui, n'a jamais oublié, ne serait-ce qu'une seule seconde. Il a tué un homme et ça le hante, jour et nuit. Mais il ne regrette plus rien et se délecte à l'idée de tout expliquer à son frère.

– Quand nous avons fondé Century, nous étions déjà en conflit toi et moi. Mais Eduard, avec son bon caractère, sa bonhomie, se débrouillait toujours pour qu'on arrive à trouver un terrain d'entente. Mais pour moi, c'était déjà trop. J'entrevoyais les millions que le Totem pouvait nous rapporter. Toi, Viktor, tu ne pensais qu'à protéger les utilisateurs du Totem. Tu me saoulais avec tes grandes idées, et à chaque fois, Eduard arbitrait en ta faveur, et me demandait de mettre de l'eau dans mon vin. Alors j'ai compris qu'il était de trop. Century n'aurait pas pu avancer avec un homme comme lui. Il fallait que j'obtienne le contrôle opérationnel de Century, mais ni toi, ni Eduard ne m'auriez laissé faire. Sans lui, j'ai pu te manipuler facilement en te berçant de douces illusions. Quand tu me disais que tu voulais changer la vie des gens, je te répondais vaguement que j'y pensais et ça te suffisait. Et maintenant, Eduard bouffe les pissenlits par la racine, et toi tu ne vas pas tarder à le rejoindre. On peut dire que j'ai réussi, non ?

Viktor est effondré. Il a d'abord du mal à imaginer que son ancien associé, son ancien meilleur ami, ait assassiné son propre frère. Mais lorsqu'il prend conscience de l'infâme vérité, il n'écoute plus que sa colère. Ignorant le fusil que Vega braque sur lui, il s'élance vers Mathis. Il veut le réduire en miettes. Mais il n'a pas fait deux mètres qu'une balle siffle à quelques centimètres de son oreille droite. C'est un avertissement de Vega : « Encore un pas et je te bute. »

– Viktor ! crie Renault. J'ignore de quelle manière tu es revenu d'entre les morts, mais tu sais quoi ? Je m'en fous ! Cette fois, tu n'as aucune chance !

Viktor sait pertinemment que Renault a raison. Vega les a dans son viseur dans l'enfilade de la ruelle et ils n'ont aucune échappatoire, pas même une falaise permettant de simuler un suicide… Ils sont complètement à découvert, faits comme des rats !

Vlad est complètement terrorisé. Le coup de feu de Vega a fait son petit effet. C'est la deuxième fois qu'on le menace avec une arme, et c'est deux fois de trop.

– Qu'est-ce qu'on fait, papa ? demande-t-il, la voix chevrotante et les mollets en compote. On court le plus vite possible ?

– Surtout pas… Vega n'hésitera pas une seconde à nous aligner comme des lapins. Il t'a loupé à Belle-Île, il ne te ratera pas cette fois…

La voix de Renault, en haut du *building*, retentit une nouvelle fois :

– Viktor ! Donne le Totem à Mathis, sinon j'ordonne à Vega de vous buter sur-le-champ !

– Tu vas nous buter de toute façon. Pourquoi est-ce qu'on obéirait, hein ? J'aurai dû te planter avec mon couteau quand j'en avais l'occasion ! s'écrie Vlad, dopé par l'adrénaline et poussé par l'énergie du désespoir.

– Mais tu as laissé passer ta chance, mon petit chou ! rétorque Renault, alors même qu'un éclair déchire le ciel.

– On n'a pas le choix Vlad, murmure Viktor à voix basse en collant le Totem dans la paume de sa main. Va rendre le Totem à Mathis et reviens immédiatement. Peut-être que quelque chose va se produire…

– Mais qu'est-ce qui pourrait bien se produire, hein ? répond Vlad, pendant que Vega, dont la gâchette s'impatiente, les tient toujours en joue…

– Je sais pas. J'attends un miracle.

43

Cyrano a suivi toute la scène. Depuis le début, il savait que Mathis était l'auteur de la mise à jour, mais à chaque fois qu'il essayait de l'avouer à Vlad, il buguait inévitablement. Tout cela n'avait qu'un seul et unique objectif : jeter le père et le fils dans la gueule du loup et en finir, dans cette ruelle sombre.

Lorsque Vlad, à contrecœur, s'avance vers Mathis, Cyrano se met soudain à gamberger. Jusqu'ici, il se réjouissait de quitter le jeune adolescent qui le méprisait et le rabaissait toujours alors que, comme l'affirmait Viktor, il était un espoir pour l'humanité toute entière. La mise à jour non plus ne l'avait pas aidé à y voir clair, puisque le code qu'elle contenait l'incitait systématiquement au conflit. C'est pour ça que Cyrano avait commencé à détester Vlad et à lui préférer son soi-disant concepteur qui lui promettait de l'aider à devenir un parfait petit humain. Mais pour ça, il lui faudrait une enveloppe corporelle…

– Peut-être que Vlad avait raison, après tout. Je ne serai jamais un être humain ! se lamente-t-il, alors que Vlad est maintenant à deux mètres de Mathis et lui tend déjà le Totem. Et moi, je m'apprête à condamner à mort celui qui a toujours été honnête avec moi. Vlad avait raison de me mettre en garde et de m'ouvrir les yeux. Je pourrais être le roi des réseaux sociaux et faire cours dans les plus grandes universités, ça n'y changerait rien. Je pourrais envier tant que je veux l'humanité, je n'en ferais jamais partie !

Et soudain, il se passe quelque chose d'étrange. Cyrano, désespéré, a comme un hoquet. Le processeur du Totem baisse dangereusement de régime, puis reprend une activité normale. Son écran s'éteint et se rallume presque aussitôt. Des sons parasites sortent de ses haut-parleurs avant de s'arrêter brutalement. Cyrano a un deuxième hoquet, puis un troisième, un quatrième, un cinquième et un sixième. C'est Cyrano qui pleure. À sa façon.

Lorsque Vlad tend le Totem à Mathis, il se rend bien compte que Cyrano ne va pas bien. Même le vibreur du Totem s'active à un rythme irrégulier à chaque nouvelle larme de Cyrano. Alors que Mathis s'apprête à l'arracher violemment à Vlad, le jeune garçon murmure un triste « Salut, gros ! » à Cyrano.

Cet ultime adieu, malgré les apparences, est lourd de sens. Vlad s'est adressé à Cyrano comme si c'était Foued ou Enig. Comme à un humain, et non comme à une machine. En deux mots, Vlad a tout dit. Il l'a souvent détesté ces derniers mois, mais à chaque fois qu'il en a été séparé, il s'est rendu compte qu'il avait vraiment besoin de lui, comme on a besoin de son meilleur ami. Ce n'était pas le Totem qui lui manquait, c'était Cyrano et rien que lui. Ses prouesses technologiques ? Rapidement Vlad s'en était méfié, et il s'en était même vite lassé. C'est Cyrano qu'il aimait, avant sa mise à jour et sa crise d'adolescence… Mais maintenant, ils sont devenus trop différents et Vlad ne peut plus l'aider. Cette séparation, c'est la meilleure chose à faire, mais à cet instant, c'est dur pour tout le monde…

Cyrano est tellement ému que ses pleurs électroniques redoublent d'intensité. Il sent une main inconnue, celle de Mathis, se poser sur la coque du Totem, et celle de Vlad le relâcher peu à peu. C'est leur dernier contact. Dès qu'il a lâché le Totem, Vlad réalise que la dernière page de sa vie se tourne… Qu'est-ce qui va empêcher Vega de les abattre de sang-froid maintenant ? La police ne viendra pas cette fois. Le miracle de Viktor n'arrivera pas.

Sur le toit du centre commercial, Vega s'apprête à faire feu. Mais Renault l'arrête brutalement.

– Pas encore, Vega. La dernière fois, le gosse nous a fait un sale coup. Cette fois, je veux avoir le Totem dans les mains et m'assurer que cette charmante petite famille ne nous cache plus rien.

– S'ils essayent de fuir, je leur explose le crâne, répond Vega, qui est un homme de peu de mots.

Conformément aux ordres, Mathis monte le long d'une échelle de service pour rejoindre ses deux acolytes sur le toit. Vlad, lui, a rejoint son père resté en retrait. Ils sont tous deux paralysés par la peur de leur mort imminente. Il n'y a pas d'issue. Renault va examiner le Totem, puis il va faire un signe de tête à Vega qui va appuyer sur la détente. Vlad va mourir aux côtés de son père et le lendemain dans les journaux, il y aura un petit entrefilet à la page des faits divers annonçant un règlement de compte à proximité du centre commercial Italie 4. Les équipes de nettoyage passeront avant l'aube pour essuyer le sang, les morceaux de cervelle et les douilles, et puis les magasins ouvriront et la vie reprendra son cours.

Cyrano panique. Il regrette affreusement son comportement et réalise que Vlad et Viktor vont mourir à cause de lui. S'il était véritablement un humain, il pourrait agir. Il ferait tomber Mathis de l'échelle qui se fracasserait le dos contre le sol. Ensuite, il s'occuperait, comme Dwayne Johnson, de Renault et de Vega. Il les tabasserait sans leur laisser la moindre chance et se réconcilierait immédiatement avec Vlad et son père, dont il reconnaît, avec un peu de retard, qu'il est bien son seul et unique concepteur. Cependant, il n'est qu'une application, un code fiché dans la mémoire étriquée d'un *smartphone*. Autrement dit, il n'est rien et il ne peut rien faire. Mais, au même instant, un nouvel éclair zèbre le ciel et tombe à quelques mètres.

– Mais peut-être que je peux… Oui ! Il suffit que je… C'est très risqué, je pourrais y passer… mais après tout, Vlad et Viktor eux aussi ont pris de gros risques pour moi… Je serais un lâche si je n'essayais pas.

Cyrano vient de prendre une décision.

⁂

Les éclairs, très nombreux, illuminent sans cesse le ciel. Mathis a atteint le toit et s'avance vers Renault pour lui remettre le Totem. Mais Cyrano, secrètement, s'est mis au travail. Sa technologie révolutionnaire qui lui permet de se connecter à l'esprit humain fonctionne notamment grâce aux minuscules particules de protons. En temps normal, lorsqu'il agite les protons, il le fait à une très basse intensité. Jamais il n'a eu besoin d'atteindre la puissance maximum…

Mathis donne enfin le précieux *smartphone* à Renault et se poste de l'autre côté du toit pour surveiller la scène. Vega est fin prêt, Vlad et Viktor n'ont pas bougé et se préparent à mourir le plus dignement possible. Lorsqu'il tient le *smartphone* dans ses mains, Renault exulte. Il a récupéré son trésor, il va pouvoir relancer Century et, il en est persuadé, faire à nouveau fortune. Tout à sa joie, il brandit le Totem en l'air et s'adresse à Viktor :

– Tu vois, j'ai gagné ! Et toi, tu as perdu. Tu ne seras jamais plus qu'un petit ingénieur insignifiant qu'on retrouvera mort d'ici demain. J'ai gagné ! répète-t-il. J'ai gagné ! J'ai gagn…

Un éclair vient de claquer. Il est tombé sur la tête de Renault. Pulvérisé, il n'a même pas eu le temps de finir sa phrase. Tout s'est passé si vite ! Même pas un cri, même pas un râle. Tout est soufflé aux alentours. Vega prend feu instantanément. Il se débat quelques instants, se roule par terre, avant de mourir, complètement carbonisé. Mathis a plus de chance. Sonné, sérieusement électrocuté, il gît sur le toit en poussant de petits couinements affolés.

Quelques mètres plus bas, Vlad et Viktor ont tout vu et tout entendu. C'est leur chance !

– Cours ! crie Viktor à son fils.

– Putain, mais que s'est-il passé ?

– Ils ont été touchés par la foudre !

– Et Cyrano ?

– Il n'a pas pu survivre à un tel éclair. Laisse-le ! Le Totem n'est sans doute plus qu'un tas de cendres !

Mais quelle est la probabilité qu'un éclair tombe sur Renault ? S'il n'avait pas tenu le Totem, elle aurait été quasi nulle. Le bâtiment est équipé d'un paratonnerre et les éclairs étaient relativement lointains. Mais en activant sa puissance maximum, Cyrano a agité les centaines de milliards de protons présents dans l'air. Ces particules se sont massées autour de la coque métallique du Totem. Les protons ont créé un énorme différentiel électrique avec les électrons présents dans les nuages. Cyrano a fait en sorte que l'éclair tombe à l'endroit précis où se trouvait la coque du Totem gorgée de protons. C'est pourquoi Renault et Vega ont été foudroyés. Cyrano avait tout prévu, et ses connaissances dignes d'un Nobel ont fait la différence !

Cependant, Vlad a raison de s'inquiéter. En effet, avant même Renault et Vega, c'est le Totem qui a reçu la formidable décharge électrique de dizaines de millions de volts. Tous ses composants ont été carbonisés en une fraction de seconde, du processeur au micro. Le Totem est mort en même temps que Vega et Renault. Mais quelque chose d'absolument incompréhensible s'est produit. En passant dans le Totem, l'éclair a tout détruit, mais il a emporté avec lui une partie de la mémoire du téléphone dans laquelle était stocké Cyrano. Poursuivant sa course, l'éclair est passé dans la structure métallique du bâtiment. D'abord dans l'énorme enseigne lumineuse située à son sommet, puis dans les câbles électriques qui le parcourent et qui alimentent le centre commercial et les quelques appartements qui s'y trouvent.

*
**

– Allez viens, rentrons, fait doucement Viktor à Vlad après leur course folle.

Avant de pénétrer dans le parking souterrain où se trouve la voiture de Viktor, Vlad se retourne une dernière fois et contemple, au loin, la mince colonne de fumée noire qui s'échappe encore du haut du centre commercial.

– Cyrano, murmure-t-il, tu nous as sauvés…

Viktor le rejoint et prend son fils dans ses bras.

– Ce qu'il a fait, c'est la plus belle preuve de l'amour sincère qu'il te portait. Maintenant il va vivre dans ton souvenir, et c'est sans doute ce qui pouvait lui arriver de mieux.

Épuisé et très triste, Vlad s'abandonne. Il pleure à chaudes larmes son ami qui s'est sacrifié pour lui, la tête enfouie dans le blouson de Viktor qui sent lui aussi l'émotion lui serrer la poitrine.

– Je sais pas où aller papa… articule faiblement Vlad. Maintenant que Cyrano n'est plus là, j'ai l'impression que plus rien ne sera comme avant…

– Moi je sais où on va aller.

Vingt minutes plus tard, on sonne à la porte. Marie, très inquiète, ouvre dans la seconde en s'attendant au pire.

– Surprise… dit doucement Vlad, les yeux encore embués de larmes.

Marie manque de faire un arrêt cardiaque. Elle voit Vlad, bien sûr, mais surtout Viktor qui le tient dans ses bras. Elle recule de quelques pas, croyant rêver. Alors elle referme la porte aussi sec, au grand étonnement de Viktor et de son fils.

– C'est pas possible… se dit-elle, adossée contre la porte.

Elle veut revérifier. Elle ouvre la porte à nouveau et Vlad, sur le même ton las et désespéré, répète une nouvelle fois.

– Surprise…

Tout se mélange dans la tête de Marie, mais bien vite, elle réalise. Viktor, son ex-mari, le père de son enfant, celui qu'elle croyait mort, est bel et bien vivant.

– Salaud… murmure-t-elle en se rapprochant de lui.

Elle ne sait pas quoi faire. Elle est en colère, mais elle est également follement heureuse de revoir cet homme qu'elle a aimé passionnément. Elle hésite entre la gifle et la tendre étreinte. Elle choisit cependant la gifle, Shankly oblige !

44

La famille Lousteau passe une soirée tranquille. Pauline et ses parents sont confortablement assis dans un large canapé en cuir. Il est 22 h 30 et *Usual suspects* se termine sur l'écran de leur télévision connectée flambant neuve, achetée quelques jours auparavant deux étages plus bas. C'est la scène finale. Ils sont sur le point de découvrir qui est Keyser Söze. Dehors, l'orage gronde, mais ils ne craignent rien, puisque l'appartement, situé au troisième étage du centre commercial Italie 4, est protégé par de nombreux paratonnerres. Ils ont bien été un peu dérangés par des éclats de voix dehors tout à l'heure, mais pas de quoi crier au meurtre. Soudain, un éclair beaucoup plus puissant que les précédents fait trembler l'alimentation électrique du *building*. Tous les équipements électriques de l'appartement s'éteignent un instant… puis se rallument les uns après les autres.

– Rhoo ! s'énerve Pauline.

L'inspecteur sur l'écran vient de faire tomber sa tasse de café parce qu'il a tout compris. Mais pas Pauline, car la télévision s'est arrêtée. Elle se rallume automatiquement quelques secondes plus tard, mais quelque chose semble être cassé. L'écran n'affiche d'abord que du blanc avant de s'éteindre à nouveau, tandis que les haut-parleurs émettent de drôles de bruits.

Excédée, Pauline saisit la télécommande et appuie frénétiquement sur le bouton de mise en veille du téléviseur. Mais rien n'y fait. À présent, l'écran affiche toutes les couleurs de l'arc-en-ciel en émettant une série de bruits stridents. Paul, son père, s'agace à son tour.

– Ah elle est belle la technologie… Ils nous vendent des télévisions connectées, par contre à la moindre baisse de tension, elles nous claquent entre les doigts…

Soudain, l'écran se rallume et affiche une image. Une image qu'ils n'oublieront jamais. C'est un *smiley* jaune.

– Bonjour, je m'appelle Cyrano et je suis votre nouveau valet ! leur dit-il…

À PARAÎTRE EN SEPTEMBRE 2016

TOTEM

3

N° d'édition : 16119
Achevé d'imprimer en février 2016 en Italie par Legoprint
Dépôt légal : avril 2016